灰色の家

深木章子

光文社

灰色の家

目次

プロローグ 5
第1章 目撃者 9
第2章 自殺は伝染する 76
第3章 虚実の行く末 154
第4章 灰色の家 225
エピローグ 291

装幀　bookwall
装画　tounami

プロローグ

T県山南《やまなみ》市。そのほぼ中央に位置する山南中央駅から徒歩約三十分。雑木林に囲まれた山腹に忽然《こつぜん》と姿を現す串田《くしだ》神社は、T県の神社仏閣の中でも特に格式が高い古社である。

近くに寄ればだいぶ古びてはいるものの、がっしりとした鳥居とそれに続く石段、そして檜皮葺《ひわだぶ》きの気品ある社殿を見ればそれも納得がいくが、いかんせん場所柄が不便で物寂しいことは否めない。お世辞にも参拝者が多いとはいえず、ふだんは神主も巫女《みこ》も不在だから、お札やお守りを求めて立ち寄る者もいない。そうでなくてもこの地域は若者の流出が著しく、高齢化・過疎化が進んでいるのである。

現に、午後二時を少し廻ったいま、暑からず寒からずの好天にもかかわらず、境内には人っ子ひとり見当たらない。

ここに来たのは小学五年生のとき以来だから約二十年ぶりになる。新井和正《あらいかずまさ》は無人の拝殿の正面に立つと、姿勢を正し、両手を合わせて目を閉じた。

今回山南市を訪れたのは、一家で東京に移ったのちも交流が続いている同級生の結婚式に出席するためで、昨晩は市内のビジネスホテルに泊まっている。チェックアウトのあと昼食をともにした友人らと別れ、駅に向かう途中でふと寄り道をする気を起こしたのも、久しぶりの歓談の余韻が残っていたせいだろう。

九月も末のこの時期、辺りはすっかり深まりゆく秋の気配に満ちている。心なしか風も出て来たようだ。

参拝を終えた新井は一つ大きく息を吐《つ》くと、拝殿の横を通り抜け、ゆっくりとした足取りで神社の裏手の小高い丘を登り始めた。その頂を越えればあとはゆるやかな下りで、やがて通称底なし池に通じる山道に合流する。

底なし池とは、串田神社から西に五百メートルほど行ったところの滝壺のことで、正確にいえば池ではないし、むろん底がないわけでもない。とはいえ、最も深いところでは十メートル近い水深がある。川の流れが速いために、昔からこの滝壺に落ちた者はそのまま下流に流されることもめずらしくない。

事実、最近では——といっても二年ほど前になるが——水面から五十センチの高さから飛び込んだ大学生が、滝壺から上がって来ないまま行方不明になっている。

本人は泳ぎに自信があったようだが、滝壺には、水が落ちることによる水面から川底に向かう流れと、落ちた水が底に当たって川底から水面に向かう流れが対流している。そのためいったん対流にはまると、水面に浮上しては川底に引き込まれる繰り返しで、脱出ができない。相当の泳者でも危険は大きく、うっかり足を滑らせでもしたら、まず命はないと覚悟する必要がある。

それでも怖いもの知らずの子供時代は、仲間と連れ立って、真夏でもぴりりと冷たい滝の水をすくって遊んだものだ。

滝壺は山道から少し奥に入ったところにある。新井は迷わず底なし池に向かって歩を進めて行く。辺りは森閑として、落ち葉を踏みしめる自分の足音のほかには、人の存在を感じさせるものは何もない。さっきから耳を衝いて止《や》まない滝音ですら、まるでこの静寂を際立たせる道具立てであるかのようだ。

ここまで来ると、偶然に通りかかる人は皆無だといっていい。だから新井は、滝壺の脇の苔《こけ》むした岩の前に、思いがけなくも男がひとり佇《たたず》んでいるのを見てびっくりした。

もっとも、男といっても若くはない。七十は優に過ぎていると思われる。

薄い頭髪をていねいに撫でつけ、白の長袖のポロシャツにグレーのズボン。普段着ながらきちんとした装いだ。おそらく現在はリタイアした身だろうが、思慮深げな風貌が、現役時代は社会でそれなりの活動をしていたことを窺《うかが》わせる。

男はスマートフォンを岩の上に置き、遠い水底にじっと目を向けていた。

気負いも怯えもないその表情から心中は読めないものの、全身にゆるぎない決意が秘められていることが分かる。

もしかして、飛び込み自殺をする気ではないか？

止めなければ！

頭が急を告げているのに、あまりにも突然の出来事に行動がついていかない。一瞬、怯《ひる》んだのが敗因だった。

まさにそのとき、男の身体が、あたかも滝壺の底からすっと引き寄せられたかのように、かすかな水しぶきとともに沈んでいく。

呆然《ぼうぜん》とその場に立ち尽くす新井をよそに、木々のざわめきだけがときならぬ悲劇の発生を告げている。声一つ上げず、身動きもしない菩薩立像《ぼさつりゆうぞう》の死。

けれど新井はこのとき、このまるで眠ったような地を揺るがしたあの惨劇の幕開けに、図らずも自分が立ち会ったことに気づいてはいなかった。

第1章　目撃者

1

介護付有料老人ホームの入居者は——それも高級な施設になればなるほど——大部分が現役時代は社会で活躍した人とその配偶者で占められている。

むろん例外はあるものの、男性の入居者は概して高学歴の知識人か、その道で名を成した成功者である。政治家や官僚、会社経営者を始め、学者や作家や芸術家、そしてスポーツ選手やいわゆるタレントに分類される人々もめずらしくない。

なにしろ、とりあえずの入居一時金が数千万円というところもザラなのだから、それも納得がいく。

住み慣れた自宅を離れて、老人用の介護施設で人生の最期を迎えるなんて……。昔の老人ホームにつきまとっていたなんとなく侘《わび》しいイメージはいまや完全に時代遅れで、歳をとって身体がきつくなったら、庭付きの一戸建てからケア付きの小ぎれいな高齢者向け住居へ。年齢と境遇に即したスマートな住み替えは、すっかりトレンドになりつつある。

そこまで高級志向ではなくても、多額の経済的負担なしに利用できる公的施設がありながら、あえて自腹を切ってより優良な住環境を選択する人たちである。早くいえば人生の成功者で、勝ち組といい換えてもいい。

そんなわけだから、本人のみならず家族も経済的に余裕のあるケースが多い。ということは、客観的には親を引き取れないことはないのだが、そう簡単にはいかないのが世の常だ。

傍目《はため》には同居が可能に見えても、どの家族にも現在に至るまでの歴史がある。いまは平穏でも、いつまた噴火するか分からない活火山のようなものだ。そこを無視したら、婿や嫁の積年の恨みつらみが噴き出すのは時間の問題になる。

いうまでもなく、親の側にも言い分はある。生んで育てたことまでも恩に着ろとはいわないが、その後もなにかと面倒を見ている。結婚するにも家を建てるにも、その都度援助をした事実を忘れたのか？　それもこれも、将来は子供の世話になることが暗黙の了解だったはずではないか。

そこで介護付有料老人ホームの出番である。なまじカネで解決できるだけに、ことはいっそう厄介だ。行きたがらない親と行かせたい子供——。皮肉なことに、その膠着《こうちゃく》状態の解決には老親の病気や怪我が好機となる。

心身の衰えが顕著になれば、親を棄《す》てるという後ろめたさも小さい。なにしろ子供の方もすでに五十代、場合によっては六十代なのである。自分の老後も目と鼻の先だ。安んじて快適かつ安全な施設に送り込むことになる。

そうはいっても、それで万々歳というわけではない。そこではまた別な問題が待ち受けている。介護付有料老人ホームは民間施設だから、家賃や管理費、食費や日用品費といった月額利用料は相当な額に上る。たとえ形は親のカネでも、遺産がその分減る以上は、自分のカネも同然だ。

人間とは因果なもので、こんどの敵は親ではない。いきおい高額料金の見返りにホテル並みのサービスを期待し、スタッフへの要求も過剰になりがちだ。早くいえば、家で自分たちが面倒を見るときとは一八〇度転換。他人には完璧な介護を求めるのである。そこにあらたなバトルが発生する。

むろん、大多数のホームの対応は非の打ちどころがない。最適な空調に吟味された食事。明るい色調の内装にはシミ一つなく、冷たく濡れたおむつや、黒く爛《ただ》れた床ずれとは無縁のパラダイスがそこにある。

それもこれも、モンスターペアレントならぬモンスターチルドレンに対抗せんがためだといっていい。

私が勤務する施設も例外ではない。高齢者への対応に特化した至れり尽くせりの高級保育園。入居者たちの昔の肩書を知れば、これほどの経歴の人たちがなぜこんな乳幼児並みの生活に甘んじているのか、ふしぎに思うけれど、その答えは、誰よりも入居者本人が自分たちの立場を自覚していることにある。

彼らは賢いので、私たちスタッフにも決して本心を見せはしない。

嘘《うそ》だと思うなら、周囲に誰もいなくなった深夜、薄暗い廊下を巡回しながら、こっそり個室を覗いてみればいい。

「早く死なせてくれ！」

「さっさと殺せ！」

家族に見捨てられた老人たちの壮絶な叫びが耳に入るはずだ。

彼らはここが生き地獄であること、そして、もはや自分たちにはそれに抗う術《すべ》がないことを知っている。

暗い室内に夜ごとこだまする「死にたい」「死にたい」の大合唱――。生ける屍《しかばね》とは彼らのことだ。

冬木栗子《ふゆきりつこ》はここでパソコンから目を離すと、いまさらながら黒曜石のごとき暗く重い息を吐き出した。

くったりと足を前に投げ出し、椅子の背もたれに上半身を預けて天井を仰ぐ。

あいかわらずネットは各種の情報が満載だ。検索者の求めにぴったりと応える話が出てくるわ出てくるわ、枚挙にいとまがない。

たとえばこれは某介護福祉士のブログの中の一文で、この人物は現に介護付有料老人ホームに勤務しているのだという。

むろん、高齢者施設の関係者がそこで見聞きした事実をネットで公表するのはよくあることで、そのかぎりではべつだんめずらしいものではない。

けれど、このブログの特徴はそれがたんなる個人の体験談に止《とど》まらないところにあって、どうやらこの人物は、ＳＮＳを通して、現代の日本における老人問題の啓蒙に力を注いでいるらしい。

そこには、各種の統計資料やニュース記事、そしてそれに関連するネット情報、新聞・雑誌・書籍類の紹介といった研究成果がふんだんに開示されているほか、実態に裏打ちされた強烈な告発がある。

ハンドルネームは〈目撃者《もくげきしゃ》〉。

社会から無用人間の烙印《らくいん》を押され、家族に見捨てられ、絶望の中で生きる気力を失くした老人たちを、このまま放置してもいいのか？　その歯に衣着せない筆致は、そのまま現代社会の暗部への挑戦といってもいい。

もっとも、それだけに異論や反発もありそうだ。

だいたい、この日本で本当にこんな現実があるのだろうか？　高齢者施設の実状を知らない人なら、首をかしげても無理はない。ただでさえ、認知症の患者は被害妄想に囚われやすいのである。自分の行動を正しく認識できないまま、家族が一方的に自分を迫害し、不当に家から追い出したと思い込みがちだ。

雑誌やテレビといったマスコミが、とかく極端な例を取り上げては問題点を誇張する風潮も、高齢者施設の運営に携わる者の悩みの種となっている。

けれど、こういう現実が少なくとも一部では存在すること。自身も介護付有料老人ホームに身を置く看護師として、そして何より、柏木《かしわぎ》の死という厳然たる事実を前にして、それを頭から否定はできない。

栗子がさっきからこうしてパソコンにかじりついているのはほかでもない。そうでもする以外、入居者の自殺を防げなかった自分自身への怒りの持って行き場がないからだ。

孤独な老人の胸に棲みついた、初めはごく小さかった幻滅がしだいにその様相を変え、終《しま》いには煮えたぎるマグマとなって全身から噴出する姿を、これまで栗子は幾度となく目撃してきた。

そして、それはなにも施設にいる高齢者にかぎった話ではない。

某ネット雑誌に掲載された、栗子もその名を知っている八十代の作家のエッセイには、こんなことが書かれていた。

長寿が賞賛されたのは人間五十年といわれた昔の話である。平均寿命が飛躍的に延びたいま、長生きしていいことなど一つもない。

カネがあろうとなかろうと、子供がいようがいまいが、死ぬのを忘れた年寄りには生ける地獄が待っている。

ことに妻に先立たれた夫ほど悲惨な者はいない。本人は誰にも迷惑をかけずに頑張っているつもりでも、そんな男が存在すること自体、周囲にとっては迷惑以外の何ものでもないのだ。

引き取って面倒を見るのはまっぴらだが、かといって孤独死でもされた日には、腐乱死体の始末にカネはかかるわ、自宅は事故物件になるわで目も当てられない。それが家族の本音だろう。

結局は老人ホームのお世話になるしかないが、そこはそれ現代の姨捨山《うばすてやま》だ。

殺されこそしないものの、介護という名の監禁と強要。面会に来る家族はほんのひと握りで、中には入居手続きの次にやって来るのは死んだとき。その死んだときですら、四の五のいって、すぐには飛んで来ない例もあるらしい。

正直、数年前までは他人より恵まれているはずだった私自身、人生の最後にこんな結末が待っているとは夢にも思っていなかった。

あそこが痛い、ここが痛い。身体が利かない、動かない。目も耳も鼻もぼろぼろで、ものが嚙《か》めない、呑み込めない。おまけに頭を使うのも億劫《おっくう》だとなれば、生きていてもしょうがない。

それなら鴨居に紐をかける体力があるうちに首を吊るしかないが、そんな嫌味なことをしたら、孫子《まごこ》にどれほど恨まれることか――。八方ふさがりとはこのことだ。

作家のことだからたぶんに誇張があるにしても、これほどの人にしてこの有様だ。人生の最後は誰もが悲観的な心境に陥るものらしい。

2

冬木栗子・五十三歳。医療法人愛真会《あいしんかい》兜山《かぶとやま》クリニック所属の看護師にして、食品メーカーに勤める夫と薬剤師の娘を持つ一家の主婦でもある。

住まいは山南市の中心部に建つモダンなマンションの3LDK。結婚と同時にローンで購入した新築物件だったから、庭付き一戸建てが楽に買える値段だったけれど、栗子がマンションにこだわったのはほかでもない。目いっぱい仕事に打ち込めるよう、家の維持管理や通勤に取られる時間を少しでも減らしたかったからだ。

兜山クリニックは、内科、外科、整形外科を備え、近年の風潮にしたがい、院内治療に加え主に高齢者を対象とした訪問診療も行う。これが非常に好評で、兜山郁夫《いくお》院長以下、常時十名近くの医師を擁する大所帯だ。

当然看護師の数も多いけれど、医師とは違い、看護師の仕事は診療所での内勤と訪問診療にはかぎらない。兜山クリニックは、市内の介護付有料老人ホーム等の協力医療機関として、各施設に常駐する看護師の派遣を行っている。

もっとも、派遣看護師には最低限の実務経験が求められる。どれほど優秀な成績で看護学校を卒業しても、なったばかりの若い子には務まらない。加えて派遣先での人間関係もあるから、やはり場数を踏んだ中年以上が中心となる。中でも栗子は経験豊富なベテランで、自慢ではないが兜山院長の信頼も厚い。

協力医療機関の業務は、入居者の定期健康診断を軸に、慢性疾患の患者のケアや緊急時の対応が中心だ。重病の場合は入院施設のある病院を紹介するし、持病がある人は個別にかかりつけの医院があるケースが多いから、医療サービス自体はさほど大きな負担ではない。

むしろ重要なのは常駐する看護師の働きである。朝九時から夕方五時まで、各居室の見回りや声掛けに始まって、医師を呼ぶまでもない不眠や食欲不振、腰痛や便秘等々の相談に乗り、ときには身の上話の相手にもなる。

人間の観察力は機械頼みの診察より的確なこともあるし、信頼関係の構築はまず会話から始まる。治療が第一の医師とは違って、こと常駐看護師の仕事については、治療は二の次だといっても過言ではない。

よほど忍耐強くないと務まらないから、敬遠する人もいるけれど、栗子にとってそんなものはぜんぜん苦ではない。自分から希望して兜山クリニックに就職し、老人ホーム専任になったのが十二年前のことだ。

それまではふつうの病院勤務だったから、かならずしも病棟勤務になるとはかぎらない。運よくなったとしても三交代制で夜勤もあるし、入院患者の顔ぶれはめまぐるしく変わる。大きな病院になればなるほど、個々の患者との信頼関係など望むべくもないのが実情だ。

それでも、勤務するならしっかりした病院でないと。転職など思いもよらなかった栗子が考えを改めたのは、本当にひょんなことからだった。

きっかけは、高校卒業後は看護専門学校への進学を勧めた栗子に、娘の愛美《まなみ》が猛然と反発したことである。

「会社員や公務員だと、なんだかんだいって女はハンディがあるからね。身分が保障されていて、家庭を持っても安心して続けられる仕事といったら、看護師が最高だよ」

異論などあるわけがない。そう信じ込んでいたから、ほかならぬ娘の反応はまったくの予想外だった。

「看護師なんて真っ平ごめんだね」

母親の説得を、愛美は歯牙にもかけなかった。こちらに向けてくっと突き出した唇が彼女の本心を表している。

「だいいち、子供が可哀そうだよ。ママだって夜勤、夜勤で次の日は朝から寝てるし、運動会や授業参観にも来なかったりしたし。小学校のころは、よその家のふつうのお母さんがどれだけうらやましかったと思う？　それに同じ医療関係だったら、薬剤師になる方が断然いいよ」

聞けば、ずいぶんと淋しい思いをしたらしい。自分では多忙な中よくやっているつもりだっただけにショックだった。

それと同時に、娘にそんな思いをさせてまで共働きに固執した自分が、いつしか看護師であること自体で満足し、そもそも自分はなんのためにこの仕事を選んだのか――。いちばん肝心な部分を忘れかけていたのではないか？　頭からぶっかけられた冷水に、はたと思い知らされた気がしたことも否定できない。

実は、栗子が看護師になったのには理由がある。いまでこそ健康そのものだけれど、母親にいわせると、子供のころはどちらかというと虚弱体質だったのだそうだ。小学校に上がって間もなく、肺門《はいもん》リンパ腺炎にり患して三ヵ月近く入院したことがあって、そのときに出会ったひとりの看護師の強烈な印象が、栗子の人生を決めたのである。

雪下《ゆきした》さんというその看護師は、いま思えばまだ三十そこそこだったに違いないけれど、子供の目からは母親よりずっと貫禄があり、いつもにこにこと大きな声で話す頼もしい女性だった。

小さな病院だから小児専用の病棟はない。六人部屋の病室にやって来るたび、年配の大人に囲まれて退屈しきっている栗子に、

「今日のりっちゃんはどんな子かな？」

明るく話しかけては、ベッドでの過ごし方や病院食の食べ具合を点検し、ただのマルや二重マル、ときにはおまけの三重マルやちょっとクエスチョンのサンカクの採点をしてくれる。

もちろん、だからどうということはないのだけれど、二重マル欲しさに嫌いなおかずの完食を頑張ったのは、いまでもなつかしい思い出になっている。

幸い化学療法が効いて大事には至らず、いうまでもなく病気を治したのは医師や看護師というより

本人の回復力と医学の力ながら、以来、栗子の中で彼女は女神になった。

自分を必要としている患者、自分を求めている患者の心の支えでありたい。それが栗子の行動の原動力だ。

けれどもちろん、そんなことは娘の知ったことではない。宣言どおり、めでたく東京の私大の薬学部に進学した愛美は、薬剤師の資格を得て山南市に戻り、市内の調剤薬局に勤めている。

正直、残念な気持ちがないではないものの、肉体的な負担が軽く、勤務時間も定まっている調剤薬局は愛美には向いているのだろう。なにより、そのまま東京に居つくことなく、すんなり家に帰って来ただけでもありがたい。

それに栗子自身、五十の大台を超えると体力の衰えは著しい。ひとりで八十人からの高齢者に目配りするのは正直きつくなっている。

日勤とはいっても、急病で夜中に呼び出されることもよくあるから、自然と禁酒生活にならざるを得ない。決してアルコールが嫌いではない身には、これもけっこうなストレスだ。

それでも仕事を辞める気にはまるでならないのは、やはり看護師が自分の天職だと自覚しているからだろう。

現在栗子が勤務する介護付有料老人ホームの名は山南涼水園《りょうすいえん》。山南中央駅から徒歩二十分。開設してまだ八年たらずで、山南市の中でも比較的新しい部類に入る。

派遣看護師とはいえ、兜山院長の事実上の代理人として設立段階から運営に携わっている栗子は、いち医療スタッフの域を超え、いまや園長の宇野《うの》の右腕といっても過言ではない。自分でもそれだけの自負はある。

介護付有料老人ホームは、さまざまな理由から自宅で生活することが叶わなくなった高齢者が、身の回りの世話や食事、入浴、排せつなどの介護サービスを受け、安全で快適な生活を送るための施設である。

その最大の特徴は、これはあくまでも民間企業が運営する民間施設だという点にあり、地方公共団体や社会福祉法人が運営母体となる介護老人保健施設（老健）や特別養護老人ホーム（特養）とは、設立のコンセプトから根本的に異なっている。すなわち、福祉の観点から利用料金が低く抑えられている公的施設に比べ、費用は高めながらその分自由度が大きい。

分かりやすくいえば、料金も立地条件もピンからキリまで幅広く、規模も中身も多種多様。過度な期待をせずにじっくり探せば、各人のニーズに合った施設を見つけることができる。

たとえば、公的施設の代表格ともいえる特別養護老人ホームは、介護内容は非常に手厚いものの、一室に四人が入居する多床型の施設が中心だ。いわゆる大部屋である。プライバシーは皆無といってもよく、二十四時間、ひとりになるときはない。治療が目的の病院ならあたりまえでも、日常の生活空間となれば、いろいろと不満が出ることは容易に想像がつく。

おまけに入居待機者の数が多いから、利用したいと思ってもすぐに入れるわけではない。長い順番待ちが必要で、要介護度などの入居条件も厳格だ。基本がお役所仕事なだけに、なにかと窮屈で融通が利かないことは否めない。

そこへいくと、介護付有料老人ホームは全室が個室かふたり部屋という居住性の高さが売りになっている。しかも同じ民間施設でも、サービス付き高齢者向け住宅や住宅型有料老人ホームとは異なり、二十四時間の手厚い介護が受けられる。

そればかりではない。特筆すべきはソフト面の充実で、お花見に紅葉《もみじ》狩り、ひな祭りやクリスマスといった季節のイベントを始め、カラオケ、各種ゲームなどのレクリエーション等々、楽しい企画が満載だ。

さらには、希望者を募っての外食や買い物ツアーも民間施設ならではのサービスで、むろん施設によって差はあるけれど、痒《かゆ》いところに手が届くとはこのことだろう。本格的な高齢化社会を迎え、近年ますます介護付有料老人ホームの人気が高まっているのもうなずける。

もっとも厳密にいえば、介護付有料老人ホームにも二種類ある。一つは要介護の高齢者だけで構成される介護専用型、もう一つが要介護ではない自立した高齢者も受け入れる混合型で、山南涼水園はこの混合型の施設に該当する。つまりシビアにいえば、もはや後戻りのできない坂道を下り始めた老人と、まだまだ山も谷もある道を進む老人とが、同じ屋根の下で生活するわけだ。

彼ら元気なお年寄りはお風呂にもひとりで入るし、共用のランドリーで洗濯をし、ちょっとした自炊をするだけではない。ホームを足掛かりに旅行にも行けば外泊もする。園内のクラブ活動はもちろん、地域の各種行事への参加もまったくの自由で、盆踊りや夏祭りともなれば、地元の老人クラブのメンバーに交じって活躍する人も少なくない。

そしてホームの側にとっても、それは奨励すべきことに違いないのだけれど、問題は、自立した人間の行動がかならずしも穏当で正しいとはかぎらないことだ。施設管理者の悩みがそこにある。

なにしろ最近では、ひょんなことから昔の恋人と出会い、嬉しさに我を忘れてひと晩中U市内のホテルにこもっていた女性もいたくらいである。桐ケ谷容子《きりがやようこ》というこの老婦人は、悪びれることもなく翌朝堂々と帰還したけれど、すわ、事故にでも遭ったかと、大騒ぎになったことはいうまでもない。

また数年前には、何を勘違いしたのか、突然ふらりと電車に乗って、とっくの昔に売却したかつての自宅に向かった人もいて、たいそう心配した覚えがある。この男性はこれを機に要介護認定が下され、三階の自立者フロアから二階の要介護者フロアに移動となったけれど、途中何事もなくてよかったと、スタッフ一同冷や汗をかいたものだ。

そこまでいかなくても、たまには羽を伸ばそうと街中に繰り出したあげく、つい飲み過ぎて失敗する者もあとを絶たない。若いころは酒豪だった人も、歳をとるとめっきりアルコールに弱くなるからだ。

ときには飲み屋から、

「お宅のご老人が酔いつぶれているんですけど」

暗に迎えを要請する電話が入ることもあって、たいていの場合、園側の心配は取り越し苦労に終わるけれど、大ごとになるケースもないわけではない。一度などは、八十を超えた男性が意識不明で路上に倒れ、警察から大目玉を食らったことがある。

いくら自立しているといっても、世間から見ればみんな同じただの年寄りだ。何かあれば園が責任を負う形になる。

それだけではない。混合型の施設には特有の問題があって、その一つが、認知症を患ったり自力で食事や排せつができない人たちとの共同生活が、健康な人にとっては想像以上に大きなストレスになるということだ。

明日の自分を目の当たりにする恐怖と嫌悪感。老人は保育園児とは違う。そこを踏まえないと、老人問題の本質を見誤る。

むろん、施設の側もさまざまな配慮をしていることはいうまでもない。たとえば山南涼水園の場合、自立した入居者の居室や専用の食堂・ラウンジは、三階のフロアにまとめて設置されている。

三階には、そのほかにも機能訓練室や調理室といったホーム全体の共用部分があるけれど、要介護の入居者の居室や食堂は二階に固まっていて、フロアは完全に別々だ。要するに、たがいに接触をしない仕組みになっている。

契約時にどの段階にあっても、いったん入居してしまえば、将来重度の要介護状態になっても退去させられる心配はない。

入居者にとっては文字どおり終《つい》の棲家《すみか》で、つまりは、これまでの人生で築いた家庭の温もりや、交友関係や、自由きままな生活のいっさいと引き換えに、将来の安全と安心を手に入れるのである。

それはいいとして、問題はお値段だ。快適な生活はそれ相応の出費を伴う。実際、契約時に支払う入居一時金が一千万円を超えるところはザラにあるし、有名人や大金持ちが入居する超高級施設ともなると億という値がつく。

まさしく高級マンション並みで、世の中にはそんなにたくさん金持ち老人がいるのかとびっくりするけれど、もちろんそんなことはない。大方の人はそれまで住んでいた自宅を処分したり、なけなしの預貯金をはたいて費用を捻出するらしい。

入居一時金が払えない、あるいは払いたくないという人のために、毎月の利用料だけで入居できる施設もあるにはあるけれど、当然ながら、その場合は月額利用料が高額になる。高齢者は預貯金のほかは年金収入だけが頼りの人が多いから、それはそれで一部の人しか利用できない。

その点、山南涼水園は場所柄が場所柄だ。とにかく地価が安い。食費などの月額利用料もリーズナブルだから、かなりお買い得物件なのだけれど、それでも安い買い物ではない。事実、入居者の大部分は、本人または配偶者がかつてはそれなりの収入を得ていた人たちで占められている。だとすれば、〈目撃者〉がどういおうが、このホームの入居者は、なんだかんだいって恵まれている人たちだと考えていいだろう。

その山南涼水園の開設当初からの医療スタッフとして、だから栗子も、これまでは快適に業務をこなして来た。入居者全員と馴染みの仲で、意思疎通にも抜かりはない。なにより、彼らの心身の状態を誰よりも把握しているのは自分だという自負があった。

それだけに、入居者の自殺という今回の事件の衝撃はとてつもなく大きい。現にこうしてパソコンにかじりついていること自体が、動揺の激しさの表れだ。

しかし、こんなことで弱音を吐いていてはダメだ。栗子は思い直した。早く立ち直らないと――。

栗子がパソコンを閉じると、それが合図だったかのように、

自らを鼓舞する。元来が前向きな性格なのである。

「どうした、まだ寝ないのか?」

パジャマ姿の繁《しげる》がのっそりと顔を出した。

大柄でヌーボーとしたこの夫は、どこか冬眠中の熊を思わせるところがある。

「うん、まだちょっとやることがあるから。先に寝ていて」

「そうか。じゃ」

あくびをしながらリビングを出て行く。

無関心のように見えて、けっこう妻を気遣っていることを栗子は知っている。こんどのことだって、

栗子が落ち込んでいることは百も承知のはずだ。

繁は昔から妻の仕事に理解がある。共働きは結婚の大前提だった。いまも商品開発部長として自分も多忙なのに、夜間の呼び出しが続こうが、手抜き料理が重なろうが、不満そうな顔を見せたためしがない。

だからといって家事を手伝ってくれるわけではないけれど、この大雑把な性格では、どうせ戦力にはならない。かえって手がかかるのがオチだ。それでも会社では後輩の面倒見がよく、慕ってくる部下は多い。

愛美はとっくに自分の部屋に引っ込んでいる。どちらかというと愛想のない娘だけれど、職場ではうまくやっているらしい。真剣につき合っている彼氏もいるようだ。

それで充分だ。夫婦でも恋人でも、長続きの秘訣《ひけつ》は互いに相手の行動を尊重すること。それに尽きる。

自分で自分に気合を入れてから、すっくと立ち上がる。

明日の朝の下準備をすれば、今日の日課はすべて完了だ。頭の中はまだ混沌《こんとん》としているけれど、睡眠こそが最高の治療薬だ。今夜はなんとかして眠らないといけない。

3

山南涼水園の入居者・柏木正義《まさよし》の遺体が、通称〈底なし池〉の水底で発見されたのは今日の夕方のことだった。

死因は溺死、それも覚悟の自殺と見られている。時刻は午後二時過ぎ。たまたまその現場に通り合わせ、一一〇番通報をした目撃者によると、柏木は水しぶきが掛かるほど底なし池のふちぎりぎりに佇み、まるでふしぎなものでも見るかのようにじっと水面に目を凝らしていたらしい。

何を見ているのだろう？　その年齢相応の風貌と落ち着きぶりに惑わされたのが敗因だった。もしかすると、この人は自殺をするのではないか？　はっと思い当たったときはすでに遅かったようだ。慌てるでも騒ぐでもない。柏木の身体は水音すら立てず、従容《しょうよう》として水中に消えて行ったという。

柏木は今年七十四歳になる元会社員で、山南市の出身。U市の機械メーカーの技術系総合職として定年まで勤め上げたのち、郷里の実家に戻ったという地元民だ。

ホームに入って丸三年。十一年前に妻を亡くし、以後は自宅で独居生活を続けていたところ、スーパーに行った帰り道に自転車で転倒。それを機に介護付有料老人ホームに移ることを決意したという。

性格はいたって温厚で、趣味はカラオケ。率先して場を盛り上げたり、リーダーシップを発揮することはなかったけれど、けんかや揉め事はもちろん問題行動もまったくない。介護職員などスタッフとの関係も良好だったから、要するに人畜無害なタイプだったわけだ。

もっとも、山南市役所職員で素封家の娘と結婚をした長男との折り合いはきわめて悪かったらしい。ふだんからほとんど交流がなかったようだ。事実、柏木が山南涼水園に入居してから、息子一家は一度も面会に来ていない。

正式な遺書ではなかったけれど、柏木の居室のデスクの上には、息子の長一《ちょういち》に宛てた手書きの文書が残されていた。

用なしの親父は静かに消え去るのみ
子供と猫は大事にしろ
あいつらに恨みはない

短い文言から立ち昇る毒と諦観と。遺書そこのけの強烈な意思表明がそこにある。

冷たい家族への究極の当てつけ自殺。園にとっては、まさに降って湧いた災難だった。

そもそも老人ホームの入居者——それも正常な判断能力のある高齢者——が家族との軋轢《あつれき》から自殺したとしても、それはホームの責任とはいえないだろう。そんなことはあらためていうまでもないけれど、現実には、矢面に立たされるのは園長以下の職員、とりわけパンフレットでも謳《うた》い文句になっている医療スタッフと相場が決まっている。

どうして入居者の体調の異変を、そしてその心境の変化を見逃したのか？　表立って糾弾する者はいなくても、無言の非難に加え、何より常駐看護師としての自分自身の声からは逃れられない。

もっとも、自殺の一報を受けた時点では、よりによってなんで柏木が？　どうにも釈然としなかったのも正直なところだ。

家族に見捨てられたといっても、柏木は経済的に困窮していたわけでも、園内で孤立していたわけでもない。だいたい分別のあるいい大人が、当てつけのためだけに自殺などするものだろうか？　警察の内部にも疑問視する声があったというけれど、その問いに対する答えは意外にもあっさり見つかった。

それはやはりというべきか、健康上の重大問題で、どうやら柏木は、誰にも事実を告げることなく自分で自分に余命宣告を下したらしい。

長年にわたり故人のホームドクターを務めた開業医の話によると、柏木は半年ほど前から体の不調を訴え、県内の総合病院で検査を受けていたのだという。その結果判明した病名は乳がん。それもステージ4だったそうだ。

がんは一般的に、進行度に応じてステージ0からステージ4の五段階に分類されている。その中でいちばん軽度なのがステージ0で、それだとがんは粘膜内に留まっていてリンパ節への転移もないのだが、進行がんのステージ4になると、がんは最初の原発巣を越えてすでに他の臓器に転移している。乳がんは当然ながら女性に多いけれど、子宮がんや卵巣がんと違って女性特有の疾患ではない。男性乳がんも約一パーセントの割合で発生する。同じ進行度なら、女性と男性で治療成績に差はないものの、男性はまさか乳がんにはなるまいと油断しているせいか、発見された時点ですでに進行しているケースが多い。

もちろん乳がんは、胃がん、大腸がん、乳がん、肝臓がん、肺がんのいわゆる五大がんの中でも生存率が高いし、近年のがん治療の進歩には目覚ましいものがある。がんはいまや不治の病ではなく長くつき合う病気で、ステージ4と診断されたからといって絶望的になるのは早計というものだ。けれど、それはあくまでも医学上の統計に基づく客観的事実で、主観的事実、すなわち当の患者の受け止め方はまた別なことを忘れてはいけない。

柏木の年代の人なら、がん＝死刑宣告だった半世紀以上も前のイメージを引きずっていることは大いに考えられる。がんと診断されることが怖くて、自覚症状があっても病院に行かず、むざむざ手遅れになった人が数多くいた時代である。

そうでなくても、がんを宣告されれば、どんなに楽天的な人でも、一度は頭の中に〈死〉の一語がちらつくのではないだろうか？

柏木の場合、不運だったのは、病院での診察や検査に付き添い、ともに病気に立ち向かってくれる人が周囲にいなかったことで、彼が家族と事実上絶縁状態なうえ、施設内でも自立した入居者だったことが災いした。

たとえば山南涼水園では、要介護の入居者の通院には、原則として家族または介護スタッフが付き添う決まりになっている。だったら栗子も検査の結果を把握し、本人とその対応策を相談できたはずで、今回の悲劇は起きなかったかもしれない。

柏木の溺死体は幸い下流に流されることなく、滝壺の底に沈んでいるところをダイバーによって発見された。

滝壺から下流に押し流されてしまうと、そのまま海に出て遺体が見つからないこともある。また運よく途中で発見されたとしても、その間に傷だらけになることは避けられない。それを思えば、比較的早い段階で、それもきれいな姿で引き上げられたのはせめてもの慰めだといえるだろう。

それにしても――。栗子のいら立ちは息子夫婦にも向かわずにいられない。

現場で宇野と顔を合わせた長一は、迷惑をかけた詫びをいうどころか、終始不機嫌な顔で押し黙っていたらしい。

あとから聞いた話では、柏木はステージ4の乳がんの宣告を受けたあと、二度にわたって長一とその妻に報告のメールを送ったものの、ふたりはガン無視したのだという。これにはさすがの警察も呆《あき》れて、言葉が出なかったようだ。

栗子が最後に柏木と顔を合わせたのは、いまから三日前のことだった。

エレベーターで乗り合わせた柏木に、

「おはようございます。柏木さん、その後調子はいかがですか？」

声を掛けると、

「ああ、おはようございます。おかげで少しよくなったかな？　いわれたとおり、お茶を多めに飲むようにしてますよ」

いとも穏やかな言葉が返って来たことを思い出す。

入居者にはできるかぎり名前で呼びかけ、その場で短い言葉を交わす。柏木は、先日の健康相談で最近便が硬くて出にくいと訴えていたので、水分をたくさん取るようにアドバイスしたのだけれど、まじめな性格だけに、きちんと指示を守っていたらしい。

正直、声にいつものような張りがなく、なんとなく上の空だった気もするけれど、自殺をするほどに思い詰めている様子は感じ取れなかった。

看護師失格。時間が経てば経つほど、自責の念は強まるばかりだ。

兜山院長にはとりあえず電話で報告を入れてあるけれど、ショックのあまり何も手につかない。柏木の死に正面から向かい合う勇気が出ないどころか、ふだんどおりの顔を保つこともままならない有様である。自分はいま何をしているのかも分からずに、心はあらぬところを彷徨《さまよ》っている。

むろん、パニックになったのは栗子ひとりではない。園長の宇野はいわずもがな、ホーム中がひっくり返ったといっても過言ではないものの、遺体発見が夕刻だったことが幸いした。栗子が知るかぎり、テレビで報道されたのは午後九時のニュースが最初で、少なくとも事件当日は世間の攻勢を受けずに済んだことになる。

かの〈目撃者〉がこの件について触れていなかったのも、だからあたりまえで、とりあえずほっとしたことは事実ながら、翌日はどうなるか分からない。事実、次の日になると、園内は朝からこの話題で持ち切りだった。

もっとも宇野の陳情が功を奏し、警察発表のトーンが控えめだったのが効いたようだ。新聞やテレビでもホーム側の責任を問う論調はなく、そもそもニュースとしての取り扱いが小さい。おかげでマスコミが取材に押し寄せることもなく、入居者に目立った動揺が見られなかったのは幸運だった。

次々と新たな情報が押し寄せる現代にあっては、二十四時間は昔の百時間にも匹敵する。丸一日が過ぎれば、それはもう過去の出来事だ。

事実、今日は今日でまたあらたなアクシデントが起きている。それも、まかり間違えばとんでもない結果になりかねなかった大失態である。

それというのも、年寄りはとにかく物を捨てたがらない。物を大事にするといえばそのとおりだけれど、衛生上見過ごせないケースも多い。たとえば使用済みのマスクを何度も使い回し、いちど洟《はな》をかんだティッシュペーパーを乾かしてはまた洟をかむ。

食べ物については特にそれが顕著で、

「あたしみたいに戦中戦後の食糧難を経験してるとね。食べ物を粗末にするなんてことはできませんよ」

言い訳をしつつ、食べ残しを引き出しにしまう。それでもあとでちゃんと食べるならいいけれど、それっきり忘れて、ときには一週間も二週間も前の生菓子が出現するから困りものだ。今回もその例に漏れず、要介護3のこの女性は、なんとカビだらけで真っ青になったあんぱんにかぶりついているところを発見されたのである。

園の食事であんぱんが出ることはないから、いつどのように手に入れたものやら見当もつかない。カビそのものは少しくらい食べても危険はないものの、中のあんこが腐敗していればお腹《なか》をこわすことは必定だ。

だから、スタッフは日ごろからこまめに室内を点検しているのだが、いままで監視の目をくぐり抜けていたのは、どうやら机の引き出しではなく洋服ダンスの奥に隠していたためらしい。

要介護3は、生活全般で二十四時間の介護を必要とする状態なのだけれど、挙動が緩慢だからといって油断すると、手痛いミスになるということだ。

何はともあれ、今日一日、平常どおりの生活ができたことに胸をなで下ろす。

そうはいっても、退職した従業員やライバル業者など、あら捜しや嫌がらせが横行するのはネット社会の宿命だ。どこに柏木の死に目をつける者がいるか分かったものではない。

栗子はその晩、またしてもネット検索に没入する羽目になった。

試みに〈目撃者〉のブログを覗いてみると、やはり思ったとおりである。柏木の当てつけ自殺を大々的に取り上げている。

それも、いたずらに感情的になるのではなく、事実を正確に紹介したうえで持論を展開する万全の手法で、怒りの矛先はもっぱら、高齢となった親を平然と見捨てる家族とそれに便乗する老人ホーム、そしてそれを許容する社会に向かっている。

ブログの最後はこんな言葉で締められていた。

だからいわんこっちゃない。憂慮していた事態の発生である。

老いぼれた親は人間以下どころか、もはやペット以下の存在だ。動物病院には日参するが、施設の親にはさっさと死んでほしい。こんな輩《やから》が大手を振って歩いていれば、老人の自殺が引きも切らないのは当然だ。

しかし、責められるべきは子供や孫だけではない。

老親を自殺に誘い込む――。巧妙なこの間接殺人を目の当たりにしながら、何の自覚も反省もない組織がそこにはある。

そ知らぬ顔で死刑執行の舞台を提供し続ける介護付有料老人ホームの存在を、我々はいま一度見直すべきなのではないだろうか。

どうにも複雑な思いが胸の内を駆け巡る。

老人ホームの存在が悪だとは思わない。現に自分がそこに身を置いているのがその証拠だ。そして、老人にとってホームで暮らすより家族と同居する方が幸せだともかぎらない。これも自分が日々の勤務の中で実感していることだ。

いいたいことは山のようにあるけれど、栗子が結局この一文を無視できないのは、この極端な主張の中にも、的を射ている部分があることを否定できないからだ。

そして何より、柏木の氏名はもちろん、当該施設が山南涼水園であることを窺わせる記述がどこにもなかったことにほっとする。

いらぬ噂に入居者やその家族が惑わされることがあってはならない。たとえホームに管理責任があったとしても、彼らに責任はない。悪評が立った施設にいるとなれば、入居者もまた等しく被害者なのである。

ひと通り読み終えてからも、栗子はなおもその檄文《げきぶん》から離れられずにいた。

4

山南涼水園は定員八十名。三階建ての瀟洒《しょうしゃ》な建物で、赤い鋼板の屋根にクリーム色の壁。前面に大きく切られたガラスの開口部が美しい。

U市から第三セクター鉄道で六駅目の山南中央駅からは、園が所有するマイクロバスのほかに路線バスもあるから、交通の便はいい。

そうはいっても、山南中央駅そのものはお世辞にも魅力的とはいいがたい。ホテルやデパートどころか申しわけ程度の商店街しかないから、買い物といってもせいぜい日用品どまり。本格的なショッピングや食事、コンサートや映画鑑賞となると、県庁所在地のU市まで足を延ばすことになる。

もちろん、元気な高齢者にはそれも大きな楽しみで、週に一回はマイクロバスでのU市探訪ツアーが催行されている。

けれど、そんな外観や立地条件だけではない。このホームの真価はその抜群の居住性にあって、全八十室はすべて個室で広さも十八平方メートルあまり。電動式シングルベッドにウォシュレット付きのトイレと洗面台、そして書き物デスクやクローゼット、大型テレビも備え付けという充実ぶりだ。

通路に通じる出入り口と反対側のドアを開ければ、そこは建物をぐるりと一周するベランダで、居ながらにして外気に触れることもできる。眼前に広がる緑の山々に、夜ともなれば降るような星がまたたく。都会人にとっては夢のような光景だろう。

幅広のベランダは避難用通路であると同時に各居室の庭も兼ねていて、鉢植えの草花を栽培している人も多い。

そこだけを見れば現代のユートピアで、山南市などその存在すら知らなかったのに、見学に来たとたん、すっかり惚れ込む人がいるのも納得というものだ。

ことに五年前、運営会社の社長の宇野昌平《しょうへい》が園長に就任して以来、あらゆる面で風通しがよくなっている。加えて食事の質が格段に向上したことは衆目の一致するところで、ひいき目ではなく、四季折々の献立が実にバラエティに富んでいるのである。

歳をとったら食事が唯一の楽しみという人は多いから、これも大きなセールスポイントになっている。

入居者の平均年齢は八十一・三歳、男女比率は女性が七に対して男性は三。そのうち約三分の一に当たる二十六人が自立可能な老人である。こちらもむろん女性の比率が高く、女性十七人に対して男性は九人という構成だ。

大部分は配偶者を亡くしたか、最初から結婚歴のない独身者だけれど、中には、夫や妻は別の施設に収容されている人もいる。ここに来るまで家族と同居していた人とひとり暮らしだった人との割合はほぼ半分ずつ。

都心から遠く離れている地理的条件もあって、面会に訪れる家族が少ないことは全員に共通している。そうであれば、孤独で気楽な者同士、仲間意識が芽生えるのは必然というものだろう。それでなくても、自立した大人が二十六人もいればりっぱな地域コミュニティが成立する。いわば第二の人生の幕開けというわけで、そこにさまざまな人間模様が出現することは想像にかたくない。そして、三対七という男女比率の結果として、数少ない男性陣が大いにモテるという自然の法則は、ここでもしっかり当てはまる。

老人ホームは生活の場であって社交の場ではない。とはいうものの、人はいくつになっても色気を失わないらしい。むろん恬淡《てんたん》とした人も多いけれど、高齢者の施設内恋愛は日本全国、若者も顔負けどころではないのが偽らざる現実だ。

介護付有料老人ホームには、マンションの管理組合のような自治組織は存在しない。入居者はたがいに利害関係のないお隣さん同士で、しいていえば、同じアパートに住む賃借人相互の関係に近い。つき合いを強制されることはないし、独立独歩を貫くのもまったくの自由だ。

それでも毎日の食事や各種レクリエーションで顔を合わせるうちに、なんとなく気の合う者同士のグループが形成され、さらにその中からリーダー格の人間が出て来るのは自然の摂理である。山南涼水園もその例に漏れない。この三階フロアにも大小取り混ぜて複数の〈派閥〉が誕生し、さらには住民による事実上の〈町内会〉が結成されることは、初めから充分に予想できたことだった。

栗子の記憶では、三年ほど前にはすでに体制は固まっていて、元教員の伊丹八十男《いたみやそお》がその〈町内会長〉のポストについていた。

今年八十二歳になる伊丹は地元山南市の出身。長らくU市の公立中学で教鞭をとり、最後はU市教育委員会の教育長を務めていた人物だ。リタイアしてからは山南市に戻り、地元の老人会などで活躍していたけれど、妻を亡くしたのを機に山南涼水園に入居したという。子供はいない。

活動的で社会経験も豊富だから、こういった役職には打ってつけで、実際、伊丹のおかげで入居者間のいざこざが解決したことも数多くある。歳をとるとみんな頑固になるけれど、この伊丹はいい意味で清濁併せ呑むタイプで、融通が利くところがいい。

当時の主要メンバーの顔ぶれは、伊丹のほかには会社経営者の手塚恭造《てづかきょうぞう》、元医師の吉良輝久《きらてるひさ》、不動産賃貸業の岩鞍伴来《いわくらともき》のぜんぶで四人。いずれも伊丹の信頼が篤《あつ》い面々だ。その後これに元警察官の君原《きみはら》と元会社員の柏木が加わり、事実上六人の幹部会員が誕生したことになる。

そこにもうひとり、重要な役割を担う人物が園長の宇野で、こちらは園の方針に関わる案件があると、オブザーバーとして幹部会議に参加する。園内では何をするにも園長の了解が前提になるから、園長と入居者のこの良好な関係がホーム全体の平和と秩序に貢献していることは疑いがない。そして栗子は最古参のスタッフのひとりとして、宇野に誘われて同席することもしょっちゅうだ。

もちろん幹部会議といっても、そこは老人施設のことである。実際は雑談の域を出ないし、園内で発生する問題にしても、切った張ったの騒動があるわけではない。

では現実にどんなことが話題になるのかといえば、これが些末事《さまつじ》のように見えて、当事者にとってはけっこう切実な事柄が多い。

たとえば、ここ山南涼水園では園内での飲酒が全面的に禁止されている。それも例外はいっさい認めない。事実、夕食時の晩酌はおろか、毎月第一日曜日に行われる誕生日会の祝い膳でも、アルコールが供されたことは一度もない。

入居者の中には飲酒を禁じられている人もいるというのがその理由だけれど、それはいわば口実で、飲み過ぎによる体調不良や事故、そして酔ったあげくのけんかや不祥事を防止する意図があることは明らかだろう。

いずれにしても、呑兵衛《のんべえ》にとっては過酷なルールに違いない。半世紀——人によってはそれ以上——の長きにわたる習慣を、急にダメだといわれても、はい、そうですかと従えないのはあたりまえだ。どうしても掟《おきて》破りが横行する。

そこで穏当な解決策として、飲酒禁止の建前はそのまま維持するものの、各人が自分の居室でこっそり飲むのは黙認する。幹部会での取り決めにより、自室でのひとり酒は事実上大目に見ることになっている。

ただし酔っ払ってのどんちゃん騒ぎや武勇伝となると話は別で、こちらは他の入居者に迷惑がおよぶし、なにより甘い顔をすると際限なくエスカレートする。

だから仲間を集めて酒盛りをしたり、共用スペースにさまよい出ることは厳禁で、これを取り締まるのは当然園の仕事ながら——特に人手が手薄になる夜間ともなると——いかんせん手が回らない。

そこで三階町内会の出番となるわけだが、園のスタッフを巡回の警察官だとすれば、こちらはいわば自警団。幹部連中が出向いて説得にあたる。健康志向が行き渡ったせいか、さすがに最近は昔のような大酒飲みはいなくなったけれど、過去には強権を発動した例もある。

同様に、消灯についても似たような問題があって、公式の消灯時間は一律に午後九時と定められている。

なので、夜の九時以降は共用スペースの照明がやや暗くなるのだけれど、病院と違い、消灯後も室内で起きている分には制限がない。起床や就寝のリズムは人それぞれだ。そうでないと、逆に支障が生じてしまう。

もっとも、これとは別に日常生活に関する園内規則があり、そこでは入居者が相互に訪問できるのは午前九時から午後八時までとなっている。つまり夜間と早朝は交流ができない。これは表向きは各人の安静時間を確保するためだけれど、いうまでもなく本当の狙いは別にある。

なぜかといえば、いまや高齢者施設でのトラブルは入居者間の色恋沙汰が代表格で、それは公立・私立を問わず全国共通のテーマだといっていい。これはしたがって、いわゆる禁断の密会の予防対策なのである。

ホームにしてみれば、トラブルは未然に防ぎたい。風紀の乱れはなにかと問題を引き起こすし、深夜の物音や話し声は苦情の元だ。ほかの入居者に我慢しろというのは無理な注文で、奔放な行動に眉を顰《ひそ》める人がいることは容易に想像がつく。

とはいうものの、高齢者にも恋愛をする自由はある。ましてやホームは学生寮でもなければ刑務所でもない。誰がどんな権限で、健全な大人が愛し合うことを禁止できるというのだろう？　事としだいでは人権問題になるだけに、施設管理者は頭が痛い。

となれば、ここでも日本人お得意の解決策がものをいう。つまり、夜間訪問禁止令は有効だけれど、はたに迷惑をかけず、ことさら目立つ行動に出なければ、多少の逸脱行為は見て見ぬふりをする。それが幹部会議の結論で、これは忠実に実行されている。

実際、これまで園内で誕生したカップルは一つや二つではないし、正式に入籍した例もある。トラブルさえ起きなければ、スタッフにしても心から祝福することにやぶさかではない。

けれどもちろん、それはあくまでも当人たちに合意があることが前提だ。片方の一方的な思い込みとなれば、話は別になる。いってみればストーカーと紙一重。むしろひとつ屋根の下にいるだけに、もっと性質《たち》が悪いともいえる。

事実、夜中にこっそり忍び込み、想う相手がトイレにいたのを幸い、ちゃっかりベッドで寝ていた輩もいたくらいで、こうなると園としても放置できない。

「人間は色気がなくなったら終わりだからね」

栗子の報告に兜山院長は笑っていたけれど、現実に被害が発生していたら、笑い事ではないのは当然だ。

それ以来、夜ともなると町内会の幹部はそれとなく男性入居者の動きに目を光らすことになっている。具体的にいえば、やたらと通路やベランダに出る人物は要注意ということだ。

「だけど、本当をいうとね。ストーカーになるのが男とはかぎらないんだよ。侵入者が男だと大騒ぎになるけど、女なら問題にならないだけで、相手の部屋に潜り込むのも、むしろ女の方が多いくらいなんだからねぇ。ま、ストーキングといい、けんかやいじめといい、女だからといって甘く見ないことだな」

これも兜山のご託宣だったけれど、肝に銘じておくべき忠告だったといえそうだ。

老人ホームという閉ざされた小宇宙も、覗いてみれば枯山水とはほど遠い。生身の人間と人間が欲望をぶつけ合う修羅場であるらしい。

5

もっとも同じ三階の住人でも、女性陣となるとこれまたガラリと様相が変わって、男性とは天と地ほどの開きがある。

どちらがいいとも一概にはいえないけれど、どうしてこんなに違うのだろう？　自身が女の部類に入る栗子も驚くばかりだ。

あらゆる面での男女平等、男女の均等化が進んだおかげで、いまの若い世代は行動も思考も服装も男女差が小さい。けれど考えてみれば、戦前に生まれた古い世代の人間はそうではない。極端にいえば、男と女はまるで違う生きものだ。彼らはそういう世界で生まれ育ったのである。

ひと口でいえば、彼女たちの関心は町内会の運営や園内の規律維持にはない。興味の対象はもっぱら自分たちを取り巻く人間関係にあって、そこにあるものはきわめて現実的な行動理念にほかならない。

たとえば食事をするにも買い物ツアーに参加するにも、女性は基本的に群れることを好む。というより、ひとりで黙々と行動する者は変わり者とみなされ、周囲から浮いてしまうのである。

栗子が思うに、それはたぶん、これまで彼女たちが——専業主婦か否かに関係なく——やれゴミ当番だ、回覧板だ、防災訓練だと、隣近所と関わってきた中で身につけた生活の知恵なのだろう。

自分を守るには、味方となる仲間を作るに勝るものはない。とりあえずは、気の合いそうな相手を見つけて声を掛ける。そして、その仲良しユニットはやがて四、五人のグループに編成され、しだいに派閥が形成されていく。

女性の派閥には、大きく分けてキャリアウーマン組と家庭の主婦組の二種類があるけれど、その区別はあんがいファジーで、厳密な定義はないらしい。入居者対スタッフで共通の問題が発生すれば、一致団結して事に当たることはもちろんだ。

そして、その二つの派閥の統合体が男性陣には脅威の的、スペインの無敵艦隊にもなぞらえられる婦人部隊ということになる。

その婦人部隊を率いる目下のリーダーは須藤《すどう》京子《きょうこ》。元オペラ歌手で、第一線を退いたのちも後進の指導に力を発揮した声楽界の重鎮だという。九十一歳になるいまも銀髪が美しいかくしゃくとした女性である。

お弟子さんには有名な声楽家が何人もいるのだそうで、生涯独身だったため、家族に代わって昔の生徒たちが交代で訪ねて来る。夏休みやクリスマスには、一階のホールでそのお弟子さんたちによるミニコンサートが開かれ、そのときは京子本人もいまなお衰えない美声を披露する。

さすがにベルリンやニューヨークでも活躍したという肩書はだてではない。クラシック音楽には疎い栗子も圧倒される貫禄ながら、その分プライドも高いようだ。充実した人生を誇示するかのように、いつ見ても、歳を感じさせない華やかな装いで辺りを睥睨《へいげい》している。

その京子を取り囲むメンバーもかつては社会で活躍した女性たちが中心で、みな申し合わせたように意識もテンションも高い。

中でも、東京の有名フレンチレストランに勤めていたという山吹《やまぶき》乃利絵《のりえ》は、頭一つ抜けた存在だ。洗練されてはいるけれど控えめなメイクに、ショートカットの軽めの茶髪。きびきびとした立ち居振る舞いが板についている。年齢的にも七十歳になったばかりだから、ここでは若い部類に入る。つまりは京子の後継者候補の最右翼。京子ももう高齢だから、乃利絵が婦人部隊を牛耳《ぎゅうじ》る日も遠くはなさそうだ。

ただし問題もある。それというのも、この乃利絵が同じ三階の入居者・君原継雄《つぐお》に気があるからで、これがどうして微笑《ほほえ》ましいなどというレベルではない。恥じらう素振りなどあらばこそ、持ち前の積極性を発揮して猛然とアタックする。

気の強さではホームでも一、二を争うだけに、周りの女性たちもうっかりからかうこともできない。この分だと、いずれひと悶着《もんちゃく》起きるのではないか。栗子はひそかに気を揉んでいるけれど、とかくこういう予感は当たるから困る。

その君原は、現役時代はC県警捜査一課で鳴らした敏腕刑事だったといい、それも主に殺人事件を担当していたらしい。山南涼水園にやって来たのは三年前のことで、定年退職後、妻に先立たれてからもひとり暮らしを続けていたけれど、喜寿を迎えたのを機にホーム入りを決意したのだという。C市内にあった自宅を売り払い、物心ともに身軽な境遇のようだ。

八十歳になるいまもしゃんと背筋を伸ばし、きびきびと行動するところは元警察官ならではだが、ともすればありがちなイメージとは異なり、誰に対しても高圧的な態度を見せたことがない。

「君原さんは俳優の笠智衆《りゅうちしゅう》にそっくりだってね、高齢の女性たちに大人気なのよ」

ケアマネージャーの渡部久美《わたなべくみ》もいっていた。

ケアマネージャーというのは、要支援や要介護の人たちのケアプランの作成を始め、ケアマネージメント全般を一手に取り扱う専門職で、介護付有料老人ホームには最低でも一名の配置義務がある。

介護の世界にはなくてはならない存在だ。

この渡部は経験豊富なベテランで、圧倒的に二十代、三十代の若者が多いスタッフの中で、年齢も立場も栗子に近い。いつも颯爽《さっそう》と園内を闊歩《かっぽ》し、誰に対してもぱきぱきとものをいう裏表のない性格だ。だから気楽な世間話もする仲だけれど、映画や演劇に詳しいとは知らなかった。栗子はあまり日本映画を見ないので、そんな昔のスターの名前を出されても分からない。

そこでネットで調べてみると、笠智衆は一九〇四年生まれ。戦前から戦後にかけて映画やドラマで活躍した名優で、日本を代表する俳優のひとりだったことは間違いないようだ。当時は〈日本のおじいちゃん〉と呼ばれたほど、主に老人役で人気があったという。

出演した作品の白黒写真が山のように出て来たけれど、なるほど知的で泰然自若とした風貌が君原に似ていなくもない。これなら、たとえおじいちゃん役でも大人気を博したことはうなずける。

乃利絵もおおかたその容姿に参ったのだろうが、すさまじいのはその実行力だ。なにかと口実を設けては居室に突撃するらしく、これには複数のスタッフの目撃談がある。

たとえば、まだ朝食も始まらない早朝、コツコツとノックする音に、君原がドアを開けて顔を見せると、

「おはようございます。目覚めのコーヒーをお持ちしました」

コーヒーポットとミルクピッチャーを盆に載せた乃利絵が嫣然《えんぜん》と微笑んでいるという寸法だ。

さすがに居室内には立ち入らないものの、これが午後の時間帯となると、ちょっとした焼き菓子などが添えられ、

「お待たせいたしました」

頼んだ覚えもないのに、さもあたりまえといった風情《ふぜい》でベッドサイドの小テーブルまで運んで来る。ついでにぎろりと室内を見回していくことはいうまでもない。

「君原さん、またですか。モテてけっこうじゃないですか」

三階の機能訓練室で働く指導員の荻田《おぎた》祐介《ゆうすけ》がからかうと、

「ちゃんとコーヒーメーカーで淹れたおいしいコーヒーを差し入れてくれましてね。ありがたいことはありがたいんですが」

口ごもったというのもむべなるかな。ありがた迷惑とはこのことだろう。

しかもそれだけではない。乃利絵はちょくちょく——彼女がいうところの——シャバの友達と海外旅行に参加しては、その土産だといって、ウイスキーのミニチュアボトルやチョコレートの小箱を渡すのだという。

君原は決して大酒飲みではないけれど、ビールの次に好きなのがウイスキーの水割りで、それもチョコレートをつまみながらちびちびとやるのが好みなのだそうだ。乃利絵はどこかでその情報を摑んだに違いない。

そこで大瓶ではなくミニチュアボトルというのは、おカネをケチったためではなく、あまり高い品だと受け取ってもらえないからだろう。出張土産の饅頭がいい例で、安価で庶民的な食品はかえって断りづらいし、心の負担も軽い。

やはりたまたまそばに居合わせた介護スタッフの富川《とみかわ》の話によると、一度などはフランスの高級ブランド・H社のシルクネクタイを買って来たことがあって、さすがにそのときは、

「いや、こんな高価なものはいただけません」

断固受け取らなかったそうだ。

もっとも、乃利絵はそんなことで怯むタマではない。

「それじゃあ、代わりにこちらをどうぞ。これは機内で配られたおつまみですから、タダなんですのよ」

すかさずバッグからあられの小袋を出されて唖然としたらしい。

いくら強面《こわもて》ではないといっても、元捜査一課の刑事相手にこの度胸。きっと現役時代も、この調子で酔客やクレーマーをあしらっていたのだろう。

いくら想われても、君原が乃利絵の誘いに乗るわけがない。栗子たちも初めは笑って見ていたものの、それが笑い話で終わらなかったのは、この乃利絵になんと強力なライバルが出現したからである。

その女性の名は生田晴世《いくたはるよ》。ここ山南市の出身だ。亡夫は会計事務所を経営していた税理士だといい、経済的には余裕があるようだ。山南涼水園に入居してまだ九ヵ月あまり。ほっそりとした身体に卵形の顔がちょこんと乗った純和風美人で、婦人部隊の二大派閥のうち、当然のように家庭の主婦組に属している。

根っから人懐こくて話好きなので、施設の生活にもすんなり溶け込んだけれど、忘れてはならないのは、山南涼水園の住人は女だけではないという事実である。

専業主婦時代には、曲がりなりにも会話といえる会話を交わす男は夫だけ。それも実態は夫婦というより主従の関係に近かった女にとって、あたかも青春時代に舞い戻ったかのような異性との交流。新鮮な出会いがそこにある。

ここには、女の意向は完全に無視、一方的にことを決めたり、えらそうに用事をいいつける男はひとりもいない。誰もが対等な立場の人間として接してくれる。

中でも、知的で誠実で穏やかな君原継雄。その存在が晴世の満足感の大きな部分を占めていることは疑いがない。あえていえば、二度目の初恋というところだろうか。

ほんわかと切ない娘時代の初恋とは異なり、そうなるともう歯止めが利かないのが二度目の二度目たるゆえんだ。活火山のマグマのごとく煮えたぎる恋慕の情。いまや三階の住人で彼女の恋心を知らない者はいないといっていい。

それというのも、この晴世も積極性では決して引けをとらないからで、乃利絵のようにこれ見よがしのサービスこそしないけれど、口実を見つけては近寄って来ることに変わりはない。

プライドの高い乃利絵とは対照的に、晴世は何かというと君原を頼って来る。ついでに土産を持参することはもちろんだ。もっともこちらはコーヒーや菓子ではなく、手作りの品物が大半を占める。食べ物なら毎日の食事とおやつで充分だ。ここは得意の手芸で勝負をしようという戦略である。

おかげで君原の居室には、毛糸で編んだ室内履きを皮切りに、クッションに膝掛けに小物入れと手製のプレゼントが続々と持ち込まれる。口に入れたらそれっきりの食品と違い、こちらは積み上げ方式だ。乃利絵がやきもきするのも無理はない。

受ける君原が浮かれるでもなく、かといって迷惑がるでもなく、およそ無関心ともいえる態度なだけに、かえって闘争が激化している感すらある。

「いつかどえらいことにならなきゃいいけどね」

これは渡部の言だけれど、経験に裏打ちされたスタッフの直感は鋭いものがある。心配の種は尽きない。

6

兜山クリニックは山南市の中心街の中ほど、M銀行山南支店の隣にある。

診療時間はとっくに過ぎているけれど、ほとんどのスタッフがまだ残っている。兜山は栗子の姿を認めると、その顔色から状況を察したらしい。黙って院長室に招じ入れた。

「だいぶ参っているみたいだね」

応接セットのソファにどかりと腰を下ろすと、向かいに座るよう目で指し示す。

兜山は優秀な内科医で、そのうえやり手の経営者でもありながら、いたってざっくばらんな性格だ。上司にするには申し分ない人物といっていい。

「そのとおりなんです」

栗子は遠慮なく院長と向かい合うと、堰《せき》を切ったように話し始めた。

入居者の健康管理を任されていながら、柏木の心身の不調に気づけなかったこと。自分には高齢者の心理がいまいち理解できず、どうやらこの仕事は荷が重いこと。一ついい出すと、次から次へと自己嫌悪の言葉が噴き出して来る。

「自分がどれだけ独りよがりだったか、こんどばかりは嫌というほど思い知らされました。自分の能力を過信してたんですね」

うなだれる栗子に、けれど兜山は同調する気はなさそうだ。部下の繰り言に黙って耳を傾けたあとは、なぜか笑みを含んだ顔になった。

「それで冬木くんは、自分は柏木さんの死に責任があると。そして自分や周囲の人間のやり方によっては、彼の自殺を防ぐことができたはずだと考えているわけだ」

「そうなんです」

カクカクと首を振る栗子に、

「まぁ、きみがそう思う気持ちは分からないでもないがね。それは間違ってるな」

あっさりと断定する。

「どこがでしょうか?」

そこまでいわれると、ほっとする気にはなれない。かえって警戒心が芽生えた。

けれど、兜山はみじんも怯まない。

「彼の場合は、自殺を止めてくれる人が周囲にいなかったんじゃない。むしろ本人の決意があまりにも強固だったために、周囲の人間が介入する余地がなかったと見るべきじゃないかな?」

「じゃあ、もし私が柏木さんの異変に気づいていたとしても、助けようがなかったということですか?」

「まあね」

「つまり、柏木さんは自分は末期がんだと思い詰めて自暴自棄になっていたと?」

納得のいかない口吻《こうふん》の栗子に、

「そりゃ、その要素がまるでないとはいわないけどね」

肩でも凝っているのか、ぐるりと首を回す。

「人間には理性がある。ふつうなら、たとえ医者から厳しい余命宣告を下されたとしても、すぐに死のうとは思わないはずだ」

「そうでしょうね」

「あるいは、それは理性というより、死という未知の現象に対する恐怖かもしれないな。生きたいから生きるというより、とりあえず目前の死が怖い。それが本能というものだ」

「それは分かります」

「逆にいえば、柏木さんには、その本能的な恐怖をはねのけるだけの強い動機があったんだろうね」

「その動機とはなんなのでしょうか?」

首をかしげる栗子に、

「それは絶望だな」

兜山の返事は迷いがない。

「父親をないがしろにする薄情な息子への絶望。というか、もはや世の中から一顧だにされない自分自身への絶望だね。あんなことをしでかす理由はそれしか考えられない」

「そう——なんですか」

「ああ、そうだ。本当に死ぬと決めると、人はむやみに騒いだりしないものだ。それどころか、傍目にはむしろ穏やかに見えるものでね。たいていは、誰にも知られずにひっそりと旅立って行く。

そこへいくと、年寄りが口癖のように死にたい死にたいというのは、心にもない嘘だとはいわないが、掛け値なしの本心でもない。はっきりいえば、それは自分はべつに長生きがしたいわけではないという、周囲へのアピールなんだよ。

自分が死んでも、若いときと違って悲しんでくれる人はどこにもいない。それはつまり、自分を必要とする人がひとりもいないということだ。つらい現実ではあるけどね」

仕事柄、数多くの老人の生と死を見て来た実感なのだろう。かくいう兜山自身、あと数年で古稀《こき》という年齢だ。冷徹な物言いの奥に静かな諦観が潜んでいる。

「ということは、柏木さんの死は誰が何をしようと避けようがなかったんですね」

本当にそうなのだろうか？　院長の本心を探らんと穴のあくほど見つめる栗子に、兜山は静かな眼差しを返した。

「私もこの歳になって初めて分かったことがたくさんあるけどね。若いころと違って、歳をとると、死ぬというのは特別なことではないんだな。現に、老人ホームにいる人は誰もが親きょうだいを始め夫や妻、それに友達や知り合いの大半を亡くしている。

それはいってみれば、自分も半分死んだということでね。八十を過ぎた人間にとっては、自分はもう間もなく死ぬのか、それともまだしばらく生きているのか、どっちに転んでも、その先の人生が黒か白かにはっきり分かれているわけじゃない。老人というのは灰色の世界に生きているんだよ」

「じゃあ、院長には長生きしたいというお気持ちはないんですか？」

「いつまでも生きていたいとは思わないが、いますぐ死にたいとも思わないね。望んでも望まなくても、かならずそのときは来るんだから」

「それはそうですけど」

なにかごまかされているようで、どうしても歯切れは悪くなる。と、

「それより、冬木くん」

兜山の目にいたずらっぽい光が宿った。

「もしきみが誰かの命を救いたいと思っているなら、本領を発揮するのはこれからではないのかな？」

「えっ、どういう意味ですか？」

「だって、そうでしょ？」

ここぞとばかりに力を込める。

「柏木さんがああいう亡くなり方をしたことで、園内では動揺が広がっている。とりわけ三階の人たちは柏木さんとの交流が深かっただろうからね。精神的に不安定になる人がいてもおかしくない」

「まぁ、そうですね」

「年寄りは近しい人間の死によって、喪失感や孤独感を深めがちだ。ウェルテル効果ということもあるし、柏木さんに影響されて同じ轍《てつ》を踏む入居者を出さないためにも、冬木くんの力が必要だと私は思っているよ」

「本当にそう思われますか？」

思わず嬉しくなる。

ウェルテル効果。それは、創作物の主人公や実在する有名人の自殺に影響され、同じ方法であとを追う模倣自殺が続出する現象である。

その昔、ドイツの文豪ゲーテの小説『若きウェルテルの悩み』がもたらした社会的〈事件〉がその語源で、叶わぬ恋に身を焦がした青年が絶望の果てに自殺を遂げるストーリーが、〈精神的インフルエンザの病原体〉といわれるまでに人々の共感を呼んだらしい。このときは、主人公ウェルテルと同じ服装で同じピストル自殺をする若者があとを絶たず、国によっては発禁処分になったという。

そして、同様の現象は日本でも起きていたようだ。江戸時代、近松門左衛門が発表した人形浄瑠璃の『曾根崎心中』や『心中天網島』に触発された心中事件が多発し、ついには幕府が上演を禁止する事態にまでなったのがそれで、歴史は繰り返す。近代になっても、太宰治の入水《じゆすい》自殺や三島由紀夫の割腹自殺を始め、歌手や俳優のあと追い自殺が話題になることが多い。

もし兜山のいうとおり、栗子に老人たちの模倣自殺を防ぐ力があるのなら、これは自分にとって大きな救いになる。

やはり兜山に相談してよかった。がぜん勇気が湧いてくる。

だけど、それはそれとして、院長は本気で山南涼水園の入居者から柏木のあとを追う者が出ると思っているのだろうか？

院長室を辞してからも、

「もしきみが誰かの命を救いたいと思っているなら、本領を発揮するのはこれからではないのかな？」

さっきの言葉がメリーゴーラウンドのようにぐるぐると廻っている。

これはむしろ自分を立て直すチャンスかもしれない。

とはいえ、さまざまな人がいる山南涼水園の入居者の中でも、三階の住人はひと筋縄ではいかない相手が多い。

栗子はいま一度、頭の中で彼らの顔をひとりずつ思い起こした。

7

亡くなった柏木の葬儀が営まれたのは遺体発見の五日後のことだった。

長男夫婦とふたりの孫に親類縁者が五、六人、それにホームを代表して宇野が参列しただけの淋しいものだったようだ。本当は栗子も行くつもりだったのだけれど、長一の意向で園長ひとりの参列となったのである。

「お坊さんも来るには来ましたけどね。あんな短い読経なんて初めてですよ。自殺騒ぎで注目が集まらなかったら、あの息子のことです。たぶんそれすらやらずに直葬で済ませたと思いますね」

宇野が疑っていたのもあながち邪推ではなさそうだ。なにしろ長一は、この期におよんでも父親の死を悼むどころか怒り心頭らしい。

葬儀を終えて帰って来た宇野を出迎えたのは、栗子のほかには伊丹、君原、手塚、吉良、岩鞍の五人で、彼らはそのまま園内町内会の幹部でもある。いずれも柏木と親交が深かった仲間だから、受けたショックも大きいようだ。

「ただいま戻りました。葬儀は滞りなく終了しまして、お骨はご長男がご自宅にお持ち帰りになりました」

喪服姿のまま、宇野が神妙に頭を下げる。

「これまでにも何度となく入居していた方の葬儀に参列していますが、こんなにつらかったのは初めてです。つくづく自分の無力さを思い知らされました」

戦犯は自分だといわんばかりにうなだれる姿に、

「園長の責任ではないですよ。柏木さんの心のケアは私の役目だったんですから」

たまらず栗子が声を掛けると、

「いや、それをいうなら、私らだって同罪です。毎日顔を合わせていながら、彼の悩みに気づいてあげられなかったんですからな」

入居者を代表して伊丹が力を込める。

故人との関わりに濃淡はあれど、柏木を追悼する気持ちは全員にある。自然とそのまま〈偲ぶ会〉となった。

三階のダイニングルームではなく、一階ホールのそれも奥まったテーブルに陣取ったのは、ここなら何をいっても他人に聞かれる心配がないからだけれど、もとより大声を出す元気などない。とりわけ宇野の憔悴《しょうすい》ぶりは目を覆うばかりで、考えてみれば、入居者が自殺をしたのである。園長が平気でいられる方がおかしい。

「だけど柏木さんも水臭いわな。ひとりで悩む前に、どうしてひと言我々に相談しなかったかねぇ」

手塚恭造がゆらゆらと首を振る。

手塚はM市を中心に手広く寝具の卸売業を展開する手塚寝具の会長で、長男に社長の座を譲ったいまも現役の経営者だ。入居者の中でも最古参のひとりで、開園と同時に入居。ということは、栗子の同期生でもある。妻に先立たれたところは柏木と同じながら、入園に至った事情は若干異なる。

そもそも手塚の家は大家族の家系で、三代目当主となるこの恭造も、妻の生存中から長男や孫の一家と同居していたという。老人ホームに入ったのも、家族との間に軋轢があったためではなく、たまたま山南涼水園のパンフレットを目にして、すばらしい自然環境に惚れ込んだのだそうだ。

社長時代はやむを得なかったけれど、M市に住んでいるかぎりは、自然と触れ合うといってもせいぜいゴルフ程度。せめて老後は、緑に囲まれて健康的に過ごしたいというのが入居の理由だったようだ。

赤ら顔で威勢がよく、パンなんか食えるかという和食党だ。

「ここはなんといっても、飯が旨いのが最高ですよ。家にいると、どうしたって子供が中心だからね。嫁さんたちが作る料理といったら、カレーだのとんかつだのハンバーグだのって、肉ばっかりで。それでも年寄りに気を遣って、スーパーで刺身なんかを買って来るけど、あんなものは料理じゃないからねぇ。こっちは大根とかナスとか季節の野菜を食べたいのに、いまの若い女は野菜といえばサラダだと思ってる。昔ながらの煮物なんか作れないんですよ」

そんなことをいっているのを聞いた覚えがあるけれど、少なくともいまのところは、特に悩みもなさそうな八十五歳だ。

「柏木さんは正月が来るたびに、『門松は冥土の旅の一里塚』というのが口癖でね。『老人ホームは終点の一つ手前の地獄口。急ぐ旅でもあるまいし、ここで一服一休み』なんて、よく節をつけていましたよね。そんなふうだったから、もっと達観している人だと思っていたのになぁ」

「ほんとにね。進行した乳がんだったそうだけど、歳をとるとがんの方も進行が遅いといいますからね。早まることはなかったんですよ」

いまも現役の不動産賃貸業者、岩鞍伴来が同調する。

この岩鞍は東京の一等地に建つ商業ビルのオーナーだという触れ込みで、年齢も七十になったばかり。どんな事情があるのかは知らないけれど、独身で、信頼できる身内が身近にいないのだそうだ。

本人の言では、これから先いつ事故や病気に見舞われないともかぎらない。何かあってからでは遅いので、早々と介護付有料老人ホームを選んだのだという。

「だいたい、ろくでもない係累なら最初からいない方がいいんです。家族と絶縁してせいせいしてると豪語していた柏木さんが、実は息子に未練たっぷりだったというのがね、私はなんとも切ないですよ」

自身は子供がいない伊丹が続けたけれど、

「いや、それは違うんですよ」

そこで口を挟んだのは元開業医の吉良輝久だ。

こちらは八十前の妻帯者。自宅に妻を残し、単身で入居した変わり種だ。税金の関係で、どちらかが自宅にいないとまずいというのが公式の理由だけれど、その妻もめったに面会に来ないところをみると、ほかにも事情があるのだろう。

いつ見ても眉間にしわの仏頂面。笑ったことはあるのかという風貌ながら、実際は外見ほど不機嫌でもなければ人嫌いでもない。ざっくばらんな性格なことは、つき合っていれば自然と分かる。

「私はこれまでいろんな患者を診てきましたがね。近ごろ流行りのリビングウィルがいい例だが、あれほど当てにならないものはありません。元気なうちは、『全身チューブだらけになってまで生きていたいとは思いません』とかいっていても、人間、本当にそうなったときには、そんな信念は簡単にひっくり返るんです。

余命宣告もそれと同じでね。『私はもうやりたいことをやり尽くしましたから、いつ死んでも思い残すことはありません』なんて達観していた人ほど、いざその場になるとうろたえる。逆に、『先生、まさかがんではないでしょうね？』とびくびくしていた人の方が、実際に結果が出るとあんがい落ち着いていたりするものです。

柏木さんも自分の余命を知ったとき、予想外の心境の変化があったんですよ。薄情なやつだと分かってはいても、やっぱり息子にすがりたくなったんですね」

さすが元医師らしい意見を吐く。

「それにしてもなぁ。柏木さんの息子も、親が末期がんだと知らせてきたんだ。いくら仲が悪いからって、見舞いの電話の一本や二本、かけてもバチは当たるまいに」

なおも続ける手塚に、

「いや、無視を決め込んでいるならまだいい方ですよ」

吉良が混ぜっ返す。

「うちの家内だったら、大喜びで電話をしてきますよ。手術だのなんだのと面倒をかけずにさっさと逝ってくれるなら、願ってもないいんじゃないかな」

露悪趣味を全開にしている。

「だけど、そんなことをいってられるのも、夫婦がそろって元気だからでね。私みたいに家内に死なれてごらんなさい。そりゃ淋しいもんです。夫婦げんかをしたくても、肝心の相手がいないんだから。吉良さんがうらやましいですよ」

これは伊丹だけれど、吉良はびくともしない。

「それは伊丹さんの夫婦仲がよかったからですよ。けんかをすれば仲直りもあるわけで、これはもうお約束の儀式だといってもいい。ふつうの夫婦は、食い物にしろ暮らし方にしろ、最初は無理して合わせていてもしだいに面倒になって、しまいには相手の存在そのものが苦痛になる。人間歳をとると万事に余裕がなくなるんですよ」

「それで別居ですか？　よくいう卒婚というやつですね」

「いや、それともちょっと違いますね。卒婚をする夫婦は、おたがい納得ずくで別々の生き方を選ぶんでしょうが、私と家内の間には、話し合いもなければ理解もない。あるのは無関心だけです」

「となると、夫婦も人生と同じで、行き着く先は地獄なわけですか？」

「べつに地獄ではないですがね。子供たちのこともあるし、再婚したい相手もいないから、いまさら離婚しようとは思いません。ただ、これまでの自分は自分ではなかったんだから、せめて残りの人生は自由に生きないとね」

「それはまた、ずいぶんと割りきっていますな」

「しょせん夫婦は他人ですから。振り出しに戻って、もとの他人になっただけです」

天気の話でもしているような口吻ながら、ゆるぎない確信が伝わって来る。

でも――。栗子は心の中で首をかしげた。

むろん自分は吉良のすべてを知っているわけではない。それにしても、安全安心の旗印のもと、見えないバリアで囲まれた老人ホームの生活のいったいどこに、彼が理想とした自由な生活があるというのだろう？

「そこへいくと、私はいまも昔もひとりですから。なんの憂いもありませんね」

ここで岩鞍が口を出す。

夫婦間の軋轢は対岸の火事だとみえて、ただでさえシニカルな口ぶりにいっそう拍車がかかっている。

「すると、岩鞍さんは最初から独身主義だったんですか？」

信じられないといった面持ちの手塚に、岩鞍は軽く口元を歪ませた。

「べつにそういうわけではないんですがね。結果的には独身を貫くことになりましたね。私の母親はいわゆる未婚の母で、父なし子の私を産んだうえに早くに亡くなったので、そもそも私は家庭の味を知らないんですよ。正直、母親の顔も覚えていません。

物心ついたころから親戚の家をたらい回しだったんですが、またその親戚というのがそろいもそろって夫婦仲が悪くてね。けんかばかりしてましたから。もしかしたら、私を引き取ったことが不仲の原因だったのかもしれないけれど、あの夫婦げんかを見たら、とてもじゃないけど結婚に夢は持てません。

それでも世話好きな人はいるもので、成人してからは見合いの話もけっこうありましてね。自分でも人並みに家庭を持とうかと迷った時期もあったんですが、根底には、自分を産みっぱなしで死んだ母親も含めて、女性への不信感があったのかなぁ。いざとなると踏み切れませんでした」

「なるほど、そういう事情がねぇ。これは知らなかったとはいえ、失礼しました」

手塚が頭を下げる。

「いやいや、お気になさらずに。持たない子には苦労はしないというけれど、持たない女房にも手は焼けません。おかげで後顧の憂いなく、好き勝手に生きて来られました」

鷹揚《おうよう》に手を振る岩鞍はよほど独身生活に満足しているらしい。平凡を絵に描いたような家庭に育ち、疑いもせずに結婚した栗子には理解の外の人物だ。

「確かに、妻子の存在は支えになる反面、足枷《あしかせ》にもなりますからな」

これは伊丹である。

「仰るとおりです」

我が意を得たりとばかりにんまりとする岩鞍は、さながら太鼓腹の布袋様《ほていさま》だ。

「私もいまでこそ都心にビルを持って、不動産の賃貸で食べていますがね。ここに来るまでにはいろいろありましたよ。君原さんの前ですが、正直、やばい仕事にも手を出しました。なにしろ中学を出たとたんに世の中に放り出されたんです。保証人もいなければねぐらもない若造に、まともな就職先があるわけないでしょ？」

「そうでしょうね」

さっきからひとり沈黙を守っていた君原がここで初めて口を開いた。

「お恥ずかしい話ですが、私は鑑別所も少年院もひととおり経験しています。もっともまだ未成年だったので、前科はつきませんでした。これもあの少年法のおかげですね」

少年院の経験者。ときならぬ告白に栗子はどきりとしたけれど、周りの男たちはただ静かにうなずいている。生き馬の目を抜くような厳しい社会で生きて来た者同士の、これは最低限のマナーなのだろうか？

「いや、若いうちはよくあることですよ。非行少年が成人するとみんな犯罪者になるなら、矯正の意味はありません。問題は本人がどこで目覚めるかです。そういう人たちのために少年法があるんですから」

元刑事が柔らかな笑みを返す。

なぜかほっとしている自分に、自分もまた偏見を持っていたのだと気づく。

警察官や検察官は、たとえば弁護士に比べると非行少年に厳しいイメージがある。犯罪者を取り締まるのが仕事なのだから、当然といえば当然だ。でも、それはかならずしも正しくないのかもしれない。被害者の悲惨な姿を見ているだけに、罪を憎む気持ちは強いに決まっている。けれどその一方で、罪を犯した人間とどっぷり向かい合うのもまた彼ら捜査員なのである。

犯罪者、それも少年は――むろん例外はあるけれど――その成長過程でなんらかの精神的・肉体的な傷を負っていることが多い。

刑事だって血の通った人間だ。犯罪者がそこに至った背景を知るにつれ、当初の怒りはだんだんと影をひそめ、ときには共感を抱くことすらあるらしい。おそらく君原もそういう警察官のひとりだったのだろう。

君原を味方にした岩鞍はますます饒舌《じょうぜつ》になった。

「それでも人生捨てたものじゃありません。頼りになるのは、なまじっかの親類より赤の他人というのは本当で、私の場合は、たまたま知り合った不動産屋の社長に気に入られたのが運の始まりでした。初めはアルバイトだったんですが、すぐに正社員にしてもらえましてね。そこでみっちり不動産取引のいろはを叩き込まれました。おかげで四十になったのを機に独り立ちしてからも、大きな怪我をせずにやって来られたんです」

ドラミングをするゴリラばりに胸をそらす。

「けどまぁ、裸一貫からここまでになったんだ。誰にでもできることじゃない」

元教員の伊丹も感嘆しきりのようだ。

「それもこれも、なんのしがらみもないからやれたんです。不動産投機は博打《ばくち》と同じでね。大儲けするのもすっからかんになるのも紙一重です。妻子を食わせなきゃいけないとか、子供に財産を残したいなんてね。守りに入ったら、その時点で負けなんですよ」

「とはいっても、カネも不動産もあの世までは持って行けないんだから。自分が死んだあと、安心して遺産を託せる者がいないというのは虚《むな》しくないかねぇ」

これは手塚だ。

「だからって、顔も知らない親類にカネを残してどうするんです？　私が死んだら万歳をするような連中には、一円だってやりたくありませんね。それくらいならどぶに捨てた方がマシです。ね、冬木さんもそう思いませんか？」

何を思ったか、突然こちらに振ってくる。

「そうですねぇ」

言葉を濁していると、

「でもそれだと、相続人不存在ということで、せっかく築いた財産が国のものになっちゃうんじゃないのかな？　それもばからしい話だしねぇ。私の知り合いにもいたけど、まったくなんのために働いてきたのか分かりませんよ」

カネの話になって、がぜん手塚が勢いづいたけれど、実はこの展開を見越していたのかもしれない。

「ですから、私も手は打っていますよ」

岩鞍がここでにやりとした。

「これまでさんざん税金をしぼり取られたあげくに、死んでまで国にご奉仕するのはまっぴらですからね。私はいま自分がいちばん世話になっている人に財産を託すことに決めているんです。ま、私の最後の意地ですな。べつに隠す必要もないのでお話しすると、実は、ここにいる宇野さんに私の全財産を遺贈することにしましてね。すでに遺言書も預けてあるんですよ」

不敵な笑みとともに、なんと驚天動地の爆弾宣言だ。

全財産を宇野さんに遺贈するだって？　まさか！

全員が想像もしなかった展開に呆気にとられる中、うろたえたのは宇野である。

「そのとおりですが、なにもこんな場で仰らなくても……」

おろおろと戸惑いを隠せないでいる。

なるほど岩鞍がいまいちばん世話になっているのはこの山南涼水園のスタッフで、中でも園長がダントツなことは誰の目にも明白だ。それはそうに違いないけれど、

「岩鞍さんはまだお元気なのに、ずいぶんと用意周到なんですね」

つい本音を漏らした栗子に、

「いやそうとはかぎりませんよ。〈人生七十古来稀《まれ》なり〉だから古稀というくらいです。人間七十を過ぎたら、外見はどうであれ中身はぼろぼろですから。いつ逝ってもおかしくありません」

なまじ冗談でもない口調でいう。

だとしても、宇野のいうとおりだ。なにもいまここでする話ではない。サプライズにしても配慮が足りないのではないか？　栗子は鼻白《はなじろ》んだ。

見れば、周りも居心地が悪そうだ。じんわりと微妙な空気が沈殿したところで、いたたまれなくな

ったとみえる。

「それじゃ、私はこれで失礼します。これから打ち合わせがありますので」

浮足立った宇野がそわそわと立ち上がる。

「でもこうしてみると、この中でいちばんの勝ち組は手塚さんだな」

宇野の姿が消えるのを見すまして、伊丹が結論を出した。

「なんてったってまだ現役だし、家族と円満だからね。最高です。家族の目が光っていれば、ホームだって粗略にはできませんよ」

栗子のほかは仲間だけだ。座の空気が少し緩んだ感があるけれど、

「いやぁ、本当はそんなこともなくてね」

手塚は首を横に振る。

「そりゃ、会社の株も自宅も私の名義だからね。誰も盾ついたりはしませんよ。だけど、連中の本音となるとまた別でね。これはいままで他人にはいわなかったんだが、実をいえば、私がホームに入る決意をしたのも、ここの自然環境に惚れ込んだだけじゃなくてね。ぶっちゃけた話、孫が不用意に放ったひと言がきっかけだったんです」

どうやら手塚にも事情はあるらしい。

「お孫さんはなんていったんですか?」

栗子が口を出したのはそれほど深い気持ちではなかったけれど、

「それなんですがね」

訥々《とつとつ》と語り始めたその姿は、さっきまでとは打って変わって悄然《しょうぜん》としている。

「あれは家内が亡くなってひと月ばかりだったかな？　喉が渇いたもので、水を飲もうと思って台所に行ったら、たまたま中学生になる孫娘がそこにいましてね。母親とふたりで料理をしながらしゃべっていたんですよ。

で、それはともかく、聞くともなしに聞いていると、なんとその娘が、『おじいちゃん、あと何年生きるつもりなんだろうね？　おばあちゃんの代わりにおじいちゃんが死ねばよかったのに』なんていってるじゃないですか。思わず足が止まりました。

だもんで、向こうは私がいることに気がつかなかったんですね。それでも、さすがに嫁は『そんなことをいうもんじゃありません』とたしなめておったが、孫はかまうどころか、『だって、おじいちゃんはケチなんだもん』とね、いいたい放題です。開いた口が塞がりませんでしたよ。

だいたい、人のことをケチだというのは勝手だが、孫どもはこれまで、やれお年玉だ、やれ小遣いだと、私からいくらせしめたと思います？　それが感謝されるどころか、死ねばよかったとまでいわれたんじゃね。やってられるか、ってもんです」

温厚な手塚にしては強い口調だ。栗子は驚いた。

それが本当なら、手塚がショックを受けるのも無理はない。

「ですけど、いまの子は悪意があるというより、口の利き方を知らないんですよ。おじいちゃんに甘えているんじゃないですか？」

しつけのなっていない孫娘を擁護するつもりはないけれど、たまらずフォローの言葉が口を衝《つ》いた。

「でもね」

しかしここで手塚はふっと語調を変えると、気持ち口元を緩めてみせた。どうやらこの話には続きがあるらしい。

「これはあとから分かったんだが、亡くなった家内に比べて私の評判が悪かったのは、ちゃんと理由があったんですよ。というのも、確かにうちの嫁は昔から家内に懐いていてね。よく連れ立って芝居を見たり、デパートやホテルの催し物に出かけていたもんで、若いのになかなかできた女だと感心していたんだが、話を聞けばなんのことはない。家内と一緒に出かければ、切符代や食い物代はもちろん、服でも靴でも買い物をした代金はぜんぶ家内持ちだったんだね。

私の家内というのは贅沢をしない女でね。嫁入りするときに持って来た着物や服を、染め直したり仕立て直したり、死ぬまで大事にしていたくらいだったんです。それにしては毎月の生活費が嵩《かさ》むので、おおかたへそくりでもしてるんだろうと思っていたんだが、いざ亡くなってみると、預金の残高も大した額じゃない。どこでそんなにカネを使ったのかふしぎだったけど、要は、嫁や孫につぎ込んでいたんですな。

どうりで家内が亡くなってから、嫁や孫がやたらと私を買い物に誘うようになってね。これまた、ひとりになった私を気遣ってくれてるものと評価しておったんだが、私は家内と違って、連中に買い物三昧をさせたりしないからね。私を誘っても何もいいことがない。いま思えば、好かれるわけがなかったんですよ。

そうと分かれば、買い物代金を払ってやるくらい、なんてことはない。どうせ私が死ねば、残ったカネはぜんぶ息子のものになるんです。それにしても嫁がね、『だけど、おじいちゃんに向かってそんなことをいったらダメよ。あの人は昔から僻《ひが》みっぽいんだから』といっているのを聞いて、あいつらの本音がよく分かりましたよ。

でも、ま、どこの嫁でもひと皮剝けばそんなものでしょ。からくりを知ってみれば腹も立たないけどね」

自らを納得させるかのように、うんうんと首を振っている。

うーん、そうか。思わずうめき声が出た。

手塚がM市を離れて山南涼水園での老後を選択したのは、やっぱりそれだけの理由があったのだ。動くキャッシュディスペンサー。べつにいがみ合ってはいなくても、手塚の家族にとって、祖父母はしょせんその程度の存在だったのだろう。

「こうしてみると、いちばん幸せなのはあんがい君原さんじゃないかな？　何も不満はなさそうだからねぇ」

最後はそんな結論で締めくくった手塚に、

「そのとおりですな」

伊丹ばかりか、いつもはニヒルを気取る吉良や岩鞍までもが納得顔で同調する。

当の君原はと見れば、こちらもまんざらではなさそうだ。あいかわらず無言ながらも、すっきりと締まった頰にかすかな笑みがにじんでいる。

君原にもむろん家族はいる。当人は積極的に語ることはないけれど、恬淡とした性格そのままに、息子一家に依存することなく、かといってまるきり疎遠でもなく、適度な距離感を保っているらしい。

と、そのとき、

「あの——」

遠慮がちな声が割り込んできた。

目を上げると、いつの間に来たのか介護職員の木下洋《きのしたひろし》がテーブルの脇に立っている。

「秋のスポーツ大会の件で業者が来たので、園長が伊丹さんと相談したいそうです」

どうやら伊丹を呼びに来たらしい。

秋のスポーツ大会というのは、ちょうど幼稚園の運動会を高齢者向けにスケールダウンさせたようなもので、一階ホールを会場に、要介護の入居者も交えて風船を飛ばしたり、ゲームをしたり、ダンスをしたりと遊んで過ごす。

見学に来る家族もいるし、昼食にはこの日にかぎりお寿司の折詰が出るとあって、入居者には楽しみなイベントになっている。

「あ、そう。じゃ、すぐ行きます」

よっこらしょと伊丹が席を立ち、木下があとに続く。

木下は二十代後半の若い介護スタッフで、富川と同じく二階と三階の担当だ。特に三階のフロアは、主にこのふたりが手分けをして入居者の世話に当たっている。

介護職は精神的にも体力的にもきつい仕事だから離職率が高い。この山南涼水園でも出入りが激しい中で、ふたりともよく頑張っていると評価していい。

厳密にいうと三階の住人は介護の対象ではないけれど、ホームの生活の中で介護スタッフとの関わりは深い。特に木下は気さくな性格なので、男女を問わず人気がある。やはり男は力があるし、軽自動車も持っている。ちょっとした用事を頼んだり、荷物を運んでもらったり、なにかと便利な存在だ。

リーダーの伊丹が抜けたのを機に、会合は自然解散となった。

実情を知れば知るほど考えさせられることが多い。柏木の死は、周囲の人間すべてにさまざまな感慨を呼び起こしたようだ。

8

その翌日のことだった。入居者の診察を終えてクリニックに戻る医師を見送った栗子が、医務室に戻ろうと通路を歩いていると、

「ねえ、冬木さん。桐ケ谷さんのこと、園長から聞いた？」

渡部に呼び止められた。

医務室とはいっても、居住者の診察は基本的に各自の居室で行うので、ふだんはもっぱら医師・看護師の待機場所になっている。その医師も常駐ではないから、栗子にすれば個室を持っているようなものだ。夜中に呼び出されたときにも身体を休められるし、お弁当もゆっくり食べられる。

今日の診療は、風邪気味の患者が三人に、持病のある人の経過観察が九件。いずれもつつがなく終わったので、時間的にも気分的にもゆとりがある。ケアマネージャーという仕事柄、渡部は入居者のニュースに詳しい。貴重な情報を流してくれるし、桐ケ谷の件となるとよけい聞き捨てならない。医務室で話をすることにした。

桐ケ谷容子は七十九歳。健康な三階の入居者だけれど、彼女がこのところ園内ゴシップを独り占めしているのにはわけがある。先ごろ昔の恋人と再会し、U市のホテルで外泊をしたこの女性はその後も交際を続け、ついには婚約にまで持ち込んだにもかかわらず、なぜかその後雲ゆきが変わったらしいからである。

そもそも入籍をしたらすぐにも男の元に飛んでいくはずだったのが、いっこうに転居する様子がない。それだけでも怪しいけれど、ふだんは饒舌な彼女がこの話題となると貝のように口を閉ざしている。ということは、彼女の早とちりだったのではないか？

いっときの舞い上がりぶりが際立っていただけに、病気にならなければいいけれど。その激変ぶりは栗子も気になっていたのである。

「桐ケ谷さんがどうかしたの？」

医務室のドアをぴったり閉めてから尋ねると、

「うん、それなんだけどね」

患者用丸椅子に腰を下ろした渡部は、気の毒そうに顔をしかめた。

聞けば、いままで三階に居住していた容子が、ここにきて急遽《きゅうきょ》要介護認定の申請をすることになり、どうやら二階行きになりそうなのだという。

「彼女、昔の彼氏とひょっこり再会して遠距離恋愛をしてたんだけど、いざ結婚話が軌道に乗ったら急に相手が逃げ腰になったこと、あなたも知ってるわよね？」

「ええ、まあ。ずいぶんと意気消沈したみたいね」

「そのとおりよ。本人はすっかりその気だったもの。だけどふたりとも歳なんだし、これまでまったく別々の人生を送って来たんだから、なにも結婚という形にこだわることはないんじゃないの、ってね。私なんかは意見をいってたんだけど。まさか最初から騙《だま》されていたとは、正直、思いもしなかったわね」

「って、そうだったの？」

栗子は仰天した。

高齢者の恋愛も恋愛に変わりはない。三角関係もあれば痴話げんかもある。それは承知だけれど、まさか最初から騙されていたなんて！　だいたい、八十近い女を騙したところでどんな得があるというのだろう。信じられない。

渡部は深刻な面持ちでうなずいた。

「実はこの間、桐ケ谷さんのところに警察から連絡があったそうでね。相手の男がなんと詐欺の疑いで捕まったというのよね」

「詐欺？」

「そう。彼女、私たちには黙っていたけど、その男に六百万円も貸していたのよね。一刻も早く入籍したいけれど、困ったことに子供たちが難色を示している。再婚するためには、彼らを説得するおカネが必要だっていわれたらしくて」

容子にも確か子供はいたはずだ。子供がいる者同士の再婚がややこしいことは分かるけれど、子供の説得におカネが必要だとはどういうことなのか？

「しかもその男、桐ケ谷さんだけじゃなくて、昔関係のあった女に手当たりしだい声を掛けていてね。逮捕されたのも、そのうちのひとりが警察に訴えたからだそうよ」

「それじゃ、まるで結婚詐欺じゃないの」

つい声が高くなったけれど、

「まるでじゃなくて、まんま結婚詐欺ね」

渡部は鼻を鳴らした。

「じゃあ、その男が結婚したあとも桐ケ谷さんを忘れられなくて、奥さんが亡くなってから彼女の行方を捜し、ようやくここにいることを突き止めた、って話も嘘？」

「決まってるでしょ」

「ひど過ぎる！」

それじゃいくらなんでも容子がかわいそうだ。老老介護ならぬ老老詐欺。

「だったら、奥さんが亡くなったという話もデタラメなの？」

「いえ、それは本当みたい。でもね」

渡部も怒り心頭らしい。ぎらりと目を光らせた。

「驚くなかれ、なんとそいつは最初の奥さんが亡くなったあと、籍は入れていないけど三十も年下の女と一緒になったそうでね。警察の話だと、この結婚詐欺を始めたのも、どうやらその女の入れ知恵らしいわよ」

うーん。

「もしかして、その男も騙されてる？」

「かもね」

期せずして顔を見合わせる。

「でも、それじゃ桐ケ谷さんが落ち込むのも当然よね。それでがっくりと来て、認知症の兆候が出始めたというの？」

栗子は尋ねた。

「そういうことね。なんたって彼女、ふたりとも再婚だから結婚式はしない代わりに、シルバーグレーのウェディングドレスで写真を撮るんだって、吹聴しまくっていたもの。そりゃ、みんなに合わせる顔がないわ。

で、そのとき彼女から聞いたんだけど、なんでも初婚じゃないと、純白のウェディングドレスは着られないんですって。知ってた？」

もちろん知ってはいたけれど、法律で決まっているわけではなし、守らない花嫁なんて山といる。変なところで律儀なことに感心する。

「だけど、どうして急に要介護認定を申請することになったの？」

要介護認定を受けるには住所地の市町村に申請するのだけれど、申請を受けた市町村は本人の状態を確認するため、調査員による訪問調査を実施するほか、主治医の意見書を求めることになっている。だから当然兜山クリニックには事前に相談があるはずなのに、医師も栗子も何も聞いていない。

「それがねぇ」

渡部はまたしても顔をしかめた。

「警察の事情聴取を受けてからはさすがに元気がなかったから、彼氏のことはすっかりあきらめたのかと思っていたんだけど、やっぱり桐ケ谷さんには現実を受け入れるキャパシティーはなかったのね。東京にいる娘さんに、こんど結婚することになったから、ウェディングドレスを誂《あつら》えたいって連絡したらしいの。

それで今朝、娘さんが飛んで来てね。園長に『これはいったいどういうことなんですか？』って。園長が最初からのいきさつを説明したんだけど、『母は認知症が始まったとしか思えませんけど、おたくは入居者がこんなことになっても知らん顔なんですか？』って、もうたいへんな権幕。

桐ケ谷さんが男に六百万円騙し取られたのだって、まるでうちもグルなんじゃないかといわんばかりでね。最終的には、一刻も早く要介護認定を受けて、本人が勝手に行動できなくすることで納得させたけれど、ホームの責任、ホームの責任って盛んに喚《わめ》いていたから、まだひと波乱あるかもね」

ショックのあまり言葉も出ない。

またしても自分の失態だ。入居者の心身の健康保持を任された看護師として、もっと早く容子を救う手立てを講じるべきではなかったか？

「だけどね、私は、娘さんも娘さんだと思うんだけど——」

渡部の話は続いている。

色恋のない人生は墨染《すみぞめ》の桜だ。けれど色恋がかならずしも人に幸せをもたらすとはかぎらない。

栗子はそっと下を向いた。

第2章　自殺は伝染する

1

たとえ世の中がてんやわんやだろうが、ホームの中で誰に何が起きようが、我は我。粛々とふだんの生活を営むのが老人ホームというものだ。時間は長江《ちょうこう》のごとく悠然と流れ、昨日と寸分変わらない日常が繰り広げられる。

この日の午前中、桐ケ谷容子の様子を見に三階に上がると、折しもダイニングテーブルに五人の女性入居者が陣取り、なんとも剣呑《けんのん》な空気を醸し出していた。

いずれも家庭の主婦組のメンバーで、真ん中にどっかりと居座るのは鳥谷梅子《とりたにうめこ》。入居してまだ一年にもならない新顔ながら、そのジャガー並みの攻撃力は、スタッフで知らぬ者はいないところとなっている。

きっと彼女なりの人心掌握術があるのだろう。早くも取り巻きをしたがえ――ここにいる佐野文恵《さのふみえ》、用賀与志子《ようがよしこ》、藤河原《ふじがわら》タキの三人がそうなのだけれど――どうやらいまも、四人がかりでひとりを責め立てているらしい。

そのひとりというのは戸田菊江《とだきくえ》。誰と顔を合わせてもおっとりと目尻を下げる、まるで牝山羊《めやぎ》といった風情の女性だが、今日にかぎってはまなじりを上げて必死の形相だ。ほとんど泣き出さんばかりになっている。

「だから、こうして謝ってるじゃありませんか。これ以上どうすればいいんですか？」

入居者同士の揉め事には介入しないのが原則といっても、これではリンチに等しい。いじめとなれば見過ごすわけにはいかない。

「どうしたんですか？」

声を掛けると、キッと振り向いた梅子が、

「ああ、冬木さん！」

何を勘違いしたのか、援軍の到来とばかりに弾んだ声を上げた。

「ちょっと聞いてくださいよ。この人、私の大事な佐賀錦《さがにしき》のバッグを勝手に人にくれてやっちゃったんですよ」

まるで嬉しいことでもあったかのようだ。

佐賀錦というのは佐賀県の伝統的な手織物で、江戸後期以来、肥前国《ひぜんのくに》鹿島《かしま》藩の御殿女中たちによって受け継がれてきた工芸品である。栗子も名前は知っているけれど、どこでも売っているものではなし、むろん持ってなどいない。

経糸《たていと》には金銀箔を貼った和紙、緯糸《よこいと》には染色した絹糸を使うから、材料が高価なうえにたいそう手間がかかる。熟練の織り手でも、二時間かけてやっと一センチしか進まないこともあるという。

だから現代でも製作されてはいるのだが、帯締めやバッグといった小物が中心で、それも和装が廃れつつある時代を反映して、実用品というより文化財的な色合いが強い。新品なら当然値も張るだろう。

梅子が大事にしているその佐賀錦のバッグを、菊江が勝手に他人にやったとしたら、それは確かに問題だ。むろん、あくまでもそれが事実ならの話だが――。

案の定、菊江はめずらしく毅然《きぜん》と切り返した。

「ですけど、あれはあなたが私にくれたんじゃなかったんですか？　自分にはもっといいのがあるから、って」

やっぱりね。だからけんかは両方の言い分を聞かないと分からない。栗子は思ったけれど、梅子は平然としたものだ。

「そりゃ、あのときはそのつもりでしたよ。だけどあなたときたら、モノの値打ちが分からない人だから。私はこの人たちにも帯やら草履《ぞうり》やらを分けてあげましたけどね。みんな感謝してくれてますよ」

いいながら、背後を振り返る。ここぞとばかりに三人がうなずいたことは、あえて確かめるまでもない。

そこへ持ってきて、

「もちろんですとも。それに見合うだけのお返しもしているし。聞くところによると、戸田さんは二百円かそこらのビスケットで済ませたそうですけどね」

文恵が追い討ちをかける。

この文恵は梅子のいわば最側近で、漫画でいえば、さだめしスネ夫というところだ。正直、姑《しゅうとめ》にしたくないタイプの筆頭といっていい。

「だからって、いまさら返せといわれても。この間、姪っ子から、息子の結婚式に着る留袖用のバッグがないから、私のを貸してくれないかといわれたんです。それで、お祝い代わりにあげちゃったんですけど」

必死の弁明をする菊江に、

「そんなに要らないものなら、最初からもらわなければよかったのに。ま、どうせ横流しする気だったんでしょうけど」

傲然《ごうぜん》といい放つ。

親衛隊の援護射撃を受けて、どうだとばかりにこちらの顔を窺う梅子に、栗子はつくづくうんざりとした。

入居者間の物のやり取りは――有償の売り買いでも無償のプレゼントでも――とかくいらぬ軋轢を生む。物品のやり取りは、だから本当なら禁止したいところだけれど、なかなかそうもいかないのが実情だ。

人間は歳をとると、誰でも身の回りの品に執着するようになる。たとえ、それがいまとなっては経済的価値などゼロに等しい中古品であっても、だ。

たとえば、古色蒼然《こしょくそうぜん》たる指輪に流行遅れをはるかに通り越したスーツやコート。そして、数回しか袖を通していない振袖や留袖。買ったときはウン万円、いやウン十万円だった。何十年経とうが、その思いがこびりついている。

あんな高いものをあげたんだから。もらった側はありがた迷惑かもしれない、とは考えもしない。

「そういう事情ならしょうがないんじゃないですか？　鳥谷さんはいいバッグをたくさんお持ちのようだから、お困りになることはなさそうですし。その佐賀錦はチャリティーとしてバザーに出したとでも思えばいかがでしょう？」

苦し紛れの説得だったけれど、さりげなく虚栄心をくすぐったのがよかったようだ。

「冬木さんにそういわれちゃ、しょうがないわね」

さしものジャガーもとりあえず矛を収める気になったらしい。

「どうもすみませんでした」

もう一度菊江が頭を下げて、いちおうの手打ちとなった。

もちろん栗子にしても、これで一件落着だとは思っていない。なにしろこの四人組は、さしもの京子も持て余しているのである。すぐにまた嫌がらせが再燃することは火を見るより明らかだ。

けれど、この日にかぎっては——少なくとも菊江にとって幸運なことに——そのあと、ホーム中が驚愕する大事件が待ち受けていた。おそらく今年最大のニュース。梅子らもいじめなどしている場合ではない。

なんとなれば三階の大長老で、ある意味ホームの主ともいえる手塚が、あたかも柏木のあとを追ったかのように突然姿を消したからである。

柏木の葬儀の五日後、あの自殺騒ぎからちょうど十日が経ったときのことだった。

2

栗子のもとにその一報が入ったのは、午後四時近く、めずらしく二階で入居者のおむつ交換に精を出しているときのことである。

「冬木さん、たいへんです！　いま下に行ったら、三階の手塚さんがいなくなっちゃったって、騒いでますよ」

ここに来てまだ一ヵ月足らず、ほやほやの新米介護士の枝川遥《えだがわはるか》が、顔を真っ赤にして知らせてきた。

本来ならおむつ交換や身体拭きは看護師の仕事ではないけれど、今日はたまたま新規入居者が三人もかち合っている。ベテランのスタッフは家族との面談や園内の案内に大忙しで、通常のシフトでは要介護者の世話にまで手が回らない。枝川だけでは心もとないので、二階の面倒を見てやってくれと宇野から依頼があったのである。

「いったい何があったの？」

手塚がいなくなった。いきなりそんなことをいわれても、すぐにはぴんと来ない。ポカンとする栗子に、けれど枝川は容易ならざることをいう。

「もしかしたら自殺する気なんじゃないか、って」

「手塚さんが自殺？　誰がそんなことをいってるの？」

「園長です」

「でもなんで?」

「私もよく分からないんですけど」

それって、まさかこの間兜山が予言していた模倣自殺? 栗子は慄然《りつぜん》とした。

だとしたら、こんなことをしてはいられない。

「私、下に行ってくる。あとは頼むわね」

交換済みの紙おむつを手渡すと、後ろも見ずに走り出した。

一階に下りると、枝川のいうとおり、ただでさえ青白い顔に青筋を立てた宇野が数人のスタッフに指示を連発している。

「手塚さんがどうかしたんですか?」

栗子が来たのに気がつくと、

「そうなんですよ。朝から行方が分からなくて」

戦場で味方にめぐり合った兵士のような声を出した。

宇野を始めとするスタッフの話を総合すると、それは本当になんの予兆もなしに始まったらしい。

山南涼水園では、一年を通して朝食は午前七時、昼食は午後零時と決まっている。ただし食べるかどうかは各人の自由で、強制ではない。寝坊だから朝食は抜きという人もいれば、老人の習い性で四時や五時に目を覚ますので、七時まで待てない人もいる。加えて、朝はトーストというパン食派もいるから、朝食は自室でとる人も多い。ちなみに夕食は午後六時で、こちらはほとんど全員が食べる。

献立は一週間分が前もって発表になり、ダイニングルームに予定表が貼り出されるけれど、一部の人たちにはこれがテレビ番組表並みの楽しみとなっている。もちろん三食ともたっぷりとおかずがつく。

　ふつうの家庭で毎日これだけの品数を食べている年寄りはまずいないはずだ。栄養士がカロリー計算をしたバランスのいいメニューなことはいうまでもない。

「こんなに身体にいいもんを食べてれば、そりゃ、死にたくても死ねないよね」

　いまはもういないけれど、以前、調理担当だったおばさんがつくづくと漏らしていたことを思い出す。ひとり暮らしの彼女によれば、自分の夕食はコンビニの総菜で済ませることが多かったそうだ。

　その朝食と昼食の間は、早起きの高齢者がいちばん活気づく時間帯である。

　各種のサークル活動はもちろんのこと、歯科や眼科など外部の診療所に通う人も少なくないし、機能訓練室で汗を流す元気者もいる。あとは新聞を読んだり、鉢植えの草花の手入れをしたり、各自が思い思いに過ごす。昼過ぎになると、うたた寝をするかテレビ漬けになりがちな老人にとっては、能動的に活動する充実した時間だといっていい。

　手塚の場合は、天候が許すかぎり小一時間、昼食前に散歩をするのが最近の習慣だったようだ。散歩は彼が昔から続けている健康法ながら、最近はとみに歩幅も狭くなり、スピードが落ちていたらしい。

「前は三十分で行って来られたところに、一時間かかるようになったからねぇ」

　本人が嘆いていたのを聞いている。

　昼食の席に手塚の姿がなくても周囲が心配しなかったのは、そういう背景があったからで、そもそも連絡なしに食事をスルーする者はめずらしくない。それでも手塚が無断で欠席したことに気づいた富川は、念のため居室を覗きに行ったのだという。

しかしそこはもぬけの殻で、ただし室内はいつもどおり整然としている。外出時に使用する愛用の肩掛けバッグも、テーブルの上に載ったままだ。

「手塚さんは毎日お昼前に散歩をするので、それが長引いているんだと思って。このところ体調はいいし、朝ごはんのときだって、ふだんと違うところはなかったんですけど」

宇野から問い質されて、半べそをかいていたそうだ。

富川は二十二歳とまだ若いけれど、くりくりとよく働く子で、介護スタッフの中でも貴重な戦力になっている。手塚も気に入っているらしく、おじいちゃん気取りで、なにかと私用を頼んでは居室に呼び寄せることも多い。

むろん、スタッフが個々の入居者から特別な仕事を受けることは厳禁なのだけれど、もともと介護と個人的用事は境界線があいまいだ。少々行き過ぎたサービスをしても、金銭の授受がないかぎり、宇野もうるさいことはいわない方針らしい。

「手塚さんは話し好きなので、いちど捕まるとなかなか放してくれないんですよ。自分で取り寄せをした食品なんかもやたらくれようとするんで、断るのに困るんですけどね」

木下もそういっていたから、それが手塚流の人使い術なのだろう。

そんなふうだったから、他のスタッフが手塚の不在を意識し始めたのは、全員が食事を終えて退席したあとだったようだ。

ダイニングテーブルの手塚の指定席に、冷めたカレーライスと温野菜のサラダが手つかずのまま残っている。

「手塚さん、どうしたんでしょうね？」

「あんまり外食なんかしないのにね」

とりあえず手塚のスマートフォンに電話をかけると、どうやら電源が切られているらしい。おかしいな。誰もがそう感じたものの、まだその時点では、真剣に安否を案じたわけではない。

手塚が柏木の自殺にひどくショックを受けていたことは、スタッフならみんな知っている。その手塚がまさか柏木の真似をするとは想像もしなくてあたりまえだ。

だから午後三時半になって手塚の息子の均《ひとし》から電話が入ったときは、激震が走ったという。

そもそも均は柏木長一とは正反対で、穏健な常識人で通っている。商売人だけあって腰は低いし、人当たりがいい。父子関係も良好だと見えて、トラブルの話は聞いたことがない。その均が勢い込んで電話して来たのだから、それは驚く。

「私は手塚恭造の息子の手塚均ですが、父はいまそちらにおりますでしょうか？　さっきから何度も携帯にかけているんですが、通じないものですから」

話す声からしてうろたえていたという。

電話を取ったスタッフが、

「少々お待ちください。いま園長に代わりますので」

迷わず宇野につないだのは当然の対応だった。

「申しわけありません。実は手塚さんの姿が見当たらないので、こちらでもいま心配しているところでして」

宇野の返事に、

「そりゃ、たいへんだ！」

均が絶叫する。

「お願いです。すぐに父を探してください！　さもないと、取り返しがつかないことになりかねませんから」

「それはもちろんお探ししますが、どういうことでしょうか？」

「どういうことも何も、実は私もよく分からないんです。ただ、さきほど父から変な手紙が届きまして」

「変な手紙――ですか？」

まだるっこしい反応に焦燥を隠せないようだ。

「とにかくこれからファックスを送りますので、それを見てください」

日ごろの均とはほど遠いせかせかと苛立った声。さすがに宇野も異変を察知したらしい。

「承知いたしました。ではファックスをお待ちします」

「きっと驚かれるでしょうが」

「そんなにひどい内容なんですか？」

「ま、ご覧になれば分かりますが、とてつもないことが書いてありまして。もしかすると父は、この間自殺された柏木さんの影響を受けているのではないかと思われるんですが」

とんでもない展開に、

「えっ、ほんとですか？」

こんどは宇野が絶叫だ。

柏木の影響って、そんなバカな！　宇野の戸惑いは、けれど送信されて来たファックスの前に軽く吹っ飛んだ。

実際、それは手紙というにはあまりにも奇妙奇天烈《きてれつ》で、こんなものを受け取れば誰だって混乱する。なにしろ本文はたったの三行。あとは日付と署名だけという代物だ。

均に告ぐ
私の命が大事なら、山南涼水園の入居者全員に羽毛掛け布団を寄贈すること
ただちに行動を起こさないときは、父に背くものとみなす

これはもう、柏木の当てつけ自殺を踏まえた脅迫としか考えられない。

突拍子もない要求と見せて、その実は、息子の忠誠心を試そうという気が満々だ。Eメールではなく手紙なのは——スマートフォンを持ってはいるものの——手塚がメールを使えないからだろう。

「これは……」

絶句する宇野に、

「父はどうかしてしまったとしかいいようがありません」

苛立ちを含んだ甲高い声が返る。

「筆跡はご本人に間違いありませんか？」

「と思います」

「ですが、この手紙は一昨日の日付ですよね？　あなたは、お父上からさきほど変な手紙が届いたと仰いませんでしたか？」

「いや、それなんですがね。手紙の日付は二日前でも、封筒の消印は昨日になっているんです」

「昨日ですか？」

首をかしげる宇野に、

「そうなんです。だから私もふしぎなんですよ」

均はがぜん早口になった。

「山南市とこちらのM市は、車でたったの一時間二十分、飛ばせば一時間ですからね。郵便物はふつう翌日には届きます。ご存じだと思いますが、父は非常にせっかちな人でして、手紙を書いたらすぐに投函《とうかん》するんです。翌日までほっとくことはぜったいにありません。

ですから、父がその手紙を一昨日書いたとしたら、その日のうちに投函して、本来なら昨日中に届いているはずなんです。父もおそらくそう思い込んで、昨日からずっと私の反応を待っていたんじゃないでしょうか？」

「確かに、それはあるかもしれませんね」

「ところが消印が一昨日ではなく昨日の日付だということは、たぶん郵便局の方で何かの手違いがあったんでしょう。それで配達が今日の午後にずれ込んだのだと思います。私のことですから、こんな手紙が届けばすぐさま対処しますよ。現に、いまもこうして電話しているわけですし」

「そうですね」

「でも、父はそんなことは知りませんからね。私が父の命令を無視していると決めつけている可能性は大だと思います」

「うーん。でも、だとすると危ないですね」

「そうなんです。まさかとは思いますが、本気でやけを起こさないともかぎりませんから。ですから、とりあえず父を見つけないと」

なるほど、それなら均が焦るのももっともだ。

「分かりました。すぐに警察に連絡をします」

「私もいまから車でそちらに向かいます。途中でなにか分かりましたら、携帯に電話をいただけますか？」

「承知いたしました。運転中でも大丈夫ですか？」

「はい、家内も一緒に参りますから」

話はすぐにまとまった。

おかげで手塚の捜索は迅速に開始されたけれど、結果は芳しくなかった。捜索が進めば進むほど、混迷の度合いは増すばかりだったからである。

もっとも、手紙の投函日に関しては簡単に疑問が解けている。それによると、手塚は二日前の朝食後、あの短い手紙を封筒に入れると、クリーニングの注文を取りに来た富川にポストへの投函を頼んだのだという。

封筒を受け取った富川が、その後雑用にかまけて手塚の依頼をすっぽりと忘れていたのは、だから不運きわまりない偶然だったことになる。翌朝、慌ててポストまで走ったというけれど、かわいそうに富川は、宇野の前で泣きじゃくる羽目になった。

捜索といっても雲をつかむような話だから、焦点が絞れない。まずは園内のどこかに潜んでいないかどうか、そして朝食後に姿を見かけた者がいないかどうか、ホームを挙げて取り組んだものの、屋外ダストボックスに至るまでくまなく点検しても、本人はおろかその痕跡すら見つからない。

だいたいがさして広くもない施設のことだ。施設内にいるよりは、どこかに出て行ったと考える方が自然だけれど、それにも疑問はあった。それというのも、正面入り口と裏の通用口には監視カメラが設置されているのだが、その監視カメラにも手塚の姿は映っていないのである。

もっともその監視カメラは認知症の入居者の徘徊《はいかい》対策が目的で、防犯対策は二の次になっている。設置場所を知っている者ならカメラをかいくぐることは簡単だ。居室はいわずもがな、エレベーターや通路といった共用部分にも監視カメラがないことといい、今回ばかりは入居者のプライバシーを尊重する園のポリシーが裏目に出たといっていい。

その一方で、警察による捜索活動も順調にはいかなかった。手塚の行動が柏木の模倣だとすれば、底なし池に行った可能性が高い。それは誰でも考えつくことで、実際、捜索隊は真っ先に滝壺に駆けつけているけれど、手塚がいなかったことはもちろん、遺留品の類もまったく見当たらなかったからである。

それだけではない。ダイバーによる滝壺の捜索も不発に終わっている。柏木の遺体が滝壺内に留まっていたのはたまたま運がよかったというべきで、仮に手塚が入水自殺を決行していたとしても、遺体は下流に押し流された疑いが大きいらしい。

なにしろこのところの長雨の影響で、底なし池に落ちる水量が通常より増えている。この水勢からすると、すでに遺体が河口から海に流れ出たことも考えられ、今日はもう暗くて無理だけれど、明日は朝から海上保安庁が出動して捜索をすることになった。

結論を先にいえば、これも労多くして実りはなく、ついに遺体は発見されないまま捜索を打ち切られている。

それでは、前の晩に手塚とある程度の会話を交わした人物は誰かというと、それは伊丹と木下だったことが判明した。

伊丹は、夕食のあと八時過ぎまでダイニングルームで手塚と将棋を指していたといい、事実、将棋好きの彼らはふだんからよく就寝前の一局を楽しんでいたようだ。

その伊丹によれば、手塚はいわゆる下手の横好きだったらしい。自称アマチュア有段者の伊丹には恰好のカモで、この日も勝負は伊丹の勝利に終わったのだそうだ。

「どんなに負けても、あの人は嫌な顔をしなくてね。ま、我々の賭け金なんて可愛いもんだし、手塚さんはああいうおおらかな人だから、こっちも気が楽でしたよ」

元刑事ばかりか、現職の警察官にまであっけらかんと賭け将棋を自白したうえ、

「ただ、こうなったからいうわけじゃないけど、昨日はなんとなく気が乗っていない感じはあったかな？　ひと勝負終わったとき、消灯まではまだ間があったから、私はもっと続けようかと思ったんだが、手塚さんの方から『じゃあ、今日はこれで』と切り上げたのでね。もしかして疲れているのかな、と思ったんですよ。そのときに、少し話を聞いてやればよかったとね、残念でなりませんよ」

嘆息しきりだったという。

一方の木下は、消灯後の九時五分ごろ、この日最後の室内見回りで手塚の部屋を訪れている。

「室内を覗くと、手塚さんはベッドで寝ながらテレビを見てましたけど、もしかすると僕が来るのを待ってたんじゃないですかね。『あ、木下くん、ちょっと』って、さっそく十分ばかり捕まっちゃいました。結局どうということもない話で終わったけど、いま思えば、何かいいたいことがあったのか

な、って。あくまでも僕の感じですけど」

こちらも嘆息していたというけれど、手塚は自分の意思で柏木のあとを追ったのだ。木下もそう思っていることが分かる。

雁首《がんくび》をそろえて飛んで来た均夫婦も、父親の自殺をみじんも疑っていないようだ。栗子も交えたホームの中心的スタッフを前に悲痛な顔を見せた。

「皆様にはたいへんなご迷惑をおかけしまして、まことに申しわけございません。いまとなっては何をいっても言い訳にしかなりませんが、私どもは父を厄介払いしたなどとは考えもしておりませんでした。こちらのホームに入りましたのは、あくまでも本人の希望だったんでございますが」

夫婦で顔を見合わせては、深々とため息を吐く。

「口幅ったいようですが、うちは昔からの家政婦がいて女手も足りておりますし、家も広いものですから、いわゆる嫁と舅《しゅうと》の確執とは無縁でございました。ましてや、私に不満を持っているとは夢にも思っていなかったのが正直なところです。父が生きているうちに、腹を割って話をしたかったと悔やまれてなりません」

まだ死んだとは確定していないのに、涙ながらに訴える。

父親が老人ホームへの入居を決意したきっかけが、

「おばあちゃんの代わりにおじいちゃんが死ねばよかったのに」

嫁と孫の会話を聞いたことにあったとは、それこそ夢にも思っていないのだろう。

「羽毛布団の件につきましても、電話でも申し上げたとおりで、父の命令に背く気は毛頭なかったのですが、不運が重なってしまいまして。もちろんこれは父の遺志でございますから、かならず実行させていただきます」

平身低頭する姿を見ると、いささか気の毒になる。

そうはいいつつも、商売絡みの話となるとがぜん調子づくのは経営者の性《さが》というものらしい。ひとしきり神妙に詫びたあとは、

「でもまぁ、ひと口に羽毛掛け布団と申しましてもいろいろな種類がございまして、正直、お値段の方もピンキリでございます。父がどの辺りを念頭に置いていたかは存じませんが、いちおうダウンの高級品となりますと、店頭価格で三万円前後になりましょうか。

その程度のことは、父がお世話になったお礼に喜んでやらせていただきますが、率直に申しまして、羽毛布団はメンテナンスが少々面倒でしてね。万一ご使用中に粗相があった場合のクリーニングの手間などを考えますと、こういった施設でのご利用にはかならずしも適さない部分がございます。

それにつきましては、特に羽毛布団にこだわらなければ、当社が有名病院に納めているその他の寝具類にも便利な品がございますので、もちろんそちらに振り替えてもけっこうでございます。この騒ぎが一段落しましたら、あらためてご相談させていただくということでいかがかと存じますが」

立て板に水とまくしたてる。

この男、果たしていうほど父親の死を悼んでいるのかどうか。しだいに心が冷えていくのはどうしようもない。手塚の死を本当に悲しんでいるのは誰なのだろう？

柏木の死よりさらに深く、手塚の死が応えていることを栗子は自覚した。

3

　そんなこんなで仕事帰り、栗子はふたたび兜山クリニックに立ち寄ることになった。いうまでもなく手塚騒動の報告だ。

　柏木がああいう死に方をしたことで、山南涼水園では動揺が広がっている。同じ轍を踏む者を出さないためにも、栗子の力が必要だ。そういって励ましてくれた兜山には合わせる顔がない。正直、とりあえずの電話報告を入れる勇気もなかったのが本当だ。

　気は重かったけれど、今回も兜山は冷静だった。

「ご報告があるんですけど」

　おずおずと切り出すと、何も聞かないうちから重大事態の発生を察知したようだ。いつもと同じく向かいの席に座らせると、あとはラジオの英語ニュースでも聞くように小首をかしげ、表情一つ変えずに聴き入っている。

　おかげでよけいな雑念なく説明を終えられた。

「手塚さんが、ご自分の家族、特にお嫁さんやお孫さんに不信感を持っていたことは私も知っていたのに、結局、何もしてあげられませんでした。健康状態には問題がなかったので、つい油断をしたのが間違いだったんですね」

　うなだれる栗子を見据えて、

「いや、冬木くん。それは違うよ」

力強く否定する。

「だいたい、人が自殺をする理由はひと言でいえるほど単純じゃないからね。人間関係だの健康問題だの経済問題だの、いろんな事情が重なってうつ状態に陥った結果、死という究極の現実逃避になる場合がほとんどだ。特に年寄りはその傾向が顕著でね。実際、日本では自殺者の約四割が高齢者だといわれている。

そういう患者に対して、我々医療スタッフができることはごく僅かだ。むしろ患者にもプライバシーや行動の自由がある。医師や看護師が医療行為の範囲を超えて患者の私生活に立ち入ることは、お節介を通り越して越権行為に当たるといってもいい。こんどのことも、手塚さんには手塚さんなりの深い考えがあったんじゃないかな？　きみが気に病む必要はみじんもない」

医師は医師、患者は患者。安易な感情論を許さない明快な物言いに、クリニックの経営者として部下を守る気概が溢れている。

「でも、もし私がひと言手塚さんに声をかけていたら、心を開いてくれたかもしれないと思ってしまって」

なおも悄然としている栗子に、兜山はこんどは一転、屈託のない笑顔を投げかけた。

「ま、たらればをいっても始まらない。それより前を向くことだ。きみに落ち込まれる方が、私はよっぽど心配だよ」

「ありがとうございます。そういっていただくと救われます」

神妙に頭を下げてその場は終わったけれど、それでも、悩みを持つ患者に対して看護師がすべきことは、本当に医療行為の範囲にかぎられるのだろうか？　すでに帰り道から反骨の火の手が燃え上がる。

これ以上自分にできることはない。承知していながらも心がざわつくのは、柏木のときと違って、いちばん大事なことから自分が目を逸らしている気がするからだ。

おくびにも出さないでいるものの、まるで滓《おり》のように心の奥底に沈殿している疑惑——。手塚が自殺をしたとはどうしても思えない。それはしだいに疑惑から確信に変わりつつある。

そもそも郵便には遅配がつきものだ。そんなことは常識で、日本中の人間が知っている。予想より少しばかり息子の反応が遅れただけで、手塚ほどの人物が早とちりで当てつけ自殺などするだろうか？　根本的な疑問はそこだ。

進行がんの宣告を受けていた柏木と違い、手塚は高齢ながら健康だった。家族との関係も口でいうほど悩んでいた形跡はない。

だいたい、均のような男が父親の命令を無視すること自体が考えにくい。父親は家長であると同時に会社の大株主で、家族の生殺与奪の権を握っている。いわば駿府の徳川家康で、たとえ形は社長でも、徳川秀忠ばりの均が反抗する方がおかしい。

だとしたら、手塚は息子がいまも変わらず自分に従順なことを再確認したかっただけで、死ぬ気など天からなかったと見るべきだろう。

つまりこれは手塚本人による失踪劇ではなく、むしろ何者かが柏木の自殺に便乗し、あたかも連続自殺であるかのように見せかけた偽装殺人の可能性が高い。

自分で自分の考えに膝を打つ。

そこで冷静に考えてみると、余分な要素を打っちゃって客観的な事実だけを見れば、いま手塚が亡くなっていちばん利益を得るのは息子の均ということになる。

もちろん手塚はあの歳だから、早晩寿命は来る。何もしなくても息子は親の財産を相続できるのだが、よく考えれば、それはあくまでも期待権であって、かならず実現する保証はない。

たとえば、うまい投資話に乗って全財産を巻き上げられたり、カネ目当ての女に引っかかって身ぐるみはがされるなど、当てにしていた相続がふいになった事例は世の中にごまんとある。均が危機感を抱くのは当然だ。

そんな不安定な状況に持ってきて、父親からあの奇妙な手紙が届く。羽毛布団を寄贈するくらいはお安い御用でも、これは父親が自分を試している証拠で、一つ間違えば最悪の事態になりかねない。疑心暗鬼に陥っても無理からぬものがある。

そこで先手を打った結果が手塚の不可解な失踪だとしたら？　辻褄は合う。

柏木の当てつけ自殺に便乗するならいまを措《お》いてない。たまたまその手紙が一日遅れになったのを奇貨とした偽装自殺。午後三時半に届いたというのはおそらく嘘っぱちで、すでに午前の便で配達されていたのだろう。

ただちに父親に電話をして要求を呑むことを告げ、打ち合わせと称してどこか適当な場所に呼び出す。あとは車に乗せて父親を始末するだけ。手塚は昼前にはホームを出たはずで、どうりで連絡もせずに昼食の席に現れなかったわけである。

けれどむろん、問題はすべてが想像に過ぎないことだ。ただでさえ証拠がないのに、ことが殺人ともなると冗談にも口には出せない。

そうはいっても、心穏やかではいられない。今夜も鬱屈する感情を抱えてパソコンに向かい、憑《つ》かれたように老人問題の検索にとりかかる自分がいる。

手塚の失踪はまだ報道されていないから、その件に関してコメントがないことは分かっているけれど、今日は、F市の特別養護老人ホームの元職員が、八十三歳の女性入居者に対する傷害致死の容疑で逮捕されている。全国ニュースのあとの報道特集でも取り上げられたから、ネットでも話題になっていることだろう。

夜間の当直だったこの介護士は、被害者が何度となくトイレに行くうえ、そのたびに口汚くののしられるのにたまりかねたらしい。殴る蹴るの暴行を加え、外傷性ショックで死亡させたのだという。昼のニュースでもやっていたけれど、はっきりいって、それはべつだんめずらしい話ではない。むしろ高齢者施設での殺傷沙汰と聞けば、真っ先に思い浮かぶのがこの種の事件だといっていい。入居者を守るべき職員がその入居者を殺害する。あってはならないこととはいえ、だからといって起きないわけではないからだ。

誠心誠意努めているのに、感謝されないだけならまだしも、

「まったくいまの若い子ときたら。こんなの常識ですよ」

「そんなことも知らんのか。いままで何をやってたんだ?」

えらそうに説教されたのでは、むかつかない方がおかしい。

「介護士だって人間だものね」

つい率直な感想を漏らしたけれど、一緒にテレビを見ていた機能訓練指導員の荻田は、フランクな性格ながら意外に正義感が強い。

「だけど、どんなひどいことをいわれたにしても、プロなんだからさ。まともに腹を立てるのはどう

かな?」

批判的な言辞を吐いた。

どっちにしても簡単な問題ではない。事実、ネット上の感想も元介護士への同情と批判に二分されている。

それでは〈目撃者〉はというと、こちらはやはり一家言があるようだ。事件についてひととおりの解説をした最後に、持論を展開している。


高齢者施設でこの種の事件が起きるたびに、介護職員の待遇の悪さや慢性的人手不足が指摘されて久しい。低収入ときつい労働に疲弊した介護士が、入居者の無節操なふるまいや罵詈雑言にたまりかね、つい我を忘れて逆上した末の悲劇だというわけだ。

むろんそういう面はある。だが問題はそれだけだろうか。

一例を挙げれば、かつて私が調査をしたケースでは、要介護の女性入居者に壮絶な暴行を加えた加害者は、施設内でも定評があるベテラン介護士だった。

高齢者介護を自分の天職と思い定め、長年にわたって勤務実績を積んだ者が、ちょっとやそっとのことでそこまでキレるはずがない。彼の場合も、だから本当の理由は少し違っていたようだ。

おむつ交換の間にわざとぐねぐね身体を動かし、おまけに空いている手で汚物をいじくり回されてはたまらない。お願いだからじっとしていてくれと頼んだ彼に、この女性は不敵な笑い顔でこういい放ったのである。

「それをやるのがあんたの仕事だろ? あんたにはこれしか能がないんだからね」

介護士にもプライドがある。彼が彼女の言葉を聞き流せなかったのは、それが要求や文句ではなく侮蔑と嘲笑だったからだ。

幸い、被害者は胸や腕を骨折したものの命に別状はなく、この介護士の日ごろの仕事ぶりを皆が知っていたこともあって、事件は警察沙汰にならずに終わっている。事件後自主的に退職したうえ、被害者の家族があまり苦情をいわなかったことも彼に有利に働いたことはいうまでもない。

だが、それで話は終わりではない。

この種の悲劇の真の原因は、事件をもっぱら介護者と被介護者の人間性と管理監督の責任問題に矮小化《わいしょう》し、ことの本質から目を逸らす政府やマスコミや有識者、そしてそれを許容するいまの世の中にある。

その昔、日本がもっと貧しかった時代には、堂々と親を見捨てる子供は、いたとしても例外だった。そしてどこの家にも日がな一日背中を丸め、縁側で日向ぼっこをする年寄りがいたものだ。

彼らは何本ものチューブで機械に繋がれた人生など想像もしないまま、住み慣れた自宅の床で、喚くことも呪うこともなく死んでいった。

けれど、天は平等だ。親は親、自分は自分。自分の生活を第一に高齢の親を放擲《ほうてき》した子供らもかならず歳をとる。

いつの日か彼らが老いさらばえたとき、彼らは自分がまさしく地獄にいることを実感するだろう。

そしてかつて彼らの親がそうだったように、いまや彼ら自身が若者らの嘲笑の的であることにも気づくはずだ。

栗子は考え込んだ。

この主張にも一面の真実はある。けれど、少なくとも手塚にとって山南涼水園は決して地獄ではなかったはずだ。そう信じたい自分がいる。

いずれにしても、明日になれば手塚の失踪がニュースになる。入居者の連続自殺というだけでもセンセーショナルなのに、それが家族への当てつけ自殺となれば、新聞やテレビが飛びつかないわけがない。

報道で初めて事件を知った関係者はもちろん、手塚の捜索に協力した入居者にもあらためて動揺が広がることは必定だ。

問題はそのときどう対処するか。ホームを運営する者にとっては正念場だ。山南涼水園は無事この危機を乗り越えられるだろうか？　そして、こんどこそ自分も常駐看護師としての力が試される。

だけど、じゃあどうすればいい？

不覚にもくくり罠にかかったイノシシのごとく、どうにかしようにも、自分ではどうにもならない。

栗子は今日もまた悶々《もんもん》と眠れぬ夜を過ごすこととなった。

4

翌朝、栗子が重い身体を引きずって出勤すると、なんのことはない。昨夜の不安感が嘘のように、さんさんと降り注ぐ陽光を浴びた山南涼水園は悠揚迫らざる佇まいを見せていた。

昨日の今日だというのに、ホーム全体が早くも落ち着きを取り戻した感がある。

時間はどんな衝撃も吸収する。幸か不幸かそれが現実だ。事態は何一つ進展していなくとも、そこにあるのは昨日の朝と寸分違わない日常だ。

「おはようございます」

通用口を通り抜け、受付カウンターの女性職員に声を掛けると、

「おはようございまーす」

なんの緊張感もない会釈が返ってきた。

昨日は喧噪《けんそう》でむせかえっていた一階ホールも今日は一転、思い思いに散らばった数人がそれぞれの午前を過ごしている。

その中に、ひとり自販機のドリップコーヒーを啜《すす》っている伊丹を見つけた栗子は、

「伊丹さん、おはようございます」

あえて快活な声を上げた。

昨日は一日中わさわさとして顔も見なかったから、伊丹の意見は聞かず終いだった。あまりにもいろいろなことがあったせいで、言葉を交わすのもずいぶんと久しぶりな気がする。

「ああ、冬木さんか。はい、おはようさん」

伊丹も同感らしくさっそくそばに寄って来たけれど、近くで見るとやはり相当に応えているようだ。表情に生気がない。

「それにしても、まさか手塚さんまでがねぇ。はっきりいって、柏木さんのときよりびっくりですよ」

「私も同じです」

「なんでこんなことになったのか、見当もつかないが、もっと彼と話をしていればよかったとね。いまとなっては後悔しかありません」

「そう思われるのも無理はないですけど、伊丹さんの責任ではありませんよ」

これではまるで兜山だが、

「いや、そうはいっても、彼が相当に思い詰めていたのは事実なわけでね」

栗子の慰めに、伊丹は険しい顔で首を振った。

「前の晩、寝る前に彼と将棋を指したことは話したと思うけれど、実はそのとき、私が『じゃ、また明日』といったらね。彼がふっと笑ったんですよ」

「笑ったといいますと?」

「まぁ、笑ったというか、笑いかけてきたというか」

「それで、手塚さんは何か仰ったんですか?」

「そういうわけではないんだが、それがいかにも手塚さんらしい茶目っ気のある仕草でね。あとから思えば、あれが彼なりの別れの挨拶だったのかも知れんな」

その光景を思い浮かべるかのように、遠い目になる。

柄にもなく感傷的なつぶやきは心の痛みの表れだ。

「そうですか」

としか返しようがない。

「それにしても、我々がもっとしっかりしないといかんなぁ」

もとが教育者なだけに、なんであれ自分の周囲で起きたことには責任を感じるのだろう。もっともこの伊丹にしても、手塚が自殺したこと自体は少しも疑っていないらしい。

「まぁ、いまのところはまだふたりだが、このまま入居者の自殺が続いたら、ホームの管理責任が問われかねませんよ。そうなったら我々だって安閑としてはいられない。騒ぎが大きくなれば、ほかのホームに移る人も出てくるだろうしね。そのときは冬木さん、あなたが頼りですからね。お願いしますよ」

いうことだけいうと、ぽんと栗子の肩を叩き、のそのそと席に戻って行く。

その後ろ姿を見れば、この伊丹もここ数日で急速に老け込んだことが分かる。どこがどうというわけではないのに、確実に年齢を感じさせる歩き方だ。

それはともかくも、これで事件の終息ではなく、さらなる自殺騒ぎを予告するようないい方がなんとも気にかかる。伊丹はどういうつもりなのだろう？

結局昨夜はほとんど眠れなかった。固まった粘土細工のような身体のてっぺんで、頭だけがぐつぐつと煮えたぎっている。

と、そのとき、

「あのー、そのことなんですけど」

背後から遠慮がちな声がかかった。

聞き覚えのある声に振り返ると、思ったとおり声の主は二階の入居者、小野寺猛《おのでらたけし》の妻の佐千子《さちこ》だ。どうやらいまの会話を聞いていたらしい。夫を乗せた車椅子を押してゆっくりと近づいて来る。

この猛はまだ六十六歳の若さながら、軽度のレビー小体《しょうたい》型認知症で、ここでの生活はもう二年目になる。以前は夫婦で小さな化粧品店を営んでいたそうだが、発症を機に店を畳み、ホーム入りに踏みきったという。子供はいない。

ほかには特に持病はなく、まったく歩けないわけでもないけれど、足腰が年齢以上に弱っている。要介護2の認定が下っているのもやむを得ないところだ。

レビー小体型認知症というのは、レビー小体と呼ばれる構造物が脳に蓄積することによって起きる病変で、べつにめずらしいものではない。認知症全体の半分以上を占めるアルツハイマー型認知症に次いで、認知症の原因のほぼ二十パーセントを占める。

主な症状は認知機能の変動に加えて実際には存在しないものが見える幻視で、男女ともに発症するけれど、どちらかというと男性に多い。

猛の場合も、食事や排せつはかろうじてひとりでこなせるものの、日常の細々とした行動となるとどうしても介助が必要だ。むろんこうして老人ホームに入ったからには、何もかも施設任せでもいいけれど、それでは可哀そうだと思う家族もいて、そうなればその家族が自分の手で世話をするしかない。

そこで妻の佐千子が事実上の同居状態で猛の居室に泊まり込み、夫の介護に専心しているのだが、それは頭で考える以上にたいへんなことだ。

自宅はU市内だからさほど遠くはないにしても、大荷物を抱えて自宅とホームを行ったり来たり。家一軒を管理しながらの二重生活はよほどの決意がないと務まらないはずで、生半可の愛情でできることではない。

「主人の世話が私の生きがいですから」

それが口癖だけれど、頭が下がるのは栗子だけではないだろう。

そんな夫婦が、手塚の失踪について何をいいたいというのか？

「手塚さんのことで何か？」

栗子が目を向けると、内心の戸惑いが色に出たらしい。佐千子は慌てて右手をぶんぶんと振り回した。

「いいえ、この人のことなんで、もし幻覚だったらいけないと思っていままで黙っていたんですけど。やっぱり冬木さんのお耳に入れておいた方がいいかなと」

ここで口ごもると、素早く夫の顔を覗き込む。

「と、いいますと？」

「実は、主人が昨日、手塚さんの姿を見たというんですよね」

ぐっと声をひそめて、けれどとびきりの目撃情報を出してくる。

「本当ですか？」

思わず声が上ずると、

「そうなんです」

まるでいたずらを咎《とが》められた子供のように目を伏せた。

夫の顔を覗き込んだのは、もし幻覚だったらいけないという妻の言葉に対する反応を気にしたのだろうが、どうやらその心配はなさそうだ。本人は車椅子にどっぷりと身を沈め、気持ちよさげに寝入っている。

それにしても、二階の住人の猛がひとりで出歩いたはずはない。彼はどこでどのように手塚の姿を見たのだろう？

「昨日のいつごろですか?」

「お昼の一時半ころでしょうか。少し散歩をしようと思って、車椅子を押して通用口から外に出たんですけど、タオルを忘れたことに気がついて、私だけ部屋に戻ったんです。そのわずかな間のことですね」

なるほどそれならあり得る。

「それで、そのときは何もいわなかったんですけど、夕方近くになって皆さんが手塚さんを探し始めたら、『あの人なら外にいたよ』といい出しまして」

「ご主人は手塚さんをご存じなんですか?」

「はい、もちろん。あの方は気さくな方ですから。私たちにも、会えばかならず声を掛けてくださるんですよ」

「で、ご主人によると、手塚さんはどの辺りにいたんですか?」

「どの辺りというか、主人がそこで私を待っていたら、やはり車椅子に乗った手塚さんが、霊安室の方から倉庫の方角に通り過ぎて行ったそうです」

「車椅子で?」

それは驚きだ。栗子は訊き返した。

手塚は猛と違って、まったくの健康体だ。杖も使わずにすたすたと歩く。車椅子に乗った姿など一度も見たことがない。

「はい。だから私も半信半疑だったんですけど」

「車椅子を押していたのは誰だったんでしょう?」

「そっちは顔も見ていないそうで」

「男か女かも分からない？」

「ええ」

「で、手塚さんは車椅子でどこに行ったんですかね？」

「それもはっきりしないんですよね」

自分のせいではないのに、申しわけなさそうに口をすぼめる。

その間、それとなく様子を窺っても、当の猛は目を閉じたまま微動だにしない。まさに観音菩薩像そのものだ。

「やっぱり幻視かもね」

声には出さずに内心で納得する。

佐千子が報告をためらっていたのも当然で、うっかり真に受けたらとんでもないことになりかねない。ただし、ここが認知症のむずかしいところで、本人への対応は充分な配慮が求められる。

幻視や幻聴といった幻覚は、本人は実際に見たり聞いたりしているところが最大のポイントで、いわゆる見間違いや聞き間違いとは別ものだ。真っ向から否定するのは禁物で、ましてや嘘だと決めつけると大きなストレスがかかる。かといってそのままあったことにはできないから、それとなく本人に事実を認識させることも必要だ。

佐千子の心配もその点にあるようで、彼女が猛の世話を人任せにしないのも、夫によけいな不安やストレスを与えたくないのだろう。

夫の世話が生きがい。そういいきる妻に寄り添われた猛は――たとえ要介護の身ではあっても――

栗子の目にはホーム一の幸せ者に映る。そしてその幸せはいうまでもなく、彼ら夫婦がこれまでに積み重ねてきた歳月の結実だ。

けれど、栗子がほのぼのとした感慨にふけったのはほんの一瞬だった。あまりにも衝撃的な猛の目撃情報――。

「それじゃ失礼します」

小野寺夫婦が悠揚と去ったあとも、しばらくその場を動けない。ガクガクとひざ頭が震えている。

手塚が園内にいた？　それも車椅子に乗って？

認知症患者の妄言に惑わされてはいけない。重々承知ながら心が乱れるのは、あの愛すべき老人、自分にとってはホーム開設以来の同士ともいえる手塚の身に何が起きたのか？　思い起こすたびに居ても立ってもいられないからだ。

胸のざわつきはいっこうに収まらない。

5

手塚が失踪して一週間。もはや絶望的なことは明らかでも、遺体が見つかるまではあくまでも行方不明の扱いだ。さっさと死んだことにはできない。山南涼水園との契約の当事者は手塚本人だから、家族でも居室に手はつけられないとあって、何もかもが中途半端なまま放置されている。

柏木が当てつけ自殺をしたその同じホームで続けざまに同種の事件が起きたのだから、世間が騒ぐのは致し方ないというものだ。話題に飢えたマスコミの恰好のカモになったことはもちろん、巷《ちまた》でもネットでも百人百様の意見が飛び交い、ときならぬ活況を呈している。

世の中の動きは速いから、さすがにそれも沈静化してきたけれど、こんな状態が続けば園全体に陰鬱な気分が広がって、第三、第四の事件が起きかねない。宇野を始めとする経営陣は当然として、入居者の代表をもって任じる伊丹も心配でいられないらしい。

結果、そのふたりを中心に自殺防止対策班とでもいうべき官民合同チームが結成されたのは、手塚が行方不明となってちょうど七日後のことだった。

メンバーは宇野と伊丹に渡部・君原・栗子を加えた計五人。いずれも園内事情に通じ、互いの意思疎通が良好な人物だ。会合の場所は人目を避けるために園長室。随時開催でテーマは不定となっている。

その第一回の会合は、まずは宇野の開会の弁で始まった。

「皆様ご承知のように、今回の手塚さんの件は、まことに遺憾だとしかいいようがありません。柏木さんの場合はご病気のこともあって、我々には防ぎようがなかった面もありますが、手塚さんについては、これはもう大いに反省すべき点があると。もちろん、その全責任は園長の私にあるわけですが、皆様の協力なしには、ひとりでは何もできないことも事実でございます。自殺は伝染するという説もありますし、今日こうしてお集まりいただいたのも、これ以上の自殺発生はなんとしても阻止したいと考えたからでして」

ここで一つタメを作ると、君原と渡部、栗子を順に見回す。

「三人寄れば文殊の知恵といいますが、このさいどんなことでもかまいません。連鎖自殺の防止対策となるいいアイデアはないでしょうか？　ぜひとも忌憚《きたん》のないご意見をお聞かせください」

真摯な眼差しだけれど、そんなアイデアがあるなら苦労はない。

栗子が無言でいると、

「そうかもしれませんけどね」

案の定、渡部が声を上げた。

「私たちにいま以上の何ができるというんですか？　私にしても冬木さんにしても、やるべきことはちゃんとやっているつもりですけどね」

スタッフとして怠慢を指摘されていると感じたようだ。声にとげがある。

この渡部は宇野より年上なこともあって、お局様のきらいがないでもない。ふだんから遠慮なくずばずばと意見をいう。

「いや、園長も誰かを責めているのではなくて、情報を一元化して、みんなで対策を練ろうということだと思いますよ」

すかさず伊丹がフォローに回った。

「それに手塚さんにしてもねぇ。もっと懐の深い人だと思っていたんだが。息子にあんな妙ちくりんな要求をするとは、どうにも解せませんよ」

座の空気を和らげるつもりか、大げさな身振り手振りで嘆息する。

「確かに、手塚さんのご家族は面会にもちゃんちゃんといらっしゃるし、我々との連絡も密にされてましたからね。当てつけ自殺はまるきり想定外でした。しかしまぁ、他人の心は簡単には読めないものですから」

宇野も同調したけれど、

「ですが、そもそもの話、いまの段階で手塚さんの失踪を息子への当てつけ自殺と決めつけるのは、いささか早計ではないですかね？」

意外なことに、ここで口を挟んだのは君原だ。

なんと、自分と同じ疑問を抱いている人間がここにもいる。栗子は熱い手でいきなり心臓を摑まれた気がした。

栗子の知るかぎり、君原はこういった場で積極的に発言することはない。刑事の本分は自分が話をするのではなく、相手から話を訊き出すことだ。テレビドラマだったか、どこかで聞いた覚えがある。とっくに引退してはいても、それが習性になっているのだろう。

「いま我々に見えている現象が、手塚さんが意図した結果だといえる根拠はどこにもありません。はっきりしているのは、手塚さんの姿が消えた事実だけです。疑ってかかれば、何者かがそう見えるように仕向けた可能性もあるのですからね」

押しつけがましくはないけれど、揺るぎのない口ぶりだ。

「ということは、手塚さんはまだ生きてるんですか？」

勢い込む宇野に、君原は穏やかな目を向けた。

「そうはいっていません。皆さんが考えているとおり、手塚さんは柏木さんのあとを追って底なし池に身を投げたのかもしれません。ただ、伊丹さんがいわれるように手塚さんの行動に解せないものがあるとしたら、そこにはかならず理由があるはずなのですね。その理由を突き詰めることなく結論を急ぐことは危険だということです」

「まぁ、それはそうですが」

元刑事の正論に太刀打ちできるはずもない。宇野が引き下がる。

手塚の行動に解せないものがあるとしたら、そこにはかならず理由がある。それこそが自分も漠然と感じていたことだ。栗子は心の底で賛同の声を上げた。

やはり元警察官はほかの人とは違う。疑ってかかれば、何者かがそう見えるように仕向けた可能性もある。君原は確かにそういったのである。突拍子もないと思える自分の考えも、この人なら頭からバカにすることはないのではないか。

いちど君原とじっくり話してみたい。強烈な欲求が湧き上がる。

そんな栗子の内心におかまいなく、

「それより、問題はこれからどうするかですよね？」

すかさず渡部が軌道修正を図った。

「そのとおりですね」

これは宇野だ。

「とりあえず入居者の中で自殺の危険がある人をピックアップして、監視体制を強化するのはどうでしょう？」

「とはいっても、具体的にはどうするの？　まさか入居者をひとりずつ捕まえて、『もしやあんたも自殺する気じゃなかろうね？』と訊くわけにもいくまい？」

真顔の宇野を尻目に、伊丹がさっそく茶化しにかかる。

まじめと磊落《らいらく》がごく自然に同居しているところが伊丹の真骨頂で、三階町内会がギスギスしないのも、彼のこういう性格によるところが大きい。

かたや宇野はどんなときもまじめ一徹だ。

「といいますのも、皆さんにはまだお話ししてなかったのですが、実は、生田晴世さんの件で――というか、正確にいえば瑠里《るり》ちゃんの件なんですが――困ったことが持ち上がっていましてね」

ちらりと渡部と目を合わせると、おもむろに話を切り出した。

瑠里というのは晴世の孫で、今年小学二年生になる女の子だ。だからむろん、ホームに住んでいるわけではない。祖母ゆずりのべっぴんさんで、着物を着せたらそのまま市松人形になる。晴世に似て人懐こく、園内で顔を合わせるとかならず、

「あ！　冬木さんだ」

大声を上げて笑いかけてくる。

実際、見た目どおりの優しい性質らしい。ひな祭りのひなあられやこどもの日の粽《ちまき》を、

「これはおばあちゃんの分。ママには内緒だよ」

ポリ袋に入れてこっそり持って来る。

子供心にも母親と祖母の確執を認識しているのだろう。この間の七夕のときは、自宅から七夕飾りの短冊を一枚持ち出して来て、

「おばあちゃんも書きなよ」

自分の目の前で、祖母に願い事を書かせたのだという。そこで晴世は、「自分の家で死にたい」と書いたものの、まさかそのまま持ち帰らせるわけにはいかない。

「これはおばあちゃんの部屋に飾るからね」

瑠里にはそういって、あとでこっそり破り捨てたそうだ。

その話をした晴世は目に涙を溜めていたけれど、栗子は栗子で、すっかりホームに馴染んでいると見えた彼女が、いまだに自宅に執着していることに胸が痛んだものだ。

そんなふうだから、晴世が溺愛していることはいうまでもないけれど、問題はそこではない。なにしろ晴世の家は山南市内なので、路線バスを利用すればここから三十分もかからない。おばあちゃんが大好きな瑠里は、だから平日の放課後はランドセルを背負ったまま毎日遊びに来る。両親が共働きなので、さながら学童保育状態なのである。

そこまではまだいいとして、なんといっても子供だから祖母の居室でじっとしてなどいない。ちょこまかと出歩いては、三階の共用スペースのみならず、一階ホールや建物の外にまで足を延ばす。

大人ばかりの施設のことで、大多数の人は笑って見ているけれど、子供が園内をウロチョロするのを嫌う人がいるのも事実だ。何かトラブルが起きたのだろうか？

「瑠里ちゃんがいたずらでもしたんですか？」

栗子が尋ねると、

「いや、そういうことではないんですがね」

宇野が顔をしかめる。

「皆さんもご存じのとおり、瑠里ちゃんは典型的なおばあちゃんっ子でしてね。生田さんは、ご主人が亡くなったあと息子さん一家と同居を始めたんですが、困ったことには、瑠里ちゃんが懐いている反面、瑠里ちゃんのお母さん、すなわちお嫁さんとはえらく相性が悪いんですね。何かというと対立していたそうです。六十五歳になるのを待ちかねてホームに入られたのも、もっぱら嫁姑問題が原因だったと聞いています。

生田さんには息子さんのほかにも結婚されている娘さんがいて、そちらには男の子がふたりいるそうなんですが、ご主人が海外勤務なのでめったに会えないんですね。その分、内孫の瑠里ちゃんが生きがいになっているんでしょう。ですが、問題は瑠里ちゃんが連日こちらに来ては夕方まで遊んでいくことでしてね。それもひとりでどこにでも行ってしまうので、ほかの入居者から苦情が出たんですよ」

やっぱりだ。

「誰からですか？」

思わず訊いてしまう。

「山吹さんですよ。あんな子供にうろつかれては迷惑千万だ。ここは断固、出入り禁止処分にしろと仰って。しかも、口で謝るだけではダメだ。生田さんには文書での正式な謝罪を要求するとね、息巻いているんです。で、それだけならまだしも、日ごろ山吹さんとつるんでいるグループと、生田さんと仲がいいグループがそれぞれバックについて、どちらも一歩も譲らない。いまや一触即発の状態になっているんです。なにしろ山吹さんと生田さんはよほど相性が悪いとみえて、何かというと敵対して来ましたからね」

思い出すだけでもうんざりするという顔だ。

本当をいえば、〈何かというと〉ではなく〈君原をめぐって〉なのだけれど、やはり本人の前ではいいにくいのだろう。もっとも、その君原争奪戦もいまや晴世の優勢勝ちといった趣きで、さすがの乃利絵もひと頃の勢いはないらしい。おかげで、最近の君原はいたって平穏な日々を送っているようだ。

それはさておき、これまた厄介なことになりそうだ。栗子の心配をよそに、こんどは渡部の口撃が炸裂《さくれつ》する。

「そりゃ、山吹さんが怒るのはもっともですよ。そもそも生田さんが瑠里ちゃんを甘やかしているのがいけないんですから」

「ですから、私も生田さんに注意してるんですがね」

「注意なんて、そんな生ぬるいことじゃダメです。ここはしっかり禁止しないと」

「といってもねぇ。家族の面会は二十四時間ＯＫなのがうちの売りですからね。瑠里ちゃんにだけ、二度とここに来るなとはいえないでしょう？」

宇野の弁明も歯切れは悪い。

なんとなく宇野は晴世に、渡部は乃利絵に肩入れしている気味はあるものの、ここは渡部に分がありそうだ。栗子が思うそばから、

「ですけど、あのくらいの子は何をしでかすか分かりませんからね。事故が起きてからでは遅いんですよ。皆さんも先日、山南市内のグループホームで火事があったことはご存じですよね？」

渡部はくっと口調を改めた。どうやら手綱を緩める気はないらしい。

グループホームというのは、比較的軽度の認知症の高齢者が少人数で共同生活をする地域密着型のサービスのことで、一九九〇年代後半に国のモデル事業として始まった新しいスタイルの施設である。

定員は五人から九人。入居者が家族と触れ合えるよう、利用者は施設と同一地域内の住民であることが前提となっている。

居室はすべて個室か準個室で、そのほかに入居者同士が交流するための共同スペースもあり、アッ

トホームな雰囲気の中で認知症専門のスタッフのケアを受けられるのが最大の特徴だ。もっとも、要支援2もしくは要介護1以上の認知症があることが条件なので、自立した高齢者には入居資格がない。

ついでにいうと、最低限の日常生活が送れることも入居条件の一つで、寝たきりになるなど要介護状態が進行すると、それはそれで退去を促されることになる。要するに、グループホームは終の棲家ではなく、一定の条件下にある認知症の高齢者とその家族を行政がサポートする制度なのである。

むろん、ここにいる面々があの火事のことを知らないはずはない。

「幸い発見が早かったので一部焼失で済み、死傷者はいなかったそうだが、建物が水浸しになって、当分の間グループホームとしては使えないみたいですね」

伊丹が代表して答弁する。渡部は我が意を得たりとうなずいた。

「仰るとおりです。それで、入居者は全員家族のもとに戻ったんですが、そのうちのひとりがたまたま瑠里ちゃんの同級生の祖母だったんですね。その子もおばあちゃんっ子だったので、大喜びだったそうです。あの火事の直後、富川さんが瑠里ちゃんとその話をしているんですが、彼女によると、瑠里ちゃんは『このホームも燃えちゃえばよかったのに』とつぶやいたそうで。

子供には火事の怖さが分かりませんからね。山南涼水園が火事になれば大好きなおばあちゃんが家に戻れると考えないともかぎらないいんじゃないですか？」

渡部は真剣そのものだけれど、それはちょっと短絡的ではないか？　栗子は首を捻《ひね》った。

他のメンバーも同様に感じたらしく、

「だからって、まさか瑠里ちゃんが放火を？」

宇野が呆れ声を出したところに、

「そりゃまるで八百屋《やおや》お七《しち》だな」

伊丹の素っ頓狂な声が重なる。

君原はと見れば、どんなときも最悪の事態を想定するのが警察官の本能なのだろう。こちらは口を閉じたまま、じっと眉根を寄せている。

八百屋お七。歌舞伎や井原西鶴の小説で有名な話だから、むろん栗子も概要は知っている。江戸時代に起きた実際の事件が元になっているといわれるけれど、詳細については諸説が錯綜《さくそう》しているらしい。

どの説にも共通しているのは、江戸の大火で焼け出された八百屋の一家が避難先の寺で過ごすうちに、娘のお七が寺小姓の若者と恋仲になったという点で、燃え上がる恋慕に身を焦がす初心《うぶ》な娘の初恋がテーマとなっている。

いまと違って、当時は若い娘が自由に出歩くことなど許されない。家が建て直され、自宅に戻ってからも、なんとか恋しい男に会う手立てはないかと思い詰めたあげく、もう一度火事が起きれば、またあの寺で暮らすことができると考えつく。浅はかにも、自分の家に火をつけたというのがその大筋だ。

「放火犯として捕まったお七は、鈴ヶ森の刑場で火あぶりにされたんですよね？」

伊丹に尋ねると、さすが日ごろから博識を誇るだけのことはある。

「みたいですね。火事自体は小火《ぼや》だったというが、当時の放火は大罪で、問答無用で死罪と決まってたんですな。どんな事情があっても目こぼしはされなかったようです」

すらすらと答えが返って来る。

「お七って、そのとき幾つだったんですか？」

「数えで十六だったというから、満でいえば十四か十五かな？　当時でも子供と大人の区別はあって、火付け犯の場合、十五歳以上は火あぶりだが、十五歳未満なら罪を減じて遠島《えんとう》になったそうです」

そうか、江戸時代でも事実上の少年法はあったのか。なぜかほっとする。すると、

「まぁ、八百屋お七はともかく、このままにはしておけませんよ。瑠里ちゃんに関しては、ここできっちりお出入り禁止にするべきだと思いますね」

またしても渡部が軌道修正を図った。

「となると、喧嘩両成敗じゃないですが、生田さんに泣いてもらう代わり、山吹さんの要求も蹴るしかなさそうですね。具体的には、とりあえず今後半年間、瑠里ちゃんのホームへの出入りをいっさい禁止すると。ただし、山吹さんにもこれ以上の誹謗中傷は止めさせる。もしそれを破ったら、契約解除もあり得るということにしますかね」

宇野が結論を出す。内心では最初から、そのあたりが落としどころだと考えていたのだろう。

「そうですね」

全員が賛同して話はついた。

「そうと決まれば、私から山吹さんと生田さんに通告しますが、こんどはそのふたり、特に生田さんの反応が心配ですね。瑠里ちゃんが生きがいなだけに注意をしませんと」

宇野が口ごもる。

「だからって、自殺までするかねぇ？」

これは伊丹だけれど、

「分かりませんよ。なにしろプライドが高い人たちですから」

心配性の宇野は怖気《おぞけ》をふるっているらしい。

「そのとおりです。これがもとでまた自殺者が出たりしたら、なんのためにこの話し合いをしたのか本末転倒ですからね」

最後は渡部が締めて、会合はお開きになった。

6

栗子が君原の居室を訪れたのはそれから三十分後のことである。

やはりここは君原の見解を知りたい。

「君原さん。冬木ですけど、いまちょっとよろしいですか？」

ノックをしながら声を掛けると、待つほどもなくドアが開き、君原が姿を現した。

突然の訪問にも驚いた様子はない。

「どうぞお入りください」

患者を迎える医師かのように平然と招じ入れる。

きちんと整えられたベッドに、ブックエンドに挟まれた数冊のファイルと筆記具があるだけのすっきりとしたデスク。これを見ただけでも、部屋の主の几帳面さは歴然だ。

「突然お邪魔して申しわけないんですけど、実は、手塚さんのことで君原さんのご意見が聞きたくて。面談室で少しお話しできないでしょうか？」

単刀直入に用件を告げると、

「はい、かまいませんよ」

少しのためらいもない声が返ってきた。

面談室というのは二階と三階に一ヵ所ずつ設置された三畳ほどの小部屋で、主に入居者の家族とケアマネージャーとの面談や、カウンセリングに使われている。室内にはスチール製のデスクとパイプ椅子があるだけで、窓もないけれど、それだけに密談には打ってつけだ。

栗子と向かい合いに腰を下ろした君原は、

「さて、どういうことでしょうか?」

落ち着いた眼差しを向けてくる。この様子からすると、栗子来訪の意図をうすうす察しているのかもしれない。

やはり君原に会いに来て正解だった。確信したとたん、これまで溜めに溜めてきたもやもやが一気に解き放たれた。

手塚の不可解な失踪の真相はどこにあるのか? これまで心のうちで茫漠《ぼうばく》と渦巻いていた疑惑が、いまや一本の太い道となって我が口から噴出する。

栗子の怒濤《どとう》の推理が終わっても、けれど意外や君原は飛びついて来なかった。

「そうですか」

ロダンの〈考える人〉ばりにむずかしい顔で黙り込む。ようやく口を開いたときには、たっぷり三十秒が経過していた。

「さきほども皆さんに申し上げたとおり、手塚さんは本当に自殺したのかどうか、大いに疑問があることは私も同感です。それどころか、実は、それは連鎖自殺を装った真正の殺人だったのではないか？　その可能性も否定するものではありません。ですが、問題はそこから先なのですね」

誤解を避けるためだろう。慎重に言葉を選んでいる。

「つまり犯人は誰かということですか？」

「むろん、それもあります」

「ということは、君原さんは均夫婦は犯人ではないとお考えなんですね？」

まだるっこしい展開に業を煮やした栗子に、君原はゆるやかに頭を振った。

「そうとはいいきれません。クロにせよシロにせよ、彼らについては、いまのところ決め手となるものが何もないのが実情です。ただ私の直感をいわせていただくと、均夫婦はどうにも犯人らしくないのですね」

「って、どういうことですか？」

栗子はびっくりした。

犯人らしくない。そんなことをいわれても困る。やはり退職して何年も経つと、どんな辣腕《らつわん》刑事でも無気力になるのだろうか？　自分はどうもこの老人を買いかぶっていたようだ。内心の不満が出たのだろう。

「直感が理由では納得できませんか？」

君原は一転、泣く子をなだめるような顔になった。

「ええ、まぁ」

「お気持ちは分かりますが、犯罪捜査とは奥が深いものです。警察の捜査が机上の推理と異なるのは、目に見える事実だけでなく、たとえば事件の関係者はどんな性格でどんな心境にあるのか、経験や直感による考察が求められることにあるのですね。犯罪は人間が引き起こすものです。人間を見なければ、犯罪も見えてきません。そこで均の一家を見ると、率直にいって彼らにはあまり凶悪犯罪の臭いがしないんですね」

「どこでそういえるんでしょうか？」

「世の中には、口が達者な人もいれば口下手な人もいます。ですから表面的な言動で判断するのは危険なのですが、一般的には、狡猾《こうかつ》な人間ほど心にもないことをいったりしたりするものです。私は均が真っ正直な人間だというつもりはありません。が、もし彼が平然と親殺しを決行するタマなら、日ごろからもっとおべんちゃらをいって、父親に取り入っていただろうとは思います」

「じゃあ、君原さんのお考えでは、犯人は山南涼水園の内部の人間なんですか？」

　栗子の質問に、

「いや、そこなんですがね」

　ふっと顔つきを改める。

「いうまでもないことですが、この山南涼水園で手塚さんと関わりがあった人物は全員に犯人の可能性があります。中でも園内を自由に動き回れるスタッフは、容疑者グループの筆頭といっていいでしょう。ただ、そこには重大な障壁がありましてね。私が内々に調べたかぎりでは、彼らには犯行可能時間帯のアリバイがあるのですね」

　あたりまえのように述べるところをみると、誰に求められなくても、独自に調査を進めていたらしい。

「それというのも、あなたもご存じのとおり、あの日は二階に三人もの新規入居者がいたわけです。そのため宇野さんを始めスタッフはみんな大忙しで、ふだんとは違うローテーションで臨んでいたのですが、結果的にはそれがものをいうことになりました」

そういえばそうだった。栗子は思い出した。

看護師は新規入居者には用がないけれど、介護スタッフの手が回らないため、二階のフロアはパニック状態になっていた。そこで自分もおむつ交換や身体拭きを手伝っていたのである。

「具体的にいえば、手塚さんと縁の深い富川さんも木下さんも、午前から午後にかけて常時誰かと一緒で、席をはずしたのはせいぜい二十分程度だったことが確認されています。手塚さんに近いスタッフは、冬木さんも含めてむろんほかにもいますが、みなさん長時間持ち場を離れていないことは同様です。となりますと、彼らがその短い時間で、手塚さんを殺害したうえ園外に連れ出すことはほぼ不可能ですから、園の側の人間は全員が容疑者からはずれることになるのですね」

「そうなんですね」

栗子はほっと息を吐いた。

もともとスタッフを疑ってはいないけれど、それでも安堵せずにはいられない。とはいうものの、もしそれが事実なら、入居者同士による殺人。もっとあり得ない事態に直面することになる。

「それでは入居者の方はどうかといいますと、三階の住人の中で手塚さんと親しかった人は、伊丹さんを筆頭に吉良さんと岩鞍さん、そして私ということになります。もちろん女性陣とも交流はあったと思いますが、私の知るかぎり特に親しい人はいなかったようです。それに体力面でも、高齢の女性に手塚さんの殺害はむずかしいでしょう。そちらの線は無視してもかまわないと思います」

「アリバイについてはどうでしょう?」

「それなんですがね」

ここで君原が首をかしげる。

「こちらはスタッフとは逆で、アリバイのある人はいません。伊丹さんは午前中ずっと自室でテレビを見ていたそうだし、吉良さんも岩鞍さんも部屋を出たり入ったりだったといいます。で、私はどうかというと、十時過ぎに風呂に入って、そのあとは昼ご飯を挟んで終始自分の部屋にいましたからね。やはりアリバイはありません」

「そうですか」

「さっきもいったように、あの日はスタッフがてんてこ舞いだったので、三階の入居者はいわば放っておかれたわけです。ですから我々は全員犯人の資格があるのですが、なら誰が怪しいかと訊かれても、正直、そんな人はいないとしか答えようがないのですね」

まぁ、そうだろう。異論はないものの、

「ですけど、それだと手塚さんは自分から失踪したことになって、話が振り出しに戻ってしまいますよね?」

栗子の指摘に、

「捜査とはそういうものです」

君原は平然と首肯する。百戦錬磨の元捜査員の、これは実感なのだろう。

「分かりました」栗子はすなおに頭を下げた。

「素人の分際でつい出過ぎたことをいってしまいました。決して面白半分ではないんですけど、どうしても疑問が湧いてしまって。申しわけありません」

「いやいや、そんなことはありません」

そんな栗子に、君原は真っすぐに目を向ける。

「疑問を持つというのはとても大事なことです。そして、ものいわぬ被害者のために捜査に疑問を呈するのは家族の特権です。冬木さんが手塚さんの失踪に疑問を抱くのは、たんなる好奇心ではなくて、あなたが手塚さんに対して家族のような愛情を持っていらっしゃる証しだと、私は思いますよ」

その声は存外とも思えるほど温かい。

自分はどうもこの老人を買いかぶっていたようだ——。栗子はあらためて目の前の老人を見つめると、先ほどの疑念を胸の奥底に放り込んだ。

7

時間は一秒たりとも同じ場所に止まらず、まるで生ゴミのように、過去の出来事は次々と捨てられていく。ときは着実に流れ、山南涼水園に暗い影を落とした手塚の失踪騒ぎも、少なくとも表面的には静まりつつある。

栗子はそっと頭を振った。

一人の命は地球より重い。昔ダッカでハイジャック事件が起きたさい、ときの総理大臣が引用した有名な言葉である。堂々とは異論を述べにくい名言だ。そうでなくても、当の〈一人〉にとっては真実以外の何ものでもない。

けれど現実は違う。一人の命は一人の命に過ぎない。それも人によって軽重がある。中でも、老人の命は縁日で売られる綿あめ並みに軽い。

きのうまでここにいた人間が、ふと気がつくと姿を消している。学校や会社ならホラーでも、病院や高齢者施設では日常茶飯事だ。一ヵ月もすれば、もはやそこに誰がいたのかすら思い出せない。現に柏木が人生最後の日々を過ごした三階の居室では、すでに新規入居者がしっかり根を下ろしている。

柏木の後釜となったその男性は、かつては寄席で人気を博した奇術師なのだそうだ。いわれてみれば、粋な装いに洗練された身のこなしで、しゃべり口もそつがない。そこにいるだけで華があるから、柏木や手塚よりモテるのは当然で、三階の女性陣はにわかに活気づいているのが現状だ。

乃利絵からのクレームも、宇野が瑠里のお出入り禁止処分を正式に決めたことで決着をみている。懸念された晴世の過剰反応も、いまのところは何も聞こえてこない。宇野の喧嘩両成敗作戦はいちおう成功したといえそうだ。

何はともあれ平和に如《し》かず。関係のない栗子までもが安心したものの、これは少々甘かったようだ。君原と推理談議を繰り広げた昨日の今日、早くも晴世から君原にあらたな相談事が持ち込まれることになった。

後日君原から聞いたところでは、それはこんなことだったらしい。

夕食後、君原が自室で自販機で買ったドリップコーヒーを楽しんでいると、

「ごめんください。生田ですけど、いまよろしいでしょうか？」

いつになく緊迫した様子の晴世が顔を覗かせたのだという。

「かまいませんが、どうかされましたか?」

ただならぬ気配に君原が尋ねると、

「ちょっと……」

おしゃべりな彼女にしてはめずらしく口ごもっている。なにかと口実を設けては君原の居室を訪れるのは毎度のことだけれど、どうもそれとも様子が違う。

夜とはいっても八時までにはだいぶ間がある。

「まぁ、とにかくお入りなさい」

君原が招じるとすばやく周囲に目をやり、誰もいないことを確かめてから、細い身体を滑り込ませる。

これだって今日が初めてではない。何をいまさらの感があるけれど、

「申しわけありません。どうしてもご相談したいことができてしまって」

本人は大まじめで一礼すると、向かいの小椅子にこっそりと腰を下ろした。

「いや、遠慮にはおよびませんよ。私でお役に立つならどうぞお話しください」

これは仔細がありそうだ。ぴんときた君原が先を促すと、

「実は、これなんですけど」

晴世は手にした布袋をごそごそと探り、中から古びたキーホルダーを一個取り出した。

見れば、それは市販のキーボックスの付属品と思しきポリプロピレンのキーホルダーで、見出し用紙にマジックで〈倉庫〉と記された洋白の鍵が吊るされている。要するに味もそっけもないただの鍵で、一見したかぎりではなんの変哲もない。

「鍵とキーホルダーですね？」

「はい」

「〈倉庫〉と書かれていますが、倉庫の鍵に間違いありませんか？」

「はい」

「で、これがどうかしましたか？」

「それが……」

晴世はまたもや口ごもった。

「ではお訊きしますが、これはあなたのものですか？」

「いえ……」

「生田さんのお宅の倉庫の鍵ではない？」

「はい」

「とすると、これはこのホームの倉庫の鍵でしょうか？」

「…………」

こんどは押し黙ったきり下を向いている。

どうやら認めたくないらしい。とはいうものの、ぶるぶると震えるほどキーホルダーを握り締める白い指を見れば、それが事実であることは一目瞭然だ。

晴世が倉庫の鍵を所持している理由はともかく、彼女はなぜこんなに神経を尖《とが》らせているのか？ さすがの君原も見当がつかなかったようだ。

そもそも倉庫は特別な場所とは違う。そんなことはわざわざ確認するまでもない。本体の建物とは別棟で、だから一部のスタッフ以外の人間は近寄ることもないけれど、いってみればそれだけのことだ。貴重品を保管しているわけではないし、そこで特別なことが行われることもない。

山南涼水園は、いまどきの老人ホームとして標準的な設備と陣容を備えている。建物は鉄骨造りの三階建てで、これもごくありふれているといえるだろう。

一見、保養所や商業施設と見紛うばかりだけれど、これは公的・私的を問わず最近の建造物の傾向だ。昔ながらのイメージの地味な高齢者施設など、いまや見つけるのは至難の業なのである。

そうはいっても、そこはやはり旅館やホテルと同じではない。ここが老人専用の施設である何よりの証拠には、建物の裏手、通用口を出たその先の左手に平屋建ての寺院風建物が一棟、あたかも人目を避けるように建っている。

その名も夢抄庵《むしょうあん》。いわずと知れた霊安室で、ホーム内で息を引き取った入居者は例外なく、葬儀社が遺体を引き取りに来るまでの数時間ないし数十時間を、ここでひっそりと過ごすのである。

もっとも、近年は臨終を病院で迎える人が多数を占める。霊安室が使われる機会は、実際にはさほど多くない。

最期の瞬間まで住み慣れた居室で家族やスタッフに囲まれていた人も、看取りの儀式が終わればもはやそこに居場所はない。早々と霊安室に追い立てられる運命にある。

病院ならともかく、なぜ全員が個室に入っている介護付有料老人ホームに霊安室が必要なのか？　最初は理解できなかったけれど、考えてみれば理由は明快だ。生きている者——とりわけ身内ではない無関係の人間——にとって、死者は忌むべき異世界の存在だからである。

昔、ほとんどの人が自宅で亡くなっていた時代には、死者は死後もそのまま自分の寝床で安らかな眠りについていたはずだ。重篤な病人の覚醒と睡眠の境目が明確ではないように、生と死の境目も判然とせず、ちょうど緩やかに坂道を下るように現世から黄泉《よみ》の世界に入って行ったのだろう。

けれど、どんなに快適で居心地がよかろうが、老人ホームは自分の家ではない。ここでは生者と死者の間に厳格な一線が引かれている。

いつかは自分もあそこに行く。ここに住む老人なら、誰でも一度はそこに横たわる己の姿を思い浮かべるはずで、それだけにいまは近寄りたくないとみえる。夢抄庵の周囲はいつ見ても人の気配がない。

そしてその霊安室の隣、通用口から見て右手に建つ真四角の無愛想な建物が問題の倉庫なのである。ただし、倉庫と聞いて安手なプレハブ小屋を想像したらそれは間違いというもので、さすがは八十人の入居者を擁するホームだけのことはある。床面積も優に六、七十平方メートルはありそうだ。ここにはふだん使わない簡易ベッドや椅子などの家具類を始め、非常用の備蓄品等々、雑多な品々が保管されている。

いわゆるカネ目のものはないけれど、園にとっては必要な品ばかりだ。ここまでは外部からでも容易に侵入できるから、万一の盗難に備え、ふだんはしっかり施錠されているらしい。

栗子も一度、宇野に連れられて中に入ったことがあるけれど、フローリングの床には各種貯蔵品を詰めた段ボール箱がところ狭しと積み上げられ、大量の石油ストーブと灯油缶に加え、大型の業務用冷凍ストッカーがでんと鎮座していた。

現に冷凍庫として使用中なら、倉庫にしまい込んでいるはずがないし、故障して使い物にならないなら、わざわざ保管している意味がない。

「これは壊れてるのかしら？」

質問すると、宇野は我が意を得たりとばかり饒舌になった。

「まだ使えるんですけどね。私が使わさないんです。ここは新鮮な食材がいくらでも手に入るのに、私が来る前はやたらと冷凍食品を利用してたんですよ」

「へぇ、そうだったの」

「調理の手間がかからなくて、値段も安いからってね」

「事実、便利ではあるわね。皮を剝いたり切ったりする手間がはぶけるもの」

「ですが、いくら便利でも口に入れるものは安全でないと。こと食べ物に関しては、私は売り手の顔が見えない商品は信用しないことにしているんです」

いかにも信念の人らしく胸を張って見せたものだ。

石油ストーブについても同様で、

「ここはセントラルヒーティングなのに、石油ストーブって必要？」

首をかしげると、

「ふだんは必要ないんですけどね。大地震なんかで真冬に暖房が止まったらたいへんですから。この辺りは街中より寒いので、最低限の暖房器具は確保しておきませんと」

あっさりといってのける。

口でいうのは簡単でも、そのための費用はバカにならないはずだ。毎度のことながら、宇野の姿勢には感心するばかりである。

君原は倉庫の中には入ったことがないらしいけれど、要するに、どういう場所ではないということだ。それにしても、その倉庫の鍵がどうしていま晴世の手にあるのか？　これればかりは本人に訊かなければ分からない。

辛抱強く返事を待つ君原の耳に、

「実は、瑠里が……」

消え入りそうなつぶやきが届いたのは、晴世のだんまりに業を煮やした君原が、ついに口を開きかけたときのことだった。

瑠里がどうしたというのだ。だいたい瑠里はここ山南涼水園にお出入り禁止になったばかりではなかったか。

けれど君原が言葉を発する前に、

「君原さん、ちょっとよろしいですか？」

ふたりの会話は思わぬ闖入者《ちんにゅうしゃ》に遮られる結果となった。見ればいつやって来たものか、入り口のドアから宇野が顔を覗かせている。

ここは病院ではないので、各部屋は鍵もかけられるけれど、男性にかぎっていえば昼も夜も施錠をしない人が多い。あちこちに監視の目があるから、外部からの侵入者はまず考えられないし、大金や貴重品を保管している人は金庫を備えている。

それでも在室中はドアを閉めているのがふつうだけれど、君原は、およそ室内に女性がいるかぎり——それが入居者であれスタッフであれ——ドアを少し開けておくことを旨としているのだそうだ。

要するに、〈李下《りか》に冠を正さず〉を実践しているわけである。

だからこのときも部屋の主は堂々としたものだったけれど、焦ったのは晴世だった。

「それでは、私はこれで」

まるで密会の場に踏み込まれたかのように、急いでキーホルダーを布袋に戻し、そそくさと退出する。

「これは失礼しました。お話し中ならまた出直して来ます」

「生田さん。ここにいらしてくださってもかまいませんよ」

男どもの言葉も耳に入らないようだ。

問題の鍵の管理責任者が突然目の前に現れたのだから、慌てる気持ちは分からないでもない。ましてやそこに瑠里が関わっているとなればなおさらだ。それはそうだけれど、まるで逃げるように立ち去ったのが妙に気にかかる。

「あれが世でいう虫の知らせだったんですかね。生田さんが何をいいたかったのか、結局聞かないままに終わりました」

君原は述懐していたけれど、その苦渋の表情にいい知れない後悔が見て取れる。いかな君原でもそれが意味するものを知る由もなかったようだ。

運命のいたずらを感じずにはいられない。

8

翌朝栗子が出勤すると、園がいつになく緊迫した雰囲気に包まれている。

なにしろ正面入り口前の路上にパトカーが二台。加えて、見るからに野次馬然とした近隣住民が十

五、六人。それだけでも充分異例だけれど、ぴりぴりと肌を刺す空気感が尋常ではない。もしかしてまた自殺事件？　二度あることは三度ある。最悪の予感の噴出に、我知らず身震いが出た。

足早に裏手に回ると、ちょうど通用口から出て来た介護スタッフの吉澤《よしざわ》が、

「冬木さん、いま来たんですか？」

栗子を見るなり声を上げた。大柄の身体をゆすって駆け寄って来る。

「そうだけど」

「じゃあ、まだ知らないですよね？　たいへんです。三階の生田晴世さんが亡くなったんですよ」

興奮のあまり声が裏返っている。

吉澤はもう四十になろうかというベテランだ。嘘や冗談をいうはずもない。

「ほんとに？」

「はい」

「なんで亡くなったの？」

「自殺です」

「嘘でしょ？」

予感がずばり的中したというのに、いざとなるとこんな言葉しか出て来ない。

吉澤は血走った目を正面から向けてくる。

「僕は今日夜勤明けだったんですけど、朝から大騒ぎでした。ご遺体はもう運ばれましたけど、いま園長とご家族が警察と話をしています」

「でも、自殺したって、いったいどこで？」

呆然として立ち尽くす栗子に、吉澤は倉庫の後方を指し示した。

「あそこの空き地です」

「あんなところで？」

「ええ。夜中に部屋から抜け出して焼身自殺をしたそうです」

あの晴世が焼身自殺？　とんでもなさ過ぎて、とても現実とは思えない。

「自殺なことは確かなの？」

「それは間違いないみたいですよ。遺書もあるようだし」

栗子は、おもちゃを取り上げられた幼児のようにイヤイヤをした。そうでもしていないと、その場に崩れてしまいそうだ。

晴世の動向は要注意だ。確かに二日前の自殺防止対策会議で案じる声はあったけれど、それにしても信じられない。栗子の中の晴世はどちらかといえばしぶとい女性のイメージで、簡単に自殺をするほどやわな人間ではなかったはずだ。

とはいえ、最初の衝撃はそれでもまだ生易しかったといっていい。詳細を聞けば聞くほど、その凄惨な死にざまに戦慄が走る。

晴世の遺体は倉庫のさらに奥、雑草が生い茂る草地に黒焦げの状態で転がっていたという。全身に灯油をかぶっての焼身自殺。手塚の失踪騒ぎから九日後のことになる。

敷地内とはいっても、そこはたまに焚火《たきび》をする程度の特に使い道もない空き地だ。かろうじて建物といえるのはスチール製の大型物置だけ。かくいう栗子もほとんど足を踏み入れたことがない。

そんな場所だから、ふだんは昼間でも閑散としている。ましてや夜間に目撃者がいるはずもなく、たとえ炎に包まれた晴世が断末魔の叫びを上げても、その声は誰の耳にも届かなかったことだろう。

発見者は清掃会社から派遣された通いの用務員。老人ホームの朝は早い。彼自身も老人の部類で、定年退職後のパートタイム勤務だというけれど、六時過ぎに出勤して来た矢先に焼死体に出くわし、肝をつぶしたらしい。

警察の見解は頭から灯油を浴びての覚悟の自殺。その根拠は、遺体の傍らに転がっていた倉庫の鍵と、倉庫から持ち出された灯油の缶だ。おかげで火の勢いはすさまじく、顔の判別はおろか性別も見分けられなかったそうだ。

にもかかわらず、早々と遺体の身元が判明したのは左手指に晴世の結婚指輪がはまっていたからで、それよりなにより、晴世の部屋がもぬけの殻で本人の姿がどこにもない。さらには、デスクの上に遺書と思われる自筆の走り書きが見つかるにおよんで、晴世自殺の事実は決定的となった。

その一方で、死亡時刻の特定は困難だったようだ。遺体の所見からは死後六時間程度経過していると見られるため、死亡推定時刻は前日の午後十時から当日の午前一時の間とされたものの、それ以上の詳細となると決め手がないらしい。

ところで、そもそも晴世はどうやって倉庫の鍵を入手したのか？　そこは誰もが疑問に思うところだけれど、これは結局、当人が事務室から勝手に持ち出したことになったという。

それというのも、園内の鍵という鍵はすべて事務室内の壁掛け式キーボックスに保管されている。そして倉庫の鍵はその最後尾に吊るされているのだが、それがキーホルダーごと失くなっていたからで、これは焼身自殺のために灯油を必要とした晴世が夜中にこっそり盗み出したに違いない。警察がそう判断したのである。

これは本当に自殺で、他殺の可能性はないのだろうか？　警察なら真っ先に検討してしかるべき点も、いとも簡単に片付けられたようだ。

仮に晴世の命を狙う者がいたとしても、人目に触れずに入居者を建物外に連れ出すのは容易なことではない。老人ホームには夜間もスタッフが常駐しているからである。

現に昨晩も、三階のフロアは夜勤の木下が定期的に見回りを続けていたという。有形力を行使したにせよ、言葉巧みに騙したにせよ、もし犯人が晴世と一緒にいるところを見咎められたらどうなるか？　リスクが大き過ぎることは明らかだ。

警察が殺人説に否定的なのも当然といえるけれど、根底には、老人の連鎖自殺に対してある種の〈慣れ〉が生まれていたのではないか？

実際、吉澤もなんの引っかかりもないらしい。

「僕は三階のことはよく知らないんですけど、こんなに自殺が続くのはどういうことなんですかね？」

真顔で訊いてくる。

これは一大事だ。吉澤と別れ、正面入り口の受付カウンターに向かう。いうまでもなく渡部から情報を仕入れるためである。彼女なら吉澤が知らないことも知っているに違いない。

その渡部はいつものようにカウンターの奥の席に陣取り、書類の点検をしていた。

ここはケアマネージャー専用の個室を持たない渡部のいわば根城で、さりげなく仕事をこなしつつ、実はしっかり入居者の出入りをチェックするのが、知る人ぞ知る彼女の得意技となっている。

幸い周囲には誰もいない。

「おはようございます。生田さんのこと、いま吉澤さんから聞いたけど」

こっそりと声を掛けると、向こうも栗子が来るのを待っていたらしい。

「ああ、冬木さん。びっくりしたでしょ？」

跳ねるように立ち上がり、カウンター越しに身体を寄せて来る。

「びっくりしたなんてものじゃないわよ。あの生田さんが、よりによって焼身自殺だなんて」

「本当にひどい話。まったくここの人たちはどうなっちゃったのかしらね」

その困惑しきった顔を見れば、渡部もこんな事態は予想もしていなかったことが明白だ。

「彼女もやっぱり家族への当てつけ自殺だったの？」

小声で尋ねると、

「私もてっきりそうかと思ったんだけどね。どうやら違うみたい」

猛然と話し始める。

それによると、遺書はあるにはあったものの、その中身は、

とんでもないことをしてしまいました。

お詫びのしようもございません。

生田晴世

という簡単極まりないものだったようだ。

「それだけじゃ、さっぱり分からないわね」

遺書というからにはもっと具体的な記述があると思いきや、これでは肩すかしもいいところだ。

「そのとおりよ」

渡部も不満を隠さない。

「『とんでもないことをしてしまいました』とあるけれど、彼女が何をいっているのか、思い当たることはあるの？」

問い質すと、

「それがぜんぜん。しいていえば、瑠里ちゃんがこれまでみんなに迷惑をかけたことだけど、だから死んでお詫びをするっていうのもおかしな話だし」

釈然としない顔を見せる。

「まあね。だったら、やっぱり家族との間でトラブルがあったのかな？」

「そう考えるのがふつうだけど、なにせ手塚さんのことがあったでしょ？　だから園長も、遺体が発見されると真っ先に息子さんに電話をしたのよね。自殺なことは間違いないけれど、なんの前兆もない突然の出来事で、ホームとしてもわけが分からない。もしかして晴世さんから変な要求がなかったでしょうか、って」

「なるほどね」

「そしたら、変な要求どころか、ここ一ヵ月近く、手紙でも電話でも母親とはなんの交渉もないという返事でね」

「ふうん、そうなんだ」

「だから、家族は瑠里ちゃんがお出入り禁止になったことも知らなかったらしくてね。これはどうも当てつけ自殺ではなさそうだとなったわけ」

そうなのか。それはそれで寒々しいかぎりだ。

「だけどその遺書って、生田さんの自筆なことは間違いないの？」

「そのようね。べつに筆跡鑑定をしてはいないけど、息子さん夫婦も確認しているし」

「で、彼らは自殺の理由についてなんていってるの？」

そこが重要だ。ぜひとも聞きたいところだけれど、

「それがねぇ」

渡部はぐふんと鼻を鳴らした。

「あの夫婦ときたら、さすがにふたりして飛んで来たのはいいけれど、ご遺体との対面もそこそこに文句ばっかりでね。刑事さんたちも呆れたみたいよ。自殺の理由に思い当たる事はないかと訊かれても、『原因は老人性うつ病ですね。それ以外ありませんよ』だもの」

それはまた暴言だ。高齢者の自殺にはうつ病が関係しているケースが多いのは事実にしても、断言できる根拠は何もない。

「おまけにね。『山南涼水園さんには身の回りのケアはよくやってもらいましたし、母も幼児じゃないんだから、監督責任を問うつもりはありませんがね。こんなことになる前にもっと気をつけるべきだといいたいですよ。いくら自立してるからって、年寄りには違いないんです。夜中にふらふら出歩けるというのは、ホームの管理として問題じゃないんですか？』とまぁ、こういう調子でね。畏れ入るどころか憤然としていたわね」

いかにも彼らのいいそうなことだ。ベタな展開にかえって得心する。

老人性うつ病は――べつにそういう病名があるわけではなく、六十五歳以上の人がうつ病になったときにそう呼ばれるのだけれど――決して特異な病気ではない。早めに適切な治療をすれば、恢復《かいふく》を見込めることはもちろんだ。

問題は高齢者の場合、一般的な老化現象や認知症との区別がむずかしく、その発症が見逃されがちなことで、一見元気そうだった晴世も、実は気分の低下や不安症状に悩まされていたことはあり得ない話ではない。

とはいっても、園の監督責任を問うつもりはないといったその口で、施設の管理体制に問題があったと決めつける。決して自分たちの非は認めないこの家族の存在こそが、晴世の不幸の源泉だったのではないのか？

「それにしても、ついこの間、自殺防止対策を話し合ったばかりなのにね」

どうしてもいわずもがなの愚痴が出る。

「高齢者の自殺はいまや社会問題だもの。特に八十歳以上の老人が自殺をする場所は、自宅の次に福祉施設が多いそうだから。ほかのホームに比べて、うちが特にということではないと思うけどね」

渡部も辛そうだ。端整な顔を歪めている。

そうとでも思わなくてはやっていられない。同感する部分もあるけれど、それで逃げたら自分の負けだ。一方では反発する気持ちもある。

栗子は話の矛先を逸らすことにした。

「だけど同じ死ぬにしても、焼身自殺というのはどうなのかな？」

その疑問は実際、吉澤の話を聞いた当初から胸の奥でくすぶっている。

自殺するだけなら、不謹慎ながら、居室内で首を吊る方がはるかに簡単で苦痛も少ない。いくら考えても、わざわざ夜中に戸外で、しかもこんな過激な死に方を選ぶ理由が見当たらない。

それが功を奏して、

「そこなのよね」

渡部が大きくうなずく。

「だから大きな声ではいえないけど、もしかしたら生田さん、瑠里ちゃんのお出入り禁止処分を悲観するあまり、いっそこのホームが燃えちゃえばいいと思ったんじゃないかと」

「そんな、まさか！」

いくらなんでもそれはないだろう。栗子の叫び声に、

「もちろん、放火なんて現実にはするわけないけどね」

渡部はぷるぷると首を振る。それでも、

「それくらい生田さんは追い詰められていたんだと思う。発作的に焼身自殺を図ったことはあり得るんじゃないかな？」

続けたところをみると、内心では確信しているのだろう。

警察もその線で納得したというから、ここでああだこうだといってもしょうがない。ひとまず引き下がることにする。

「じゃあ、私はこれから診察があるから。行かなくっちゃ」

どうにもやりきれない思いで、栗子は受付カウンターをあとにした。

9

その日の午後、栗子はふたたび君原を訪ねることになった。

いま自分は何をするべきなのか？　さらなる連鎖自殺を防ぐことが本来の責務なことは決まっているけれど、そのためにも晴世の死の真相を突き止める必要がある。

晴世があれだけ信頼を寄せていた君原のことだ。他の人は知らないことも知っている可能性はある。そして手塚の死に疑問を呈した君原なら、晴世の自殺にも疑問を持っていておかしくない。

その期待に違わず、

「突然にお邪魔してすみません。でも、こんどはなんと生田さんまでが亡くなってしまって。よろしければ、ちょっとお話をさせていただけないでしょうか」

硬い声で訴える看護師に、元刑事は少しも迷惑そうな顔を見せなかった。

「承知しました。では面談室に行きましょうか？」

栗子の返事も待たずに、すたすたと先に立つ。

行先は二日前と同じ三階の面談室。ドアに鍵をかけ、パイプ椅子に腰を掛けて向かい合うところもこの間と変わらない。

「問題は、生田さんの死が本当に自殺だったのかどうか、ですよね？」

栗子が口火を切ると、

「そのとおりですね。それで冬木さんは、あの焼身自殺のどこが問題だとお考えなのですか？」

国家試験の面接官のような顔で尋ねてくる。

内面を悟らせないその無表情は、現役時代に培った事情聴取の極意なのだろう。この人はただの老人ではない。捜査員の資格こそないけれど、その本質はいまだに刑事なのだ。そう考えると、栗子はぐっと気が楽になった。

「まず最初にいえることは動機でしょうか。私はこのところずっと生田さんに注目してきましたけど、彼女がいま自殺に傾斜する差し迫った状況にあったとは、どうしても思えないんですね」

「ほう」

君原がかすかに唇を緩める。

結果的に晴世を守ることは叶わなかったけれど、あの自殺防止対策会議以来、自分なりに晴世の動向に精いっぱいの注意を払ってきたことは本当だ。

他人の心理状態を推し測る手段はなにも面談にかぎらない。顔色や顔つき、そして服装や歩き方はむろんのこと、ジャケットのボタンの留め方一つをとっても、精神がプラス方面に向いているかマイナス方面に向いているか、観察しだいで手に取るように見えるものだ。

いったん口火を切ると、あとは一気呵成《いっきかせい》となった。

「もちろん、瑠里ちゃんがお出入り禁止処分を受けたことはショックだったでしょうが、瑠里ちゃんは病気になったわけでもなければ、どこか遠くに行ってしまったわけでもありません。しばらく会えないからといって落ち込んで自殺するほど、ここでの生田さんは孤独ではないはずなんですね」

「ふむ」

当の本人は神妙な顔だけれど、いうまでもなく晴世の心には君原という大きな存在がある。

第二の初恋。残り少ない人生に最後の華を添えてくれる人間が目の前にいるというのに、焼身自殺などしている場合だろうか？

勢いづく栗子に、

「仰ることは分かります」

ここで相の手が入る。けれど君原はすぐに口調を改めた。

「ですが、生田さんの場合は手塚さんとは状況が異なります。なんといっても遺書めいた書きつけが残されていますからね。その点についてはどうお考えですか？」

「それは私も悩ましいところです」

そこは率直に認めざるを得ない。

「ですけど、あえていわせていただくと、あれは本当に遺書なんでしょうか？」

「と、いいますと？」

「だってあそこには、とんでもないことをしたという告白はありますけど、中身はたんなる詫び状で、それ以上でもそれ以下でもありません。とんでもないこととは具体的に何を指すのかも不明だし、だから自分は死ぬなんてことも、ひと言も書いてないですよね？」

「仰るとおりです」

「だったら、私たちが知らないなんらかの理由で、生田さんが何者かにその詫び状を書かされた可能性もあるんじゃないでしょうか？」

「なるほど」

君原は悠然とうなずく。

「それともう一点、質問なんですけど、生田さんが夜中に建物から出て行く姿は監視カメラに映っていたんでしょうか？」

　これも大いに疑問なところだ。

「そこは私も確認しましたがね。そんな映像はありませんでした」

「やっぱり」

「といっても、通用口の監視カメラをかいくぐる程度のことは、カメラの位置を知っていればべつだんむずかしくはありません」

「それはそうですね。だとしても、もし生田さんが本当に自殺をする気で外に出たなら、映像が残ったところでなにも不都合はないはずです。わざわざ監視カメラをかいくぐる必要はないんじゃないですか？」

　元刑事ともあろう者が、そんなことにも気づかないとは思えない。

　果たして、君原はこの瞬間を待っていたとみえる。莞爾《かんじ》として笑うと、

「あなたがそこまで考えておられるなら、お話ししますがね」

　おもむろに口を開いた。

「今回、生田さんの自殺を警察がすんなり認めた理由の一つに、遺体の傍らに倉庫の鍵と灯油の缶があったことが挙げられるのですが、冬木さんはそれをご存じでしたか？」

「はい」

「警察は、その鍵は生田さんが自殺する直前に事務室から持ち出したと見ているようですが、実際には違います。というのも、実は昨日の午後、生田さんが私の部屋に来られたのですが、そのとき彼女

が確かに問題の鍵を持っていたことを、私が現認しているからなのですね」

なんだ、そんなことがあったのか。栗子は内心で声を上げた。生田がなにかと君原を頼っていることは承知していたけれど、そこまで緊密に連絡をとっていたとは知らなかった。

そこで君原が語った昨日の生田の言動は、なるほど警察の見解とは明らかに矛盾する。

「生田さんはその鍵の件で私に話があったらしいのですが、ちょうどそこに宇野さんが来たために、早々に帰って行きました。つまり、私は彼女の話を聞きそびれたわけです。そして――ここが肝要なのですが――彼女が私に何を相談したかったのかというと、どうやらそこには瑠里ちゃんが絡んでいるらしいのですね」

「ということは、瑠里ちゃんはお出入り禁止令に背いて、昨日もここに来たわけですね？」

「かもしれません。真偽は不明ですが」

君原がうなずく。

自殺や事故が相次いでいる状況で、堂々と出入り口から入園することはむずかしくても、園内のあちこちに出没している瑠里のことだ。こっそり忍び込むくらいは朝飯前だろう。

「で、それと生田さんが亡くなったことはどうつながっているんでしょうか？」

栗子の疑問に、君原も明快な答えはないらしい。

「問題はそこなんですね」

めずらしく逡巡するそぶりをみせた。

「ただ、生田さんがどのように倉庫の鍵を手に入れたのかはともかく、一つ考えられるのは、生田さんはそのために窮地に陥ったということでしょう」

「それはどういうことですか?」

「つまり、彼女はその鍵を使って倉庫の中に入り、そこで何かを見てしまった。というより、そこで何かを見たのではないかと疑念を抱かれた可能性が高いのですね」

「何かを見てしまった、って、いったい何を?」

君原の指摘がとっさには理解できない。

ぽかんとする栗子に、元刑事はいつになく厳粛な顔を向けてくる。

「生田さんの死は自殺ではないというあなたの考えが正しければ、必然的に生田さんは何者かに殺されたことになります」

「殺された……」

自分の中ではとっくに出ている結論にもかかわらず、第三者の言葉となると、それはほとんど別世界の話としか響かない。

「そのとおりです。そしてそれは取りも直さず、彼女が見てしまったものとは、その殺人犯にとってきわめて都合が悪いもの、すなわち、手塚さん殺害の証拠になる何かだと考えるのが相当だと思われます」

「つまり、生田さんは口封じのために殺されたと?」

「そうなりますね」

「でも、だったら大問題じゃないですか!」

興奮のあまり声が高くなる。

「園長たちに知らせて、早急に手を打たないと」

焦る栗子に、けれど君原の反応は予想に反するものだった。

「忘れないでいただきたいのですが、冬木さん。さきほども申し上げたとおり、犯人はこの山南涼水園の中にいるのです。いまの段階ではそれが誰なのか特定できない以上、我々には全方位的な警戒が求められます。あなたが手塚さんと生田さんの自殺を疑っていることは、たとえ相手が幹部会のメンバーであっても徹底して秘匿しなければなりません。お分かりですね？」

穏当な言葉遣いにもかかわらず、その口吻には反論を許さない迫力がある。

君原にとっては、宇野も伊丹も渡部も等しく犯人候補なのだ。あらためて思い知る。とりわけ宇野――。考えてみれば、彼は晴世が倉庫の鍵を持っていたことを知る可能性がある唯一の人間だ。

「分かりました。以後、肝に銘じます」

言葉を発する前に、栗子の首は縦に振れている。

「それに実際のところ、仮に生田さんが倉庫の中で何らかの決定的証拠を見たとしても、彼女自身にその認識がなかったことは疑いがありません。なぜなら、その自覚があったなら、彼女がそのまま放っておいたはずがありません。宇野さんの登場で一時的に水を差されたとしても、かならずもう一度私を訪ねて来たでしょうからね」

「いわれてみれば、そのとおりですね」

これは大いに納得だ。

もっとも納得はしたけれど、これで終わりにはできない。

「ただ生田さんが亡くなったいま、いまや事実を知っている人間は瑠里ちゃんしかいません。生田さん死亡の真相を究明するためにも、あの倉庫の鍵をめぐって実際には何があったのか、瑠里ちゃんから直接話を聞く必要があると思いますけど」

栗子の訴えに、君原も迷いがあるようだ。

「それは仰るとおりです。ただし問題は、瑠里ちゃんがまだ小学二年生だという点ですね。その年齢の子供に接触するには、事前に親の了解を得ることが不可欠になります」

いいながら、じっとりと眉をひそめる。

「だけど、あの親が了解するわけがないじゃないですか！　ただでさえ、晴世さんが亡くなったのはホームのせいだといっているんですよ」

「それはそうですが、だからといって勝手に手出しはできません」

「そうかもしれませんけど」

どうにも釈然としないものの、君原は厳格な姿勢を崩さない。

「そして、もう一つ忘れてはならないのは、犯人が我々の身近にいるとなれば、慎重なうえにも慎重な行動が求められることですね。下手な動きをして犯人を刺激することはやぶ蛇になりかねません」

うーん。栗子は唸《うな》った。

背中を押されたかと思えば、襟首を摑んで引き戻される。適正手続きがすべてだった人間に強行突破への抵抗があるのは理解できる。そうはいっても、そんなルールに縛られていたら取り返しのつかないことになりかねない。

これには瑠里の命がかかっている。栗子は自分に気合を入れ直した。

現に晴世が惨殺されている以上、たまたま犯人が余裕をかましているだけで、今後、瑠里にも同じことが起きない保証がどこにあるというのか？　自分はするべきことをするまでだ。

もとより君原を巻き込む気はない。すべての責任を負う覚悟はできている。目的は瑠里を守ること。そして何よりも、晴世を殺した卑劣な犯人を一刻も早く見つけ出すことだ。

覚悟が決まると、ふしぎなほど心が落ち着いた。

「承知しました。では、そろそろ行かないといけないので」

しっかりと頭を下げて、栗子は立ち上がった。

第3章　虚実の行く末

1

翌日、栗子は兜山クリニックに電話をして午後からの半休を取った。

U市に行く用事ができたというのは口実で、そこで向かった先は山南中央駅ではない。それとは反対方向の山南市立第一小学校。いうまでもなく瑠里が通っている公立小学校である。

計画は単純明快だ。下校して来る瑠里を校門の近くで待ち受けて堂々と対面する。

「あら、瑠里ちゃん！　いま学校が終わったの？」

にこやかに手を振れば怪しまれることはない。そこで瑠里が、

「あ！　冬木さんだ」

いつものようにぱっと笑顔になったら、成功したも同然だ。

午後の太陽が照りつける道端で、じっと待つこと二十分。十月だというのに、汗が噴き出てくる。

ほかの子たちはどんどん下校しているのに、肝心の瑠里が出て来ない。今日は晴世の葬儀はないはずだけれど、まさか喪中でお休みをしたとか？　焦りが出始めたところで、ようやく瑠里はやって来た。

子供らしく飛び跳ねるでもなく、かといってしっかり地面を踏みしめるでもない、とぼとぼと頼りない足取りで歩いて来る。どことなく不安そうな面持ちだ。

祖母を亡くした悲しみとも また違う陰性のオーラ。この子が心になんらかの秘密を抱えていることは疑いがない。

幸いにもひとりきりだ。

「瑠里ちゃん！」

呼びかけると、こちらに顔を向けて、

「冬木さん――？」

戸惑いに近い声を上げた。

かすかな警戒心が見えるものの、持ち前の人懐こさを失ってはいないようだ。

「こんにちは。元気だった？」

尋ねると、

「ああ、びっくりした。こんにちは」

無邪気な笑みが返って来る。

「これからお家に帰るんだよね？」

「そうだよ」

「お家には誰かいるの？」

「ううん、誰もいない」

瑠里の両親は共働きだ。ここから瑠里の家までは徒歩約十分。だったら、道すがらごく自然な形でおしゃべりができる。すばやく頭をめぐらせる。

「ちょっと瑠里ちゃんに訊きたいことがあるんだけど、いま、少し話してもいいかな？」

なるべく不自然にならないように持ちかけると、

「うん、いいよ」

すなおな言葉が返って来る。やはり淋しいのか、どことなく嬉しそうだ。

とはいうものの、この子はまだ祖母の死から立ち直ってはいない。性急な質問攻めは避けた方がよさそうだ。さしあたり無難な話題でいくことにする。

「瑠里ちゃんは手塚のおじいちゃんを知ってるよね？」

「うん」

瑠里はこっくりとうなずく。

「瑠里ちゃんが最後に手塚さんを見たのはいつのことか覚えているかな？」

べつに明快な答えを期待したわけではない。念のため訊いてみただけだ。

好々爺《こうこうや》の手塚はもちろん瑠里のことも可愛がっていたけれど、瑠里にすれば特別な存在ではない。最後に手塚に会ったのはいつか？　そんな記憶はなくて当然だ。

けれど案に相違して、瑠里はにっこりと微笑んだ。

「覚えてるよ。みんなが手塚さんがいなくなったって騒いでた日」

「ほんとに？　どこで見たの？」

「倉庫の隣りのちっちゃなお家」

って、まさか霊安室？　そこに手塚がいた？

「で、手塚さんはそこで何をしていたの？」

思わず声が震えたけれど、瑠里はなんの屈託もない。

「お家の中にはお葬式みたいな飾りがあって、手塚さんは台の上で寝てたよ」

一瞬にして血の気が引いた。

いうまでもなく霊安室は特別な場所だ。たとえご遺体が安置されていなくても、みだりに出入りする場所ではない。

「あそこは霊安室といってね。病気になって死んだ人のためのお家なの。生きている人には用がないから、ふだんは鍵が掛かっているんだけど、瑠里ちゃんはどうやって中に入ったの？」

デタラメとは思えないものの、話が突飛過ぎてにわかには信じられない。栗子の戸惑いをよそに、瑠里は得意げに小鼻をうごめかした。

「いつもドアが閉まってたのは知ってる。だけどあのときは、ドアがすこーし開いてたんだよ。だから中に入った」

その日にかぎってなぜか少し開いていたという霊安室のドア。そして、ドキドキと胸ときめかせて入った霊安室の硬い寝台に、手塚は静かに横たわっていた。

「ということは、そのー、手塚さんは死んでいたのかな？」

おっかなびっくり尋ねる栗子に、けれど瑠里は、

「違うよ」

無造作に首を振る。

「あたしがそばに行ったら、起き上がって、『なんだ、誰かと思えば瑠里ちゃんか』っていったもん」

そうだったのか。脱力するあまりかくんと膝が抜けた。

けれど、すぐにまた次の疑問が取って代わる。

「だけど、手塚さんはどうしてそこで寝ていたのかな?」

「分かんない」

「でも、みんなが手塚さんを探していたことは、瑠里ちゃんも知ってたんだよね?」

「うん」

「それなのに、なんで黙っていたの?」

当然の追及に、瑠里は不満げに口を尖らせる。

「だって、手塚のおじいちゃんが、『私がここにいることはふたりだけの秘密だよ。おばあちゃんにも誰にもいっちゃダメだからね』っていったんだもん。『これは約束だよ』って」

「だから、おばあちゃんにもいわなかったわけ?」

「うん」

「だけど、瑠里ちゃんはおばあちゃんにはなんでも話すんじゃなかったの? 手塚さんとおばあちゃんと、どっちのいうことがたいせつなのかな?」

「そんなこといったって、手塚のおじいちゃんは、ちゃんと約束を守ったらご褒美をくれるんだよ」

「ご褒美?」

「そう。なんでも好きなものを買ってくれるって」

「で、瑠里ちゃんは何がほしいといったの?」

「ゲーム」

「そうかぁ」

けろっとした告白に、またしても脱力だ。なるほど手塚はゲームで瑠里を釣ったのか。それならあり得る。

とはいえ、ここは感心している場合ではない。手塚が瑠里に秘密厳守を約束させたということは、彼が自らの意思で霊安室に身を潜めたことを意味している。これは事件全体を根底から見直すべきだろう。

とにかく、ここはじっくり瑠里の話を聞くことだ。相手が小学二年生だろうが、親の了解を取っていなかろうが、躊躇《ちゅうちょ》している場合ではない。幸い、瑠里の自宅近くのバス停前には市が設置した木製ベンチがある。あそこならゆっくりおしゃべりができる。

腹を括《くく》ってしまえば、あとは行動あるのみだ。

途中、コンビニに寄ってアイスを二つ買った。

「どれがいい?」

瑠里に尋ねると、無言でチョコレートバーを指す。

もっともその目の輝きを見れば、ふだん、こういう虫歯の素は食べさせてもらえないことが歴然だ。

我ながらあざとい懐柔策に、良心がうずかないといったら嘘になる。

バス停に着くと、具合のいいことに前のバスが出たばかりらしい。ベンチには誰も座っていない。

「じゃ、ここでアイスを食べましょ」

少し間を空けて腰を掛け、レジ袋からチョコレートバーを出す。

「はい、どうぞ」

瑠里に渡すと、包装をはがす間ももどかしく、かぶりつかんばかりに食べ始める。

あらためて観察すると、やはり祖母の死が相当に応えているようだ。トレードマークだった無防備なあどけなさは影をひそめ、急速に大人びた感がある。

「今日、私が瑠里ちゃんに会いに来たのはね」

栗子は切り出した。

「私は、ホームに住んでいるお年寄りの人たちが、いつも元気でいられるようにお手伝いをするのが仕事なんだけど、この間から、柏木さんに始まって手塚さんや瑠里ちゃんのおばあちゃんが、次々といなくなってしまったでしょう？　だから、また同じことが起きないようにするにはどうしたらいいか、一生懸命に調べているところなの。

そこで瑠里ちゃんにお願いなんだけど、おばあちゃんが亡くなる前、どんなことがあったのか話してくれるかしら？」

できるだけ柔らかくいったつもりだったけれど、〈おばあちゃん〉はやはり禁句のようだ。瑠里の身体がぴくりと震える。それでも、

「うん」

低くうなずいたところをみると、この子はこの子なりに、祖母の死に不審感があるのだろう。

「じゃあ訊くけどね。おばあちゃんは亡くなる前の日、ホームの倉庫の鍵を持って君原のおじいちゃんの部屋に来たんだけど、その話はおばあちゃんから聞いているかな？」

いきなり核心に迫ると、こちらの真剣度が伝わったようだ。

「ううん」

短いながら、決然と否定する。

「だけど、おばあちゃんが倉庫の鍵を持っていたことは知ってるよね？」

「うん」

「だったら、教えてほしいんだけど、瑠里ちゃんはその鍵について何か知ってることはないかしら？」

「あの鍵はね、倉庫のドアの前に落ちてたの」

「ってことは、瑠里ちゃんはその日もおばあちゃんに会いに行ったわけね？」

「うん」

やっぱりだ。

「それはいつのこと？」

「おばあちゃんが死ぬ前の日」

では、犯人はその直前にうっかり鍵を落としたのだろうか。

「だけど瑠里ちゃんはなんで倉庫に行ったのかな？　理由を教えてくれる？」

「倉庫に行ったんじゃないよ。倉庫の向こうの原っぱで遊ぼうと思ったんだよ」

「そうなのか。で、誰が鍵を落としたのか、瑠里ちゃんは知っているの？」

「ううん、知らない」

これは嘘ではなさそうだ。

「ドアの前に落ちていたのは、あの鍵がついたキーホルダーだけだったのかな?」

「うん」

「それでその鍵を拾ったんだ」

「そうだよ」

「で、鍵を拾ってからどうしたの?」

「ドアを開けて中に入った」

「瑠里ちゃんは前にも倉庫の中に入ったことがあったのかな?」

「入ってないよ。だって、いつも鍵が掛かってたもん。そんときが初めて」

心外だといわんばかりに、ぶんぶんと首を振る。

栗子は苦笑した。いつも鍵が掛かっていたということは、この子は倉庫の前を通るたびに施錠の有無を確かめていたわけだ。けれど、

「それで、倉庫の中で何をしたの?」

勢い込んで尋ねると、どうやらこれはまずかったようだ。

「…………」

瑠里は一転、もじもじと下を向いた。

「ねえ、教えてくれる? 倉庫の中で何があったのかな?」

訊き方を変えても押し黙ったままだ。これはまずい。

「何があったとしても、誰にもいいつけたりしないからね」

優しくいい聞かせると、それがよかったらしい。瑠里はようやく面《おもて》を上げた。

「パパやママにもいわない？」

「ええ、もちろん。私は、倉庫の中で瑠里ちゃんや瑠里ちゃんのおばあちゃんが何をしたのか知りたいだけ。だって、おばあちゃん、それからすぐに亡くなったでしょ？　おばあちゃんに何が起きたのか調べるには、どうしても瑠里ちゃんの助けが必要なのよね」

「分かった」

とはいえ、まだ警戒心は残っているらしい。

栗子の追及にややたじろぎながらもぽつぽつと答えたところによると、倉庫の中で辺りを見回すと、床には大小の段ボール箱がびっしりと置かれていたそうだ。

中でも、ガムテープできっちり蓋を閉じた特大の段ボール箱は見るからに頑丈そうで、そのうちのいくつかは二段重ねになっている。上に乗っかれば、自分の背丈でも天井に手が届くかもしれない。

こうなると、好奇心に勝てないのが瑠里の悪い癖だ。さっそくよじ登ってみたのはともかくも、何が入っているのだろう？　びりびりとテープをはがして蓋を開けたらしい。

もっとも、なんだ、つまらない。見れば、中には新聞紙に包まれたコピー用紙ほどの大きさの四角い荷物がびっしり詰まっているだけ。期待はずれもいいところだ。

がっかりして蓋を閉めるとガムテープを貼り直し、こんどは蓋の上に立ち上がってみたものの、予期に反して天井には手が届かない。そこで、無謀にもつま先立ちで背伸びをしたのが敗因だった。バランスを崩した瑠里はどしんと尻餅をつき、その勢いで段ボール箱から床に転げ落ちたのである。

尻餅をついたのがよかったのか、骨折を免れたのは幸いだったけれど、したたかに身体を打ちつけたうえに、頰には軽いかすり傷ができている。

こうなったら否《いや》も応もない。叱られるのは覚悟のうえで、おばあちゃんに打ち明ける決意をしたようだ。

「おばあちゃんにはなんていわれたの？」

栗子に訊かれて、そのときの記憶がまざまざと蘇《よみがえ》ったのだろう。瑠里は顔をくしゃくしゃにすると大粒の涙をこぼした。

「おまえがこんな悪い子だとは知らなかった、って、ものすごく怒られた」

「それだけ？」

「渡部さんに見つかったらただじゃすまないよ、って」

「おばあちゃんは、渡部さんってはっきり名前をいったの？」

「うん。瑠里が悪いことをすると、代わりにおばあちゃんが渡部さんに叱られるんだよ」

「うーん、そうかぁ」

「ねえ、教えて！　おばあちゃんが死んだのは、あたしがいたずらをしたせいで渡部さんに怒られたからなの？」

ここでこらえきれずに洟をすすり出す。

バッグをまさぐってポケットティッシュを差し出してやると、

「どうもありがとう」

泣きながらも礼をいうところは、晴世の躾《しつけ》の賜物《たまもの》なのだろう。

「そんなことはないけどね。渡部さんにいわれたことはちゃんと守らないとね」

なんであれ、渡部を悪者にするのはよくない。栗子が否定すると、瑠里は上目遣いでぐっと睨み返してくる。

「だけど渡部さんは意地悪なんだもん」

「渡部さんはね、学校の先生と同じなの。ほら、学校にも老人ホームにもいっぱい決まり事があるでしょう？　みんなに決まりを守らせるのが渡部さんの役目だからね。決して意地悪をしているわけじゃないのよ」

「そんなの嘘だ」

栗子の説明にも納得する気はないらしい。瑠里はぐるんぐるんと頭を振り回した。

こんなところで泣かれては、周囲から不審な目で見られてしまう。ここは話題を変えないといけない。ふとぜんぜん別の質問をしたのは、だからまったく予定外のことだった。

ドラマの見過ぎだといわれても仕方がない。けれど、訊くだけ訊いてみてもいいのではないか？

「ねえ、瑠里ちゃん。話は変わるけど、あの倉庫の中にはものすごくおっきな冷凍庫があるよね？」

恐る恐る尋ねると、渡部の話ではなかったので安心したらしい。

「うん」

瑠里はいとも無邪気な声を出した。

「ぜったいに怒らないから教えてほしいんだけど、もしかして瑠里ちゃんは、あの冷凍庫を開けてみなかったかな？」

「うん、開けたよ」

なんのためらいもない答えが返る。

「中にはどんなものが入っていたの？」

「なんにも入ってなかった」

「そう――。やっぱりね」

やれやれと頭を振る。

あたりまえだ。そんなところに手塚の死体があるわけがない。自分の考え過ぎだ。我ながらばかげていると認めないわけにはいかない。

瑠里の事情聴取もそろそろ切り上げどきだ。栗子はすばやく心を決めると、おもむろに立ち上がった。

「瑠里ちゃんが心配するのは分かるけどね。おばあちゃんが亡くなったのは、瑠里ちゃんのせいではないと思うよ。それより瑠里ちゃんが元気を出さないと、おばあちゃん、天国でも安心していられないからね」

ありきたりの言い草だったけれど、これでも瑠里には慰めになったらしい。

「ほんとに？」

ぱっと顔を輝かせる。

「もちろんよ。今日はどうもありがとう。瑠里ちゃんが話してくれたこと、とっても参考になりました。じゃ、私はもう行くから、瑠里ちゃんも気をつけて帰ってね」

「うん、分かった」

こっくんとうなずくと、ベンチから腰を上げる。

二年生だというのにまだランドセルに背負われているかのようなきゃしゃな身体つき。どこかタンポポを連想させる可憐さだ。このいたいけな孫を残して逝った晴世の無念が身に沁《し》みる。

「バイバイ」

すっかり友達になった気分で手を振り合う。

しかし、その後ろ姿が見えなくなると、栗子の気分はたちまち戦闘モードに切り替わった。

2

手塚が霊安室にいた――。いくら百戦錬磨の元刑事でも、この展開には興奮するはずだ。がぜん勢いづいた栗子だったけれど、過度な期待はとかく肩すかしに終わる。自宅に帰りつくや否や君原の携帯に電話を入れたものの、今回も出鼻をくじかれる結果になった。

ワンコールも置かずに電話に出た君原は、栗子の独断専行が気に入らなかったのだろうか。立て続けの報告にも感嘆の声を上げるどころではない。

「そうですか」

低くつぶやくだけで、あとは無言を貫いている。

「で、君原さんはどう思われますか?」

たまらず尋ねた栗子に、

「そうですね。それは検討する必要がありますね」

あいもかわらず慎重な姿勢を崩さない。あげくの果ては、

「それで、私、思うんですけど」

こちらが続けているのに、

「あ、誰か来たようですので。すみませんがこれで切らせてください。では、またよろしくお願いします」

さっさと電話を切られる始末である。

意気消沈せずにはいられない。とはいうものの、嘆いたところでどうなるものでもない。ここはすっぱり頭を切り替えることだ。

心が決まると身体まですっきりする。

それに冷静に考えてみると、君原の反応にも一理はある。瑠里の話がすべて本当だとしても、だからといって手塚の行方も犯行方法も判明したわけではない。晴世の自殺についても同様で、要するに事態は何も変わっていないに等しい。

明日は自殺防止対策チームの二回目の会合が予定されている。いうまでもなく晴世の突然の死を受けてのことだ。君原に口止めされていることもあるし、この段階で疑惑を語るつもりはないけれど、思いがけない展開にならないともかぎらない。頭の中を整理しておくことは必要だろう。

早い話、マスコミでの扱われ方一つをとっても、高齢女性の焼身自殺にはとてつもないインパクトがあるらしい。報道の量も質も、手塚のときとは比べものにならない。

昨日はまだニュースになっていなかったけれど、今日のテレビは、ワイドショーを始めとして老人問題のオンパレードだったようだ。

ネットを覗いてみると、こちらもこちらでちょっとした祭り状態になっている。ＳＮＳでの論争もいつもの顔ぶれと新規参入組とが入り交じり、百人百様のかまびすしさだ。もちろん、ひととおり目を通す。

ネットは玉石混淆《ぎょくせきこんこう》の世界である。完全なガセ情報や意図的な誘導記事、そして誹謗中傷や的外れの意見が横行しているとしても、決してそれだけでは終わらない。そこには〈本当〉も隠れている。

期待を込めてサーチを続けたのはいいけれど、これは不発だった。がっかり感が半端ない。誰しもこれが年寄りの連鎖自殺であることを疑いもせず、それもホームの怠慢を非難する論調で溢れている。あまりにも一方的な決めつけに心が折れそうだ。

とても平常心ではいられない。早々にパソコンを閉じた。

世間なんてこんなものなのだ。報道されたものがすべて。ため息しか出ない。

それでも、少なくとも山南涼水園の入居者とその家族は、マスコミに作られたイメージとは違うホームの真の姿を知っている。彼らだけは、たとえ声は上げなくても我々の味方だと信じたい。

願望とは裏腹に、歯を磨こうと洗面所に向かうと、鏡の中には、これまで見たこともないほど冴えない女がいる。くすんで艶のない肌に、だらしなくたるんだ目元。これではダメだ。

気分を一新するには外形から入るのが手っ取り早い。洋服ダンスの底からレモンイエローのプルオーバーを引っ張り出した。

何年も前に通販で買ったものの、現物が届いてみると、イメージしていたよりぐっと派手な色合いで、どうにも気後れがする。結局そのままになっていたものだ。

翌朝、装いも新たに出勤すると、

「あら、素敵。イメージチェンジですか」

受付の奥にいた事務職員の山際清美《やまぎわきよみ》からさっそく反応がある。

気をよくしたのはいいけれど、よかったのはそこまでだった。

いつものように一階ロビーを横切って医務室に向かうと、二階の入居者の熊谷昭三《くまがいしょうぞう》が妻の押す車椅子でこちらにやって来る。

いやな予感がした。

この昭三は要介護3の認知症患者で、歩行にも支障があるため、生活全般で二十四時間の介護が必要だ。そこで、妻のカネ子がときおり面会に来ては散歩をさせたり、好物の差し入れをしているけれど、妻だからといっていつも菩薩ではいられない。

まじめな話、それも無理からぬものがあって、要介護2と要介護3の間には数字以上に画然とした差が存在する。小野寺夫婦と違って意思疎通がスムーズではないから、ときおり苛立ちを隠せないのは仕方がない。

それにしても、いつもなら挨拶を欠かさないカネ子が、

「熊谷さん、おはようございます」

今朝は声を掛けてもそのまま通り過ぎようとする。

そこでやり過ごせばよかったのだが、そうなると黙っていられない性分だ。

「熊谷さん、どうかしましたか？」

つい余計なことを訊いたのが悪かった。

「昨日テレビでいってましたけど、三階の元気な人たちって、ぜんぶで二十六人いたんですってね」

いきなり切り口上で迫ってくる。

「そうですけど」

「それが柏木さんの自殺をきっかけに、次々と三人も亡くなったんですよね？」

「ええ、まぁ」

「ことに手塚さんという方はいちばんの古顔だったとか」

「そうですね」

「だったら、園長さんとしてはやれやれですね」

何がいいたいのか、鬼の首でも取ったかのように胸をそらす。

「他人《ひと》がいってるのをたまたま耳に挟んだんですけど、老人ホームというところは、入居者の回転が速ければ、それだけ経営者が得をするというのは本当ですか？」

思いもかけない展開にこちらは唖然とするしかない。

「誰がそんなことを？」

問い質すのもやっとだけれど、

「でも、実際そうなんでしょう？」

敵は余裕綽々《しゃくしゃく》、栗子の顔を覗き込む。

「これだけ自殺が続くと、うちの主人も期待されているみたいで。なんだかいやですねぇ」

栗子はがっくりと肩を落とした。

入居者の回転が速ければ、それだけ経営者が得をする。あたかも経営者が入居者の死を待ち望むかに聞こえるけれど、客観的事実だけでいえばあながち間違いではない。

それというのも、介護付有料老人ホームへの入居に際しては、食事料金や管理費、介護サービス費といった都度都度発生する月額費用とは別に、入居者から施設に入居一時金が支払われるケースが多い。

この入居一時金は、早くいえば家賃の前払いで、だから施設によって金額も条件も異なるけれど、大きく分けると全額前払いと一部前払いの二種類がある。当然ながら全額前払いの方が高額になり、施設の側は家賃収入全額を確実に手にすることができる。

ここ山南涼水園も全額前払いの方式を取っていて、他のホームに比べれば割安だとはいえ、施設のメリットは非常に大きい。

もっとも、入居する時点では本人がいつまで生きるものか分からない。そうでなくても、ここでの生活が意に染まず、他の老人ホームに転居することも充分に考えられる。

そこで、入居者が五年の想定入居期間が過ぎる前に死亡したり退去したりしたときは、入居一時金のうち未償却の残高が返金されることになっている。反対に、想定入居期間が経過しても追加の家賃を請求される心配はないから、入居者は月額費用さえ払えば安んじて余生を送れるというシステムだ。

つまり、入居して五年が過ぎた古顔は長生きをすればするほど得をする。逆にいえば、ホームはその間家賃収入ゼロとなるわけで、老人ホームも貸家業の一種と考えれば、要するに回転が悪い。

その意味ではカネ子のいうことに嘘はないとしても、だからといって、経営者が入居者の自殺を期待するとはあまりにもばかげている。

栗子は吐き気を催すほどの嫌悪感に見舞われた。そこには、老人介護を生涯の仕事と定め、全身全霊で老人ホームを運営する人間への敬意の欠片《かけら》もない。

だいたい、仮にいま宇野が入居者の回転をよくしたいと思ったとしても、どうやって彼らに自殺を決意させるというのだろう？　いいがかりもここまでくると、何をかいわんやだ。

「まあ、落ち着いてください。園長はそういう人じゃありませんから」

険悪にならない程度に反論しておく。

そこでふと車椅子の昭三に目をやると、こちらは二人の会話が聞こえているのかどうか、超然とした佇まいで薄目を開けている。

喜びもない代わりに苦しみもない。なぜか一瞬その姿に見とれた栗子は、けれど背後に控えるカネ子の刃《やいば》のような眼差しが、自分のプルオーバーに注がれていることに気づいて震え上がった。

「園内がこんなときに、そんな若作りをしてどういうつもり？」

声には出さない嘲笑がビンビンと突き刺さる。

熊谷夫婦が行ってしまうと、栗子は立っていられないほどの脱力感に襲われた。

とりあえず手近の椅子にへたり込み、周囲を見回す。三階の住人がひとりに、入居者の家族がふたり。常連といえる顔ぶれだ。それぞれ新聞を読んだり給湯器の緑茶を飲んだり、のんびりと過ごしている。

とはいうものの、彼らがあえてこちらに目を向けないのは気のせいではないだろう。なにしろあれだけ喚いたのだ。カネ子の声が耳に入らなかったはずがない。そんなときは、いつもだったらそっと顔を上げ、黙って含み笑いを向けてくれるはずなのだ。

彼らにとっては、いまやこの自分も悪徳老人ホームの経営陣のひとりなのだ。口惜しさと情けなさで、心は折れる寸前だ。

自分も昭三のように呆けてしまえたらどんなに楽だろう。栗子にふっと危険な兆候が現れるのはこんな瞬間だ。それでも、いつまでもこうしてはいられない。なんとか気を取り直して立ち上がり、医務室に向かう。

私服から白衣に着替えていると、それを待っていたかのように介護スタッフの久保《くぼ》から連絡が入った。要介護5の神崎美保子《かんざきみほこ》が吐いたので来てくれという。

それはたいへんだ。こんなことでうだうだと蜷局《とぐろ》を巻いている場合ではない。いっぺんに仕事モードに切り替わる。

高齢者は誤って気道内に入った食べ物を喀出《かくしゅつ》する力が弱い。吐いたものを肺に吸い込んでしまうと、嚥下《えんげ》性肺炎を起こす危険がある。嚥下性肺炎は高齢者の肺炎の七割を占める疾病で、これで命を落とす例が後を絶たない。

最小限の必要品を引っ摑むと、医務室を飛び出した。

要介護5は要介護認定の中でも最高の重度で、食事、排せつ、入浴といった衣食住のすべてにおいて介護を必要とする状態だ。いわゆる寝たきりの人も多い。

美保子は完全な寝たきりではないものの、認知症は相当に進んでいる。正直、もうあまり長くないという感じは拭えない。ここ山南涼水園に来た二年前はまだ要介護3だったから、歩行も会話もある程度は可能だったけれど、猜疑心《さいぎしん》が異常に強かったことが印象に残っている。

とりわけ同居していた嫁との仲が険悪で、渡部の話によると、ある日、裸足で自宅の玄関から飛び出して、

「うちの嫁がご飯に毒を入れました！」

近所中に向けて叫んだのだそうだ。

結局それが施設送りの引き金になったけれど、家族の我慢も限界だったのだろう。

食べ物に毒が入っている、あるいは食べたものが腐っていたという訴えは、認知症の患者にはよくあることだ。ただでさえ被害意識が旺盛なところに、歳をとると食への執着が大きくなる。数ある被害妄想の中でも代表的な症状だといっていい。

そもそも被害妄想は身近な人間に向けられることが多く、栗子も病棟看護師だったとき、家族に水風呂に入れられたと訴える患者に会ったことがある。風呂が沸いたから入れといわれ、裸になって湯船に浸《つ》かったら、それが冷水だったのだそうだ。

詮議をしたわけではないから真偽は不明だけれど、家族がそんなことをしたとはとても思えなかったものだ。

同様に、宝石やおカネが盗まれたといっては、訪問介護員や家政婦にあらぬ疑いがかけられるケースも多い。いくら病気だと分かっていても、いわれた方はたまらない。美保子の場合も、本人は心底嫁に毒を盛られたと信じているのだから、誤解を解くことは不可能だ。

「ところが、実はそれだけじゃなくてね」

渡部が話してくれた。

「神崎さんは以前から、ダイヤやパールが盗まれたっていっちゃあ、大騒ぎをしていたという話でね。そのたびに自分が泥棒扱いされるのにつくづく嫌気がさしたお嫁さんが、こっそり監視カメラを設置したというのよね。そしたら、こんどは時価二百万円だか三百万円だかの猫目石の指輪が失くなったといい出したんだけど、その結果どうなったと思う？　なんとまぁ監視カメラには、神崎さんと一緒になってお嫁さんに嫌味をいっていた末娘の三女が、鏡台の引き出しから問題の指輪を取り出すところがばっちり映っていたんですって。そりゃ、お嫁さんはやってられないわよね」

あたりまえだ。自分なら逆上しかねない。

猫目石は別名をキャッツアイといって、蜂蜜色の地色に猫の目のような白い模様が浮き出た希少な宝石だ。かくいう自分も本物を見たことがないけれど、いいものになるとダイヤにも劣らない値段なのだという。

母親がそんな宝石を持っていれば、娘たちの目の色が変わるのも当然で、三人の小姑に嫁を加えた四つどもえの争いも想像がつくというものだ。

「けどまぁ、少なくとも指輪が盗まれたこと自体は、神崎さんの妄想じゃなくて事実だったわけね？」

栗子の言葉に、

「そうなのよ」

渡部はうん、うんと力を込める。

「だからこの仕事は怖いのよ。相手は認知症だからってていい加減にあしらっていると、仮に十のうち九までは妄想でも、残りの一つは事実だってことを忘れちゃうのよね」

自戒の弁を述べるけれど、それは看護師もまったく同じだ。

人間である以上、たとえ重度の認知症の患者でも、意識も感情も——そしてそれなりの知恵も——あることを肝に銘じていないと、大失敗をする。

卑近な例でいうと、たとえばここのエレベーターがそうだ。一階と三階から乗り込む分にはふつうのエレベーターと変わりがないけれど、二階から他のフロアに行くには、行先階のボタンを押すほかにもう一つ別な操作が必要になる。

それがすなわち要介護者の徘徊防止策なのだが、ここに思わぬ落とし穴があることは、スタッフなら全員が知っている。かなり進んでいる認知症の入居者が、無関心を装いながら実はしっかり家族やスタッフの操作を見ていて、ひとりで一階に下りることがあるためで、彼らの演技力たるやまったくもって侮れない。

数年前には、寝間着姿で公道に出た女性がふらふらと歩いているところを通行人に保護されている。何事もなかったからよかったけれど、もし事故が起きていたら、園の責任問題に発展したことは間違いない。

美保子のようなケースは、徘徊と違って生命や身体の危険はないものの、周囲の人間の精神的負担はより厳しいものがある。

しかし、それもこれもいまの美保子は完全に超越したといっていい。高齢者の老化は幼児の成長に似て、目には見えなくても確実に日々進行する。ちょうど老木が枯れていくように、どこがどうということもないまま、静かに生命の灯が消えていく。

栗子の見立てだと、早ければ数日で、長くても数週間。家族には渡部から伝えてあるけれど、実の娘にとっても息子にとっても、美保子はすでに存在しない人間なのだろう。面会に来る様子はない。

今日のところは医師を呼ぶまでのことはなさそうだけれど、嘔吐が治まってもすぐにそばを離れる気にはなれない。気がつくと一時間近くが経過していた。

「神崎さん。じゃあ、私はこれで帰るから。たいへんだろうけど、もう少し頑張ろうね」

とろとろし始めた美保子の耳元でささやく。

看護師になってかれこれ三十年。何年経っても、〈見送り〉に慣れることはない。

沈んだ気分で一階に下りて来た栗子は、けれど、思いがけなくホールの片隅に君原の姿を認めて目を瞠《みは》った。

ホットコーヒーを啜りながら、観葉植物を愛でているらしい。

「あら、君原さん」

声を掛けると、

「これはよかった。実は冬木さんとお話がしたくて、ここで張っていたんですよ」

これまた思いがけないことをいう。

「昨日は電話で貴重な報告をありがとうございました。おかげでいちばんの問題点がクリアになりました」

「ほんとですか？」

昨日からの胸のつかえがいっぺんに吹き飛んでいく。

「本当です。瑠里ちゃんの話で、手塚さんは自分の意思で霊安室に隠れたことがはっきりしましたからね」

やっぱり自分がしたことはムダではなかったのだ。そうとなれば、話したいことは山のようにある。

嬉しさのあまりこの場で飛び上がってしまいそうだ。

がぜん元気になった栗子に、君原は釈迦如来のごとき目を向けてくる。

「で、実はその件に関連して、ぜひともお耳に入れておきたいことがあるのですが、いま、少しばかり時間をいただけますかな？」

「はい、だいじょうぶです」

異論などあるはずがない。さっそく向かいの椅子を引いたものの、君原は静かに頭を振った。

「いや、これは少々危ない話になりますのでね。万が一にも他人に聞かれると困ります。正直、面談室で話すのも不安がありますので、ご迷惑かもしれませんが、私の部屋に来てはいただけませんか？」

なんとも驚くべきことを口にする。

「もちろん、けっこうです」

反射的にそう答えたものの、君原の部屋に来てほしい？　少々危ない話になる？　想像もしなかった展開に、頭の中はショート寸前だ。

ぞくぞくと震えるような期待感と漠然とした不安感と。

栗子の返事を聞いた君原は振り向きもせずにずんずんと歩き出す。

こうなったら躊躇している暇はない。パタパタと足音を立てて、栗子はあとにしたがった。

3

栗子を自室に招じ入れた君原は向かい合わせに腰を掛けると、

「わざわざご足労をいただき、ありがとうございます」

まずは深々と頭を下げてくる。

戸惑いがある一方で、いやがうえにも興味は津々だ。

「それにしても、手塚さんはなぜ死んだふりをしていたんですかね？」

さっそく話の続きを促す。

「それは本人に訊くしかないわけですが、おそらくは、『おまえは私がこんな姿になってもいいのか』という彼の意思表示でしょうね」

君原も確信はないらしい。

「確かにあの方の性格からすると、脅かし半分に冗談半分ということは考えられると思います。ですけど、霊安室はふだん鍵が掛かっていますよね？　手塚さんはどうやって中に入ったんでしょう？」

「彼は当初からの入居者ですからね。園内の鍵がどこでどう保管されているか、あらためて調べるまでもなく知っていたはずです。事務室から鍵を持ち出すのは簡単だったと思われます」

「なるほど」

「ですが、それより問題は、手塚さんがいなくなったあと霊安室の鍵が事務室に戻されていたことですね。これは注目すべき事実です。これから底なし池に飛び込むつもりなら、わざわざ鍵を返す必要はありません。これは霊安室に置いたままでも不都合はないのですからね」

「そうですね」

「皆が総出で自分を捜しているのに、誰にも姿を見られずに事務室に行くのは至難の業です。ということは、事務室に鍵を返した人物は手塚さんではないと考えるのが相当でしょう。そしてそれは同時に、手塚さんは自殺したのではなく殺害された事実を示しています」

「ほんと、仰るとおりですね」

理詰めの説明にはたじたじだ。犯人が聞いたら真っ青だろう。

「ですが、もっと決定的な証拠は、あの日、車椅子に乗った手塚さんが目の前を通り過ぎるのを見たという小野寺猛さんの証言ですね。それが本当であれば、手塚さんがその時点で生きていた可能性はかぎりなく低いと考えざるを得ません。そして、その車椅子を押していた人物こそが、手塚さんを殺害した犯人だといえるでしょう」

ということは、あれは猛の幻視などではない。正真正銘、現実の出来事だったのだ。いまさらながら、認知症患者への思い込みを反省する。

「で、お話というのはなんでしょうか？」

この君原がぜひとも耳に入れたいというからには、よほどのビッグニュースに相違ない。自然と身構えた栗子に、君原は余裕の笑みを見せた。

「突然、妙なことをいい出したので驚かれたでしょうが、万が一にも他人に聞かれると困る話とはほかでもありません。手塚さん失踪の件なのですが、ぶちあけた話、現在、T県警はこれに関して極秘の捜査を進めているのですね」

「極秘捜査――ですか？」

これまた思いも寄らなかった言葉が飛び出す。

「まぁ、捜査というものは基本的に極秘なんですがね。本件には少しばかり事情があります。私は元警察官という立場から非公式に彼らに協力しているのですが、その極秘捜査を進めるにあたり、ぜひともあなたに協力をお願いしたいと考えたしだいです」

「私に、ですか？」

驚きが大き過ぎて声がかすれた。

警察の極秘捜査に素人が協力をする。それもこの自分が、だ。ドラマではあるまいし、にわかには信じがたい。しかし君原は平然としたものだ。

「そうです」

当然だといわんばかりに肯定する。

「ですけど、警察は手塚さんが自殺したという見解だったんじゃないんですか?」

「それはそのとおりです」

「なのに、どうしてT県警が手塚さんの件を捜査するんでしょうか?」

どう考えても説明がつかないけれど、

「だからこそ極秘捜査なわけですね」

さっくりと受け流す。

「手塚さんの失踪について、警察が自殺説でほぼ固まっていることは事実です。ですが正確にいえば、それはあくまでも所轄署の見解であって、県警の見方はまた異なるのですね。つまりT県警によれば、それは実際には殺人だった疑いが濃厚だということなのです」

「そうなんですね」

「とはいいましても、自殺説には手塚さんの自筆の手紙という強力な裏づけがありますが、殺人説には論拠となる証拠が不足しています。それがために、県警としては所轄署の見解を否定することができず、ましてや捜査本部を立ち上げるわけにはいきません。そこにジレンマが生じているわけです」

なるほどそういうことか。やっと事態が呑み込める。

「ところで、そのT県警ですが、捜査一課の、少なくとも一部の刑事は、手塚さんの遺体はまだ山南涼水園の敷地内にあると考えています。つまり、犯人は被害者の遺体を園内に隠しているわけですが、問題は、その犯人とは誰で殺害行為はどのように行われたのか、肝心の部分が解明できていないことなのです。これでは犯人を逮捕するどころか、強制捜査に踏み切ることもままなりません。

そこで極秘プロジェクトの登場となるわけですが、それはひと言でいえば、犯人が遺体を運び出す瞬間を捉えて逮捕する作戦なのですね。要は、敵が自分から尻尾を出すのを待とうということです。そのため彼らは連日、このホームに出入りする車両を見張っているのですが、犯人に気取られずに張り込みをするのは容易ではありません。今回県警が所轄にすら作戦を秘匿しているのも、警察官も人間なので、どうせ自殺事件だと思って高を括っているときと、殺人の捜査をしているときとでは、おのずと行動に違いが出てしまうからなのです」

「そうなんですか」

「敵を欺くにはまず味方からというのは極秘作戦の定石です。どんな些細《ささい》な動きから、犯人が警戒しないともかぎりませんからね」

よどみない説明を聞けばそういうものかとは思うけれど、他方では、すなおにうなずけない部分もある。

「そこまでのお話はよく分かりました。ですけど、君原さんはそんな極秘事項をどうして私に話してくださるんですか？」

誰だって疑問を抱くはずだ。けれどこの質問は想定済みだったとみえて、

「お分かりになりませんか？」

君原は意味深な笑みを浮かべる。

「まず第一の理由は、冬木さんが犯人らしくないからですよ」

「犯人らしくないって……」

そんなことをいわれても、戸惑いは増すばかりだ。

現実に自分は犯人ではないのだから、犯人らしくなくてもなんらふしぎはない。でもだからって、こんな重大な秘密を一介の看護師に漏らすとは。

「むろん、山南涼水園のスタッフと入居者は全員が犯人候補なわけですが、その中にも当然濃淡はあります」

泣く子に飴玉でもやるように、君原は諄々《じゅんじゅん》と言葉を紡ぐ。

「そこで、なぜ冬木さんが犯人らしくないのかといいますと、一つには、あなたが園内にいる時間が朝の九時から夕方の五時までと決まっているからなのですね。夜間に出勤することもないとはいえませんが、それは入居者が急病や危篤の場合にかぎられます。真夜中に生田さんを建物の外に連れ出すことはまず不可能でしょう。加えて車を持っていないので、死体を運び出すことも困難だといわざるを得ません」

「それはそのとおりですね」

「ということで、冬木さんはシロだと県警も判断したわけですが、私個人の感触としても、あなたには犯人の臭いがしない。それは明言できます」

理由はどうであれ、シロと認定されて悪い気はしない。

「ですが、いま私があなたをお呼びした理由はそれだけではありません」

君原が続ける。

「犯人らしくないというだけなら、該当者はほかにもいます。なのに、私が冬木さんにこだわるのはなぜなのか。それは、あなたが今回の一連の事件に並々ならぬ関心をお持ちで、あれこれと推理を巡らされているからなのです」

「そうなんですか」

なんだか分かるようで分からない。

「もちろん、それ自体はなんら非難される筋合いではないのですが、ご存じのように、手塚さんも生田さんも自殺の方向でとりあえず片がついています。犯人としては狙いどおりの展開で、さぞほくそ笑んでいると思われますが、そこで、あなたが自殺説を疑い、犯人探しをしていることが広まったらどうなるでしょうか？　仮に犯人がそのために遺体の搬出を断念すれば、県警の張り込みは無駄骨に終わります。たとえなにかの拍子で遺体が見つかったとしても、それが犯人の特定や逮捕につながらなければ意味がないのですからね」

噛んで含めるような説明に、思わず下を向く。正直、そこまでは考えていなかった。認識が甘かったとしかいいようがない。

「そこでお願いなのですが、いましばらくの間、園内でこの件についておしゃべりをしたり、あからさまな行動をするのは控えていただけないでしょうか？　それはつまるところ、あなたの身の安全を守ることでもあるのですね」

「分かりました。これからは行動に気をつけます」

すなおに了解した栗子に、

「ありがとうございます」

君原が頭を下げる。

「もっとも、いうまでもないことですが、あなたが頭の中であれこれと推理されることはまったくのご自由です。私でよければ、これまでと同様、いろいろ意見交換をさせていただくこともやぶさかではありませんが、いかがでしょうか?」

君原の提案は、信頼の証しであると同時に彼の優しさでもある。

「もちろんです。よろしくお願いします」

心から礼の言葉が出た。

やはり元刑事の肩書はだてではない。君原の部屋を辞したあとも興奮は収まらない。現役時代の君原はC県警で活躍していたというけれど、何もしていないように見せて、裏でがっつりT県警と手を組んでいたとは油断ならない。さすがの一語である。

T県警が尻尾を掴もうとしているその犯人は誰なのか? 君原はおくびにも出さないけれど、彼らはすでに特定の人物に狙いを定めているのかもしれない。

自殺防止対策チームの会合が始まったのは、その五時間後のことである。

なんだかんだいってまだ余裕があった前回とは打って変わって、宇野の憔悴ぶりは目を覆うばかりだ。剃り残しの顎ひげが痛々しい。

「今回はネットや一部マスコミだけじゃありません。園内でも我々に対する批判が高まっていますからね」

園長室に顔ぶれがそろったのを見ると、挨拶も抜きで訴える。

「まぁ、あれだけテレビでやられたら、真に受ける人も出ますよ。でも、それもいっときのことでしようから」

さすがに気の毒に思ったのだろう。めずらしく君原が言葉をかけたけれど、本人が気にするのはやはり経営面のようだ。

「ですが心配なのは、これをきっかけに退去する人が出ることなんです。うちは東京圏から離れていますからね。どうしてもハンディがあるんですよ」

がっくりと肩を落とす。

「そんなことをいちいち心配してたら、やってられませんって」

「だけど、生田さんも思いきったことをしたもんだ。いくらお詫びだとしても、なにも死ぬことはないだろうに」

渡部の叱咤《しった》に、伊丹が続いたけれど、

「というより、もしかするとこれも生田さんなりの当てつけ自殺かもしれませんよ」

すぐにまたその渡部が異論を唱えた。

「当てつけ自殺、ですか?」

当惑気味の宇野に向かって、きりりと顔を引き締める。

「生田さんは、瑠里ちゃんがお出入り禁止処分になったことで怒り心頭だったんですよ。ここで自分が焼身自殺をすれば大騒ぎになって、園長が窮地に陥ると考えたんじゃないですか」

よほど確信があるらしい。ひょっとすると殺人かもしれないなどとは、思いもしていない顔だ。

晴世が園を恨んでいたことは事実だとしても、当てつけ自殺はないだろう。ホームに対する意趣返しと焼身自殺では、動機と行為のギャップが大き過ぎる。栗子は思ったけれど、君原から園の人間とは事件の話をしないよう釘を刺されている。ここは沈黙を守った方がよさそうだ。

ちなみに君原はといえば、いつもの無表情で、まっすぐ前を向いて微動だにしない。

この人はどんなときも動じるということはないのだ。認識を深めたそのときである。

「それはそうと、冬木さん」

うなだれていたはずの宇野が栗子に向かって声を上げた。

「実は昨日、生田直史《なおふみ》さんの奥さんから電話があったんですがね。冬木さんが瑠里ちゃんに会いに行ったというのは本当ですか?」

しんねりとした目でこちらを見つめてくる。

「ええ、まぁ」

「やはりそうでしたか。というのも、奥さんがいうには、昨日仕事から帰って来たら、近所の知り合いに呼び止められて、瑠里ちゃんがバス停の前で怪しい女と一緒にいたから気をつけた方がいいと注意されたそうなんです。瑠里ちゃんはランドセルを背負ったまま、その女とベンチに座ってアイスを食べていたと。

そこで瑠里ちゃんを問い詰めたら、瑠里ちゃんは下校の途中で冬木さんに捕まって、まるで警察まがいの事情聴取をされたことを白状したそうです。それも、亡くなった晴世さんのことばかりではなく、まったく関係のない手塚さんのことまで根掘り葉掘り訊かれたというんですね」

「はぁ」

「奥さんはもうたいへんな怒り方で、おたくはいったいどういうつもりなのかと。こんどまたこういうことがあったら、児童誘拐で警察に訴えるとまでいわれました」

「そうだったんですか」

「いちおう私から謝っておきましたが、それにしても冬木さんは、なんでまた瑠里ちゃんに会いに行かれたんですか?」

言葉はていねいだけれど、端々に怒りがにじんでいるのが分かる。

「すみません」

何はともあれ頭を下げた。

「前もってご相談すればよかったんですけど、大好きなおばあちゃんが亡くなって瑠里ちゃんがどうしているかと思うと、居ても立ってもいられなくて。幸い瑠里ちゃんは元気だったんですけど、話しているうちにいろいろと気になって、ついよけいなことまで訊いてしまいました」

「ま、やってしまったことは取り返しがつきませんが、今後は、亡くなった方についてあれこれ詮索することは止めていただきたいですね」

いつになく強い口吻に、ここは平謝りするしかない。

「軽率なことをしてまことに申しわけありません」

立ち上がって最敬礼をする。

介護スタッフが入居者の家族と園外で会うことは、本来ならあり得ない。独断専行に弁解の余地はないけれど、自分が行動したからこそ瑠里だけが知っている貴重な情報が得られたのだ。口とは反対に、後悔する気持ちはさらさらない。

それでも多少なりともあった罪悪感が吹き飛んだのは、

「分かっていただければけっこうですが、手塚さんや生田さんの件をことさら話題にしてほしくないんですよ。それはもう済んだことなんですから」

宇野がそんな台詞《せりふ》を放ったからである。

宇野は本当に手塚や晴世の死を悼んでいるのだろうか？　暗い疑念がむくむくと頭をもたげる。

むろん、世間の評判を気にするのは経営者として当然のことだ。大量の退去者の出現は経営破綻を招きかねない。そして、いちどついた負のイメージを払拭するのは、絶好のスタートを切るよりずっと困難だ。

だけど、本当にそれだけだろうか？　ひょっとして、宇野が手塚や晴世の死を積極的に望んでいたとしたら？

我ながら面くらうほど、自分は宇野という人間を疑っていたのだろうか？　栗子はひそかに頭を抱えた。

まじめな話、誰にも見咎められずに入居者を殺害し、遺体を園内に隠すことが可能な人物がいるとしたら、それは運営の全権を握り、時間に関係なく園内のどこでも闊歩できる園長を措いていない。

鍵の件だってそうだ。当然のことながら、事務室の壁に掛かっている鍵のほかにも予備の鍵はあって、それを保管しているのも園長なのだ。

だとしても、宇野がなぜたいせつな顧客を殺す必要があるのか？　そこが解せない。宇野にとって、入居者の連鎖自殺は自分が慈しみ育てた施設の危機以外の何ものでもないからだ。

でも、そういえば。栗子は思い出した。

それは去年の出来事で、たまたま用事で市役所に行った帰りに、向かいのU信用金庫山南支店から出て来た宇野を見かけたことがある。道の反対側だったから声を掛けそびれたけれど、ひどく深刻な面持ちで俯き加減に歩いていたことが印象に残っている。

入居者に優しい経営とは、裏を返せば経営者に厳しい経営ということだ。山南涼水園の財務状況は、思いのほか悪いのではないだろうか？　だとすれば、ホーム創設時からの入居者で富裕な会社経営者の手塚から、宇野がなんらかの資金援助を得ていたことはあり得ない話ではない。

そして、まさかの金銭トラブルの勃発。

君原が、園内でこの件についておしゃべりをしたり、あからさまな行動をするなと忠告したのは、要するにそういうことだったのだ。

これは知恵と知恵との闘いだ。このホーム内で未だかつてない勝負が繰り広げられている。

瘧《おこり》のような身体の震えを感じて、栗子は思わず君原の顔を盗み見た。

4

その二日後のことである。夢も見ずに熟睡していた栗子は、耳障りな携帯電話の呼び出し音で眠りを妨げられた。

枕元の時計を見ると、まだ朝の六時過ぎ。ときならぬ電話に、誰かと思えば介護士の木下だ。何事だろう？

「私ですけど、どうしたの？」

訊く間もなく、緊迫した声が耳に飛び込む。

「冬木さん、たいへんです。岩鞍さんが急に具合が悪くなって」

「どういうふうに？」

「本人がいうには、今朝がたから突然、猛烈に胸が痛くなって目が覚めたそうです。吐き気もあってしばらくじっとしていたけど、あまりの苦しさに我慢できなくなったらしくて。呼び出しベルが鳴ったんで、すぐに部屋に駆けつけたんですけど、その時点ではもう意識が薄れかけていました」

それはただごとではない。

「心筋梗塞じゃないかな？　すぐに救急車を呼ばないと」

「たぶんそうだと思います。で、一一九番にはもう通報して、いま到着を待っているところですけど、とりあえず冬木さんにお知らせしようと思って」

「ありがとう。病院が決まったら知らせてください。私はそちらに直行しますから」

「了解しました。僕も救急車で一緒に行くつもりです」

「じゃ、お願いしますね」

息吐く暇もなくベッドを飛び出す。

また自殺事件かと思っただけに、一瞬安心したことは事実ながら、心筋梗塞は侮れない病気だ。実際、日本人の死因の第二位を占める心疾患の中でも、心筋梗塞を発症した人の死亡率はおよそ四十パーセントと非常に高い。それも大半は発症後二十四時間以内に死亡している。特に最初の二時間が要注意だ。

発症の前にまず狭心症が進行するのが一般的だけれど、それも人によって異なる。それまでなんの自覚症状もなく、ふつうに行動していた人が突如倒れることもよくあって、いわゆる突然死の相当数がこのパターンだといっていい。

せめて事前に予測が可能ならいいのだが、一般の健康診断による心電図や胸部レントゲン検査では、心臓そのものを直接観察することができない。心疾患の兆候を見逃してしまうことが少なくないので、兜山クリニックのような健診中心の医療機関はお手上げだ。

岩鞍の場合も、もし心筋梗塞なら一刻も早く心臓専門医がいる病院に運ぶ必要がある。最初の二時間以内に治療を始められるかどうか。

大急ぎで身支度を整えたところで、二本目の電話が入った。

「いま救急車が到着して、救急隊員が心臓マッサージをしてるんですけど、ぜんぜん意識が戻らなくて。てか、僕が見てもかなりヤバい状態です」

さっきと違って声が震えている。となると、もう助からないのかもしれない。

予定を変えてホームに行くことにする。前から具合の悪かった人は別として、元気な三階の居住者が突然死を遂げた例はこれまでにない。祈るような気持ちで山南涼水園にたどり着くと、やはり危惧した結果が待っていた。二十分ほど前に死亡が確認されたという。

遺体はまだ自室のベッドに寝かされていた。付き添っているのは若い介護スタッフで、さっきまでいた宇野は席を外しているという。

最期を看取れなかったこと、そしてついに真の交流を持てずに終わったことが悔やまれるけれど、死に顔が思いのほか穏やかなことにほっとする。

「岩鞍さん、ごめんなさいね」

もはやものいわぬ相手に謝罪の言葉が口を衝いた。

患者が亡くなってしまえば、看護師の出る幕はない。まだ七時前だけれど通常の業務を始めることにする。そろそろ朝食の時間で、通路にも人が出始めている。

もう少し詳しい話を聞きたい。そう思って木下を探すものの、どこにいるのやら姿が見えない。本来のシフトだと今朝は富川が三階の担当なのだが、彼女は昨日から一週間の有給休暇を取っている。かねてニューヨーク在住だった彼女の姉が、このたび日系アメリカ人と結婚することになり、両親とともに挙式に参列したあと、米国東部を旅行して回るのだという。

それだけでもうらやましい話だけれど、おかげで岩鞍の死に立ち会わずに済んだのは幸運だったといえるだろう。

通路を歩いていると、機能訓練指導員の荻田に出会った。この荻田はこれまで岩鞍と接触する機会が多く、それだけに思うこともあるらしい。

「驚きましたよねぇ。だって岩鞍さん、昨日まで機能訓練室で元気にペダル漕ぎをやってたんですよ」

待ってましたとばかりに息巻く。

機能訓練指導員というのは介護保険法で定められている職種で、医師の管理の下で行われるリハビリとは違い、機能訓練計画表に基づいて、利用者それぞれに必要な訓練を行うのが主な仕事だ。

もっとも機能訓練指導員という特別な資格があるわけではない。看護師または准看護師、理学療法士、作業療法士、言語聴覚士、あん摩マッサージ指圧師、柔道整復師、鍼灸師のいずれかの資格を有する者が、特別養護老人ホームや介護付有料老人ホームなどの高齢者施設で、機能訓練の仕事に従事する。

荻田はあん摩マッサージ指圧師だけれど、むろんこういった規模の施設では、彼らも狭い領域にはとらわれない。幅広く、各種レクリエーションや健康保持の運動にもつき合うのが通例だ。

体力も気力も入居者の中ではぴか一だった岩鞍は、死期が近いとは夢にも思っていなかったに違いない。積極的に機能訓練室で汗を流していたようだ。

「ほんとにね」

「でも、亡くなったということは心臓が悪かったということでしょ？　自覚症状はなかったんですかね？」

「それがなかったみたい。健診でも指摘されていなかったし。だから本人はまだまだやる気まんまんだったと思うけど」

「ただ、正直いって最近の岩鞍さん、なんだか以前に比べて余裕がなくなった感じはあったんですよね」

やや声をひそめる。

「余裕がないって、どういうふうに？」

「そうだなぁ。もともとあの人は金持ちのわりにはカネに細かかったですけどね。ここに来てますますシビアになりましたもん」

「でも、金持ちはおカネに細かいから金持ちになったんだ、って説もあるわよ」

「そうかもしれませんが、少し前までは、ちょくちょく新宿辺りに行っちゃあ遊んでたって話だったんですよ。それがこのところは豪遊ともとんとご無沙汰でしたから」

「へえ、そうだったの」

それは初耳だ。

「東京での足場にしていたマンションも売っぱらっちゃったというし、歳のせいだけじゃなくて、肝心の商売があんまり儲かってなかったんじゃないかな?」

「だけど、オフィスビルを丸ごと一つ持ってたんでしょ? 儲からないといったって、我々庶民とは次元が違うんじゃないの?」

「それはそうにしても、東京は新しい建物がどんどん建ちますからね。いまやスマートビルの時代に、ひと昔前の賃貸ビルはけっこうたいへんみたいですよ」

意外な情報通ぶりを披露する。

「まあ、自殺じゃなかったのはよかったけど、こうも不幸が続くと、園長はがっくりきたんじゃないかしら?」

ここで話題を変えてみる。

栗子が園長の名前を出したのはほかでもない。荻田が宇野について何をいうか、興味をそそられたからである。

「そりゃ、そうでしょう。俺は今日はまだ会ってないですけど」

「やっぱりね」

「でも、園長もたいへんですよ。何かあると、ろくに調べもしないで危機管理がなってないとかね。とりあえず管理者の悪口をいえばいいと思ってる連中が多いから」

「まあね」

「あの人は盆も正月もろくに休まずに、朝から夜まで働きづめですもん。よくやってると思いますよ」

痛ましげに首を振る。

この荻田は歯に衣着せない物言いが売りで、裏表のないまっすぐな性格だ。その彼がここまでいうのだから、宇野の人徳は本物なのだろう。

感心はするけれど、それと岩鞍の件はまた別の話だ。荻田が立ち去ったあと、栗子はあらためていまの会話をじっくりと反芻《はんすう》した。

今回、岩鞍と宇野の間には重大な利害関係がある。これは無視できるものではない。人間誰しも、人格者でいられるのは利害関係がないときだけだ。ことにカネが絡んだ利害関係は、容易に人を変える。

むろん、岩鞍の死が予想外の出来事だったのは事実だし、死に至る過程にも不自然なところはない。はっきりいえば、そこに宇野の作為が介在する余地はつゆほどもないということだ。

けれど結果だけを見れば、これは宇野にとって願ってもない僥倖《ぎょうこう》だったのではあるまいか？　いささか浅ましい考えが頭をよぎる。

なにしろ財政難に苦しんでいるところに、巨額の遺産がひょっこり転げ込むのである。これぞ不労所得の最たるもの。どんな人格者でも嬉しくないはずがない。いやがうえにも膨らむ想像を、いや、これは自分には関係のない話だと、必死に押さえつける。

幸か不幸かその後は本来の仕事に忙殺され、ようやく夕刻を迎えるころになって、ぼちぼちと状況が伝わってきた。

それによると、なにしろ岩鞍には家族がいない。そこで全財産の遺贈を受けた宇野が相続人に代わり、死亡届を始め必要な手続きを進めることになったそうだ。

それにつけても、岩鞍の遺産はどれほどのものなのだろうか？　誰しもそこが気になると見えて、山南涼水園の顧問弁護士も、まず最初に岩鞍の全資産を調査するよう指示したようだ。

何も疚《やま》しいことはないというアピールか、同席していた渡部によると、宇野の態度は堂々たるものだったというけれど、現実に相続人が出て来れば、なにかとややこしくなることは目に見えている。修羅場はこれからかもしれない。

なんとか今日一日の仕事を終えた栗子が医務室でひと息入れていると、それを待っていたかのようにドアをノックする者がいる。

まさか宇野が来たとか？　ぎくりとしたけれど、

「すみません、いまちょっといいですか？」

顔を覗かせたのは木下だった。

なにせ朝から大騒動だったのだ。今日はまだ顔を合わせていなかったけれど、立て続けの心労のせいか、もともと細面の顔がさらに細くなっている。

「あら、まだ帰らないの？」

とっくに勤務時間が過ぎているだろうに、まだここにいるということは、よほど仕事が立て込んでいるに違いない。

「ええ、まぁ」

「そんなに手が足りないの？」

「やっぱり富川さんがいませんから」

らしくもなく弱音を吐く。

「だけど、代わりの人はいるんでしょ？」

「そうなんですけど、三階には、レギュラーの僕は別として、富川さんじゃなくちゃダメだという人が多いんですよ」

「ま、それはしょうがないわね。富川さんもこんな機会じゃないとアメリカになんか行けないんだし。そのしわ寄せがあなたに来て気の毒だけど」

「いや、それはかまわないんです。ふだん頑張ってるんだから、彼女だってたまには息抜きをしないと。ですけど、代わりのスタッフもちゃんとやってるのに、歳をとると、いつもとちょっとやり方が変わっただけで我慢ができないんですね。中には面と向かって罵倒する人もいますから、どうしても僕がフォローしないといけなくて」

それでは木下が参るのも無理はない。

「富川さんはよく気が回るからね。その分、ストレスもあるだろうから、いまごろは存分に羽を伸ばしてるんじゃないかな」

「だといいですけどね。ところで彼女、ひとりで旅行してるんですかね？」

「ううん、ご両親と一緒みたいよ」

「そうなんですか。そりゃ外国でひとり旅は危ないですもんね」

木下はどこまでも同僚に好意的だ。

「それで、私になんか用？」

もうとっくに五時を過ぎている。こんな時間に、用もないのに医務室に来る者はいない。栗子はさっさと本題に入ることにした。けれど、

「それなんですけどね」

くっと顔が引き締まったところをみると、何やら深刻な話があるようだ。

「実は、岩鞍さんのことでちょっと気になることがあったもので」

やはり岩鞍の名前が飛び出した。

「どういうこと？」

「というのはですね。実は僕、岩鞍さんから、自分が死んだら全財産を僕に譲りたいから、遺言を書いてやるって持ちかけられたんです」

まるで悪いことでもしたかのように下を向く。

栗子は仰天した。

噂の足は速い。岩鞍が宇野に全財産を遺贈する遺言を書いたことは、いまや公然の秘密といっていいけれど、まさかその岩鞍が木下にも同じ話を持ちかけていたとは！　びっくり仰天とはこのことだ。

「それでどうなったの？」

「岩鞍さんの話によると、最初は自分の財産はぜんぶ園長に託すつもりだったそうです。実際に遺言も書いて園長に預けてあったんだけど、途中で考えが変わったといっていました。その遺言書は返してもらうことにするから、って」

嘘でしょ？　叫びたくなる気持ちをぐっと堪《こら》え、

「それはいつのこと？」

努めて冷静に問い質す。

「一昨日ですね」

ということはつい最近のことになる。

「考えが変わった理由は何かいっていた？」

「僕がとてもよくしてくれるからって。岩鞍さん、なぜだか知りませんけど、僕のことをすごく気に入ってくれてたんですよ。園長も初めのうちはよかったけど、遺言を書いたらとたんに態度が変わったんだそうです。いちど疑い始めると、どんどん疑心暗鬼になって、信じられなくなったようです」

「そんなことがあったのね」

　驚きと納得が半々といったところだ。

「ですけど、もしそれが本当だとしたら、園長がおとなしく遺言書を返すかどうか分からないじゃないですか」

「まぁ、そうよね」

「で、僕がそういったら、岩鞍さんはその点は心配いらないと。遺言は口でいっただけじゃダメで、きちんと文書にする必要があるけれど、形式を守っていれば、何通書いてもいいんだそうです」

「あら、そうなの？」

「はい。毎年誕生日が来るたびに遺言を書き換える人もいるくらいで、複数の遺言書がある場合は、日付がいちばん新しいものが有効になる。だから古い遺言書を持っていても意味はないんだけれど、念のため、宇野さんに預けた遺言書は取り戻して廃棄するつもりだと説明してくれました」

「それで、あなたは新しい遺言書を預かることを承諾したの？」

「いや、断りました」

　それもまたびっくりだ。

「どうして？」

「だってそうじゃないですか」

木下は頬を膨らませた。

「僕がよくしてあげたといっても、こっちはあたりまえの仕事をしただけですから。だいたい、岩鞍さんは東京にオフィスビルを持ってるそうですけど、僕なんかにビルの経営が務まるわけがないでしょ？」

「でもまぁ、向こうがくれるというんだから、もらってもかまわないとは思うけど」

「そうはいきませんよ。身の丈に合わない生活は破滅のもとですから」

若いのに感心なことをいう。

「それに、もしかしたら岩鞍さんは、園長と僕のほかにも、何人かに同じ話を持ちかけていたフシがなくもないんです。というのも、これはあとから分かったことですけど、あの人は、入居者仲間からも高価なブランド品をもらっていたみたいなんですね」

「本当に？」

「はい。ですから、おいしい話で相手の気を惹いてはプレゼントやサービスをせしめるのが、岩鞍さんのいわば処世術だったんじゃないですか？」

そうだったのか。いわれてみれば、岩鞍らしい話ではある。そんなことは考えもしなかった自分の不明を恥じるしかない。

「だとしたら、あなたが遺言書を預からなかったのは賢明だったかもね」

「そのときはもちろんそんなことは知らなかったけど、どうもなんか裏がありそうな気がして、まともに取り合わない方がいいと思ったんですよ」

聞けば、今日の午後、宇野と木下に君原も加えた三人で、岩鞍の居室を整理したのだという。すると想像したとおり、クローゼットの引き出しから、新品の海外ブランド品を始めとするネクタイやワイシャツが出て来たそうだ。

スタッフのほかに第三者の君原を加えたのは、万が一にも岩鞍の相続人からクレームが出たときの証人役を期待してのことらしい。

「そこまでの話は分かったけど、あなたはいったい何を心配しているの？」

栗子がここで尋ねたのは、結局木下が何を問題にしているのか、いまいちはっきりしないからだ。

栗子の質問に、木下は初めてためらう素振りを見せた。

「ほかでもない園長のことなんですけど」

いったきり、うつむいている。

こういうときは、こちらが背中を押してやるにかぎる。

「何をいいたいのか知らないけど、話してくれなくちゃ分からないわよ」

強引に進めると、おずおずと言葉を絞り出す。

「あのときの勢いからして、岩鞍さんはたぶんあれからすぐに、遺言書を返せと園長に迫ったと思うんですよね」

「そうでしょうね」

「なので僕は、その遺言書はとっくに廃棄されたと思っていました。ですが、今日聞いたところによると、園長はまだその遺言書を持ってるらしいんですよ。自分からホームの弁護士に差し出したそうですから」

「そのようね。私もそう聞いているけど」

「ってことは、園長はその遺言書が有効だと信じていままでやってきたと思うんです。ですけど、ここにきて、岩鞍さんがほかの人にも遺言の話を持ちかけていることを知ったとしたらどうでしょう？　危機感を覚えて、岩鞍さんが新しい遺言書を書く前に……」

なんともきな臭いことをいい出す。

この木下も荻田と同じで、能力といい熱意といい仕事ぶりは申し分ない。いまやホームを支える若手戦力の中心だけれど、その木下が実はひそかに宇野を疑っている。信じられない事実に興奮を抑えられない。

「でも、まさか園長が遺産目当てに？　それはないんじゃないの？」

とりあえず否定の言葉が出た。

いくらなんでも、「はい、そのとおり」と相槌を打てる話ではない。それに岩鞍の死因は心筋梗塞だ。どうひねくり回しても、宇野が殺《や》ったというのは無理がある。このところ自分の思考が行き詰まっているのも、まさしくそれがネックだからにほかならない。

けれど木下には引き下がる気はないようだ。

「もちろん断定はできませんけど、ないとはいい切れないんじゃないですか？　このホームも入居者の評判は良いけれど、実際は自転車操業だっていいますから」

自分にいい含めるかのように、言葉を噛みしめている。

「それは本当なの？」

「はい。実は僕、U信用金庫に知り合いがいるんです。それでその人がこっそり教えてくれたんですけど、山南涼水園は資金繰りに相当無理をしているらしいです。園長は良心的といえば良心的なんだけど、要するに見栄っ張りなんですよ」

「それはあるかもね」

以前、深刻な顔でU信用金庫山南支店から出て来た宇野を見かけたことを思い出す。それでも園内ではそんな素振りをみじんも見せないのは、確かに、楽観的というより見栄なのだろう。

「でしょう?」

「だけど、仮にそうだとしてもね。そうそう都合よく岩鞍さんに心筋梗塞を起こさせられるわけがないでしょ? そこはどう考えるの?」

突っ込みを入れると、

「それはもちろんそうなんですけど」

さすがに言葉を濁す。

「それに私だからいいけれど、こんなこと、冗談にもほかの人にはいわない方がいいと思うわよ」

老婆心ながら忠告せずにはいられない。

「もちろん、それは心得ています。僕だって、相手が冬木さんだから、正直な気持ちを話してみようと思ったんです」

木下もそれ以上は突っ張らなかったものの、自分が間違っていると思っていないことは明白だ。

悩める介護士を送り出すと、栗子は迷わずスマートフォンを取り出した。

「急用ができてすぐに帰れそうにありません。晩ご飯は外で済ませてください」

繁と愛美にメールをする。またもや入居者の自殺事件が起きたことはニュースで知っているはずだから、べつに驚かないだろう。

愛美からの返信はないけれど、

「了解。あんまり入れ込み過ぎるなよ」

繁からメールが返って来た。

先日来の自殺騒ぎと、それにまつわる疑惑の数々。順序立てて事細かに説明はしないけれど、気になることを胸に溜めてはおけない性分だ。食事をしながら、テレビの合間に、そして寝物語にと、相談とも報告ともつかない話を繰り出すのが習慣になっている。

聞かされる繁の方は、相槌を打つでもなければ異論を唱えるでもない。たいして興味のなさそうな顔で聞き流しているけれど、さりとてまるきり無関心なわけでもないらしい。ときおりふん、ふんとうなずく程度には反応がある。

それでも繁なりに妻の様子が気がかりなのだろう。短い文言の中にさりげない気遣いが込められている。栗子は夫からのメールをぐっと見つめ直した。

とはいいながらも、探求を止めるという選択肢はない。夕食が終わる時間を見計らって、君原に電話を入れる。

「はい、君原です」

まだ食堂にいるのか、背後にざわざわと人声がする。

「申しわけないんですけど、どうしてもお話ししたいことがあるので、食事を終えられたら医務室に来ていただけないでしょうか?」

抑えた声で告げると、一瞬の沈黙ののち、

「承知しました」

同じく押し殺した声が返って来た。

「ではお待ちしています」

余計なことはいわずに電話を切る。

君原もこちらの意図が分かっているはずだ。この山南涼水園の中に殺人者がいる。それも本来ならふたりが最も信頼すべき人物が――。

栗子は我知らず白衣に包まれた自分の身体を抱きしめた。

5

「つまり冬木さんは、手塚さんと生田さんは宇野さんに殺されたとお考えなのですね？」

君原が結論を出す。

電話の五分後、医務室に現れた君原に、栗子はこのところの自分の考えを余すところなくぶちまけたのである。ついでに、今日一日見聞きした事柄を細大漏らさず報告する。

先刻承知のことも多いはずなのに、君原はそんな気配をみじんも見せない。あたかも初めて聞くかのように、真剣な眼差しを向けてくる。

「そのとおりです」

これはいけそうだ。ひそかに心が躍ったものの、どうやらぬか喜びだったらしい。

「ですが、どうでしょうかねぇ」

老獪《ろうかい》な元刑事はかすかに眉をひそめたからである。

「私にいえることは、少なくとも生田さんの件は、宇野さんが犯人ではないということです。そしてついでに申し上げるなら、手塚さんの件も、私は宇野さんは犯人ではないと考えています」

なんの根拠あってか、確信に満ちた口ぶりだ。

「もちろん、宇野さんを犯人だとする絶対的な証拠がないことは認めます。犯行が可能だということと、現実にその人がやったということはイコールではないことも承知しています。ですけど、少なくとも宇野さんには犯行が可能だったと思われるのに、君原さんが迷うことなく宇野さんはシロだと仰る理由はどこにあるのでしょうか？」


自分が知りたいのはそこだ。未練がましいとは思いつつも、訊かずにはいられない。そんな栗子に、君原は赤子をあやす父親のような笑みを返してくる。

「ひと言でいえば、それは瑠里ちゃんがいまだに無事でいるからですね」

「瑠里ちゃんが無事でいるから、ですか？」


ちょっと何をいってるか分からない。当惑する栗子に、君原は一転、ぴしりと引き締まった顔を見せた。

「なぜなら、もし宇野さんが生田さんを殺害した犯人であるなら、瑠里ちゃんがいまだに無事でいることはあり得ないからです。宇野さんは、生田さんと同時に瑠里ちゃんもこの世から抹殺したいはずです」

「そう、なんですか？」

「そのとおりです。それに実際、私のこの考えを後押ししてくれたのは、冬木さん、あなたなんですよ。瑠里ちゃんに会いに行かれたあなたは、そのあと電話で私に報告を入れてくださった。そのおかげで、私は宇野さんは犯人ではないと百パーセントの確信を持つに至ったわけですから」

「それはどういう意味ですか？」

なおも首を捻る栗子に、やれやれと呆れているに違いない。

「では、最初から筋道を立ててご説明するとしましょうか」

君原はあらためてこちらに向き直った。

「そこで、いま一度確認しておきたいのは、手塚さんの事件と生田さんの事件はそれぞれに独立した二つの犯罪ではなくて、密接に関連したひと続きの出来事だということですね」

「はい、分かっています」

「この二つの事件は時間的にも近接していますが、それだけではありません。行方知れずの手塚さんが実は自分から霊安室に潜んでいた事実、その手塚さんがなぜか車椅子に乗って霊安室から倉庫の方向に移動した事実、その後たまたま倉庫の鍵を拾った瑠里ちゃんが倉庫内に忍び込み、段ボールによじ登っていたずらをした事実、そして、瑠里ちゃんから倉庫の鍵を取り上げた生田さんがほどなく焼死体となって発見された事実。これらの事実を総合すると、手塚さんの死と――あえてここで〈死〉と断定しますが――生田さんの死は、まさしく原因と結果の関係にあると考えないわけにはいきません」

「そうですね」

「そこで結論を先に申し上げると、私は手塚さんの遺体はいまも倉庫の中にあると考えています。瑠里ちゃんが出て行ったあと、霊安室で手塚さんを殺害した犯人は、遺体を車椅子に乗せて倉庫に運び、ほとぼりが冷めるまでの間、そこに死体を隠すことにしたのです」

「まさか、そんな」

「ただし犯人にとって誤算だったのは、不注意にも、その後倉庫に出入りをするさいに倉庫の鍵をドアの前に落とし、それを瑠里ちゃんに拾われてしまったことでした。そして、その後生田さんがその鍵を所持していることを知り、彼女に秘密を握られたと早とちりをした犯人が、先手を打って口封じをした結果があの偽装焼身自殺だったのですね」

淡々とした口調ながら、しっかりと大地を踏みしめるような重みがある。原因と結果。まさしくその表現がぴったりだ。

「もっとも本当のところは、生田さんは何も気づいてはいませんでした。その証拠に、生田さんは倉庫の鍵を持って私を訪ねて来ましたが、それは瑠里ちゃんの行動が園にばれるのを畏れたからであって、手塚さんの死体を発見したからではありません。そんな事実があれば、彼女は何はさておき私に相談したでしょうからね」

それはそのとおりだ。

「そこまでは分かりましたけど、犯人は手塚さんの遺体を倉庫のどこに隠したんでしょうか？」

ここで質問する。

倉庫の中には、人間の死体を、それも長期間にわたって保管できる場所はないはずだ。特大の段ボール箱ならいくつもあるとはいえ、段ボールは棺《ひつぎ》とは違う。二、三日もしたら腐敗臭でひどいことになるだろう。

唯一あるとしたら大型の業務用冷凍ストッカーだが、中が空だったことは瑠里が明言している。そうでなくても、扉には鍵などついていない。倉庫に入って来た者がひょいと冷凍庫を開けてみることは大いに考えられる。現に、倉庫に忍び込んだ瑠里がさっそく中を覗いたのがいい例だ。

君原は、けれど平然としたものだ。

「段ボール箱ですね」

あっさりといってのけた。

「ですけど、それでどうやって遺体の腐敗を防ぐんですか？　仮にドライアイスを使ったとしても、何日も保《も》つとは思えませんけど」

その昔、愛する者の死を受け入れられず、埋葬を拒否していた家族が最後に観念するのは、死体が腐敗を始めたときだったといわれている。

そもそも遺体の腐敗臭を最小限に止めることは、古今東西を問わず人類の切実な取り組みの一つだった。遺体の周囲に匂いの強い花を供え、盛んに香を焚《た》いたのもその工夫の一環で、科学が発達した現代では、むろんドライアイスが大活躍をする。

病院に勤務していたとき、棺桶に納められた遺体は、胸やお腹に十キロから二十キロのドライアイスを抱いていると聞いた覚えがある。ドライアイスを用意するのはむろん葬儀社の担当者で、彼らはいつ死者が出ても即時対応可能なように、霊安室で待機しているのがふつうだ。

それでも、ドライアイスだけで腐敗臭を防げるのは三、四日か長くても五、六日。それ以上となるとむずかしいのだという。プロが工夫してもそうなのだから、素人には到底無理だといっていい。

栗子が指摘した疑問も、しかし君原はとっくに解決済みらしい。ほんのり緩めた口元に余裕が溢れている。

「ご指摘のとおり、ドライアイスは氷などとは比較にならないほど低温で、摂氏でいうとマイナス八十度近いのですね。家庭用の冷凍庫の温度がマイナス二十度前後ですから、いかに冷たいか分かりますが、問題は、ドライアイスは水ではなく二酸化炭素が固体になったものなので、いつまでも固体のままではいられない。すなわち、空気に触れるとすぐに昇華が始まることにあります。

たとえば一キログラムの塊ですと、裸で空気にさらすとせいぜい二、三時間しか保ちません。紙や布で厳重に包めばもっと長く保存できますが、それでも十時間か十五時間がせいぜいでしょう。したがって、長時間保たせるためにはそれなりの方法が必要になるわけです」

よどみない話しぶりから、すでにみっちりと検討したことが窺える。

「それでは、その方法にはどんなものがあるかというと、とにかくきっちりと密閉することに尽きるといえます。そして、ここが重要なところなのですが、ドライアイスはすでに凍っているものを保冷する力は強いのですが、常温のものを凍らせるのには向いていません。これは要するに、特大の段ボール箱に死体を入れ、その上に大量のドライアイスを詰めて蓋をしたとしても、死体は凍らずに、腐敗がどんどん進行するということです。

つまり、人間の死体のようにある程度のボリュームのある物を凍らせるためには、どうしても冷凍庫のような冷凍機が必要なわけですね。そして本件の犯人も当然、そのことは念頭に置いていたはずです。

となれば、倉庫に鎮座している大型の業務用冷凍ストッカーを利用しない手はありません。犯人は最初に死体を冷凍庫でカチカチに凍らせてから、段ボール箱に入れたと思われます。ちなみに段ボール箱は金属やガラスと違って熱伝導率が低いので、ドライアイスの保存に向いていることは申すまでもないところです。

まずは死体の上にドライアイスをたっぷり乗せたうえで新聞紙で覆い、さらにその上に新聞紙でぐるぐる巻きにした板状のドライアイスをびっちりと敷き詰める。最後に蓋をしてガムテープで閉じれば、即席のアイスボックスの出来上がりです。これで実際何日保つかは不明ですが、相当長期間の保存が見込めることは確かでしょう。仮にドライアイスが昇華しても心配は無用です。その分補充すればいいのですから、極端な話、一年でも二年でも死体の保存が可能なことになります。

と、ここまで来れば、瑠里ちゃんが倉庫の中で何をしたのか、あなたもお分かりですね？　彼女はそうとは知らずに、パンドラの箱ならぬ禁断の箱を開けてしまったというわけです。

好奇心旺盛な瑠里ちゃんが、大型の段ボール箱によじ登ったのはごく自然な流れでした。この中には何が入っているのだろう？　段ボール箱のガムテープをはがして蓋を開けてみたものの、そこには新聞紙に包まれた荷物がびっしり詰まっているだけ。なんだ、つまらない。瑠里ちゃんは蓋を閉めるとガムテープを貼り直したのですが、そのさい多少のずれや疵《きず》ができたことでしょう。犯人がそれに気づかないわけがありません。結果的には、瑠里ちゃんのその行為がおばあちゃんの命を奪ったことになります」

君原はここまでいっきに話し終えると、あとは栗子の反応を窺っている。もっとも、こちらは想像を絶する展開に息を呑むばかりだ。

「まさかそんなことだったなんて」

すっかり説得された栗子だったけれど、ここでふと疑問が湧く。

「段ボール箱の件はいまのお話でよく分かりました。ですけど、私が瑠里ちゃんからその話を聞いたのはつい二日前のことですよね？　なのに、Ｔ県警は最初から手塚さんの遺体はここにあるという前提で極秘捜査を実行していたそうじゃないですか。それは何をどう推理した結果なんでしょうか？」

「いやいや、そんなものは推理でもなんでもありません」

素人の素朴な質問に、君原はにったりと目を細めた。

「なにしろ昨今は、高速道路を含め、公道といわず建物内といわず、あらゆる場所に監視カメラが設置されていることはご存じですね？」

「それは知っていますけど」

「この監視カメラの威力は目覚ましいもので、昔と違い、誰がいつどこにいたか、そしてどの車両がいつどこを通ったか、しっかり記録が残ることになりました。特に車両の場合は、車のナンバーはもちろん運転者や同乗者の顔が分かることもあって、いまや人を殺すことより、死体を始末することの方がはるかに危険を伴います。老人ホームで行方不明者が出たその当日に死体を棄てに行くなど、愚の骨頂といえるでしょう。

手塚さんの失踪は結果的には自殺とみなされましたが、犯人の立場になってみれば、用心するに越したことはありません。夜陰に乗じて園から出て行ったりしたら、墓穴を掘りかねませんからね」

「なるほど、いわれてみればあたりまえですね」

「そういうことです。もっとも、残念ながらいまだに動きはないようですが」

君原がうなずく。

口ほどには残念そうに見えないその沈着ぶりに、ここでまた新たな疑問が浮かぶ。栗子は慎重に切り出した。

「ただ、私が一つ分からないのは、犯人が生田さんを殺したのは、手塚さんの死体が入った段ボール箱の蓋にガムテープを貼り直した痕跡があったからですよね？　生田さんが倉庫の鍵を持っていることを知った犯人は、それゆえに生田さんを始末する必要に迫られたわけです。ですけど、生田さんが倉庫の鍵を持っていることを知り得た人物は、これまでのご説明では宇野さんしかいません。それ以外の人は、生田さんがそんなものを持っているなんて想像もしなかったはずです。だったら、生田さんを殺害したのはやっぱり宇野さんなのではないでしょうか？」

けれど、どうやらこの質問も織り込みずみだったようだ。

「仰るとおりです」

動揺する素振りは毛ほどもない。

「生田さんが倉庫の鍵を携えて私の部屋を訪れたとき、たまたまそこに来合わせた宇野さんが彼女と私の会話を耳にしたと思われることは、あなたにもお話ししましたね？」

「はい」

「ということは、宇野さんはあの鍵を拾ったのが瑠里ちゃんであること、そして生田さんがまさにその鍵の件で私に相談に来たことを知っていたわけで、その意味では、あなたが宇野さんを疑われるのも一理あるといえなくもありません」

「ですよね？」

「ですが、先ほども申し上げたとおり、私が彼はシロだと信じる最大の根拠もその点にありましてね。生田さんが宇野さんに殺されたのであれば、同様に瑠里ちゃんも宇野さんに殺されたはずなのに、なぜか生田さんだけが亡くなって、瑠里ちゃんはぴんぴんしているからなのです。となると、そこから導かれる結論は一つしかありません。犯人は、倉庫の鍵を拾ったのが瑠里ちゃんであった事実を知らず、にもかかわらず、生田さんがその鍵を持っていたことは知っていた人物だということになります」

「そうですね」

「そしてそうであれば、宇野さんがその条件に当てはまらないことは明らかでしょう」

「それはそうですけど」

頭では理解できるものの、だとしたら犯人はいなくなってしまう。

「ですけど、そんな人物がいるでしょうか？」

こっそりつぶやいた栗子に、

「それが簡単に分かるなら苦労はありません」

君原はにったりと笑う。

彼の中ではすでに答えが出ているに決まっている。

あまりの余裕ぶりに、ダメ元で確認してみる気になった。

「ところで岩鞍さんのことですけど、君原さんはあの突然死についてどうお考えですか？」

「それはもう、気の毒だったとしかいいようがありませんね」

質問の真意をぼかしているせいだろう。怪訝《けげん》な顔だ。

こうなったら率直にいうしかない。

「木下さんは、宇野さんがなんらかの抜け穴を使って心筋梗塞による自然死を偽装したと疑っているようですけど、それは可能でしょうか？」

木下にしても自分にしても、どこまでも宇野にこだわってしまうのは、やはり山南涼水園の財政難問題が重くのしかかっているからだ。

けれど君原は違うらしい。ゆっくりと口を開く。

「第三者が意図的に心筋梗塞を起こさせる方法がない以上、彼のいう抜け穴とは死因の偽装でしょうが、それは無理があるというものです。なにしろ救急隊員が救命処置をしていますからね。彼らが殺人の痕跡を見逃すはずがありません。また、殺害の動機についても疑問があります。岩鞍さんが遺言を餌に周囲の誰彼かまわず声を掛け、それにより有形無形の利益を得ていたのは事実だとしても、若い木下さんですらそんなことはお見通しだったのです。園長の宇野さんが気づかなかったはずはありません。

そしてそうであるなら、たとえ宇野さんが岩鞍さんを殺害しても、実際に遺産が手に入る保証はどこにもないわけです。あの慎重な宇野さんが、そんな危険を冒すとはちょっと考えられませんね」

「いわれてみればそのとおりですね」

理詰めの説得には屈服するのみだ。

「いずれにしても、犯人が誰であれ、それは我々にとって意外な人物だということです。そして何度もいいますが、犯人は冬木さんの動きに気づいていると思った方がいいでしょう。私もできるかぎり監視するつもりですが、くれぐれも注意してください」

「ありがとうございます。ご心配をかけてすみません」

思わず頭が下がる。

ついこの間まで、まるで眠っているように平穏無事だったこの老人ホームが、いまや魑魅魍魎《ちみもうりょう》が跋扈《ばっこ》する惨劇の舞台と化している。その急激な変化には驚くばかりだ。

それにつけても、ここ山南涼水園に君原がいてくれてよかった。数値では表せない信頼と安心感を胸に、栗子は君原を送り出した。

6

山南中央駅前の商店街は、沿線の他の駅と比べてもいかんせん貧弱なことは否めない。ホテルやデパートはおろか銀行の支店もないのだから推して知るべし、だ。

それでも山南市を代表するメインストリートの一つには違いない。コーヒーショップのチェーン店や各種食堂のほかに昔ながらの個人商店もあって、ここまで来ないと買えないものもある。

自宅マンションの近くにはそこそこ大きいスーパーがあるけれど、雑貨類を始め食料品にも好みがあるから、なんだかんだいって月に一、二度は足を向けることになる。駅前の和菓子屋で売っている栗蒸し羊羹もその一つで、これがなかなかの味なのである。絶品とはいわないまでも、値段を考えれば感動ものだ。

岩鞍が死んだ翌日の昼休み、急に甘いものが食べたくなって山南中央駅まで出向いた栗子が、駅前のラーメン屋から出て来た君原とばったり出くわしたのは、だからまったくの偶然だった。

君原はさほど外出好きではないとはいえ、年齢に比して足腰も丈夫で、人並み以上の健康体だ。運動がてら駅まで昼食を食べに来ることもあるのだろう。

園の食事でも、週に一度は五目そばや天ぷらうどんといった麺類が出るけれど、おおぜいの分をいっぺんに作るので、いつだって麺が伸びている。味の方も——あたりまえながら——豚骨や鶏ガラでダシをとった専門店のラーメンとは比べるべくもない。

ただし、今日の君原はひとりではない。後ろから、人懐こい笑みを浮かべた見知らぬ男性がついて来る。

君原には確か大学生の孫がいたはずだけれど、こちらは童顔ながらも歳のころは三十歳前後。板についたスーツ姿からもれっきとした社会人と分かる。

「あら、君原さん。こんなところでお会いするとはめずらしいこと」

声を掛けると、

「本当ですね」

まさか栗子と顔を合わせるとは思ってもいなかったに違いない。いつになく慌てた素振りを見せた。

こんなところで連れ立ってラーメンを食べるとは、このふたりはどういう関係なのだろう？

「今日はどこかにお出かけですか？」

それとなく探りをいれると、さすが勘の鋭い人のことで、すぐにこちらの意図を察したようだ。

「いえ、もう戻るところです」

いいざま、後ろを振り返ると、

「こちらは東京から来た私の友人でしてね。今日はたまたま山南市で仕事があるというので、昼飯を一緒にしたんですよ」

連れの男性を紹介する。

「山南涼水園で看護師をしております冬木と申します」

自己紹介すると、

「初めまして。中村《なかむら》です」

男は悪びれもせず笑顔を崩さないけれど、東京から来た友人？　たまたま山南市で仕事がある？　親子どころか祖父と孫といってもいい年齢差に、どうにも違和感がある。

それだけではない。そのさりげなさ過ぎる態度に、こちらは初対面でも、向こうは栗子の顔も名前も先刻承知なのではないか？　あらぬ疑いが芽生える。

ということは、もしかすると——。素知らぬ顔でも頭はフル回転だ。

そんな栗子に見せつけるかのように、

「では、私はここで失礼します」

中村が踵《きびす》を返す。

「じゃあ、冬木さん。私もお先に帰りますので」

その後ろ姿を見送った君原もそそくさと立ち去ってしまうと、栗子はあらためて先ほどの光景を思い浮かべた。

昼食どきのサラリーマンがいの自然体でラーメン屋から出て来たふたりは、この異郷の地で束の間の旧交を温める年来の友などではぜったいにない。むしろそのフランクな出で立ちや身のこなしは、警察ドラマでお馴染みの外回り中の私服刑事そのものではなかったか？

そうに決まっている。笑いたくなるほどの発見だ。

Ｔ県警捜査一課による極秘捜査。きっと中村はそのメンバーなのだろう。県警からの情報と引き換えに、園内で収集した証拠資料を提供する。むろんその中には栗子からの報告事項も含まれているはずで、どうりで君原がどこか後ろめたそうに見えたわけである。

表向きは牙を抜かれた隠居老人と見せて、裏では着々とやるべきことをやっている。この分だと、君原が事件を解決する日は思いのほか近いかもしれない。

なんとなく楽観的になった栗子だったけれど、先のことは予測がつかないものだ。

亡くなった岩鞍伴来は、資産家どころか借金まみれの多重債務者だった。ある意味、岩鞍の死それ自体より衝撃的な情報が飛び込んで来たのは、その二日後のことだった。

出所は宇野が依頼した山南涼水園の顧問弁護士で、やはりプロはやることが早い。岩鞍が所有する東京のオフィスビルの登記事項証明書、いわゆる登記簿謄本を取り寄せたことはもちろん、関係者への問い合わせも怠りはなかったようだ。

その結果判明したことは、岩鞍は破産宣告こそ受けていないが実質的には破産状態で、曲がりなりにも資産と呼べるものはそのオフィスビルだけ。借金でがんじがらめだったそうだ。

借地権価格を含めた建物の価値は、築二十年以上経った現在も三十億円を下らないものの、それをはるかに上回る額の抵当権や仮差押えがついている。それも相手は銀行だけではない。中には悪評高い高利のノンバンクも含まれているという。それじゃお先が真っ暗なことは、素人でも分かる。

初めは順調だった岩鞍の経済状態が傾き始めたのは、借入の状況から推察すると十年以上も前に遡《さかのぼ》るらしい。原因はビル経営の不振というよりは不動産投機の失敗にあったようで、以来内情は火の車だったというから、山南涼水園に入居した時点ですでに事実上の倒産状態だったことになる。

にもかかわらずそんなことはおくびにも出さず、本人は終始強気の言動を繰り返していたわけで、三ヵ月前には全財産を宇野に遺贈する遺言書まで書いたのだから、どうしようもない。とんでもない食わせ者だったといってよさそうだ。

そうと分かってみると、本人が語っていた悲惨な成育歴やその後の成功譚も、どこまでが本当でどこからが出まかせだったのか、正直怪しいものだ。

呆れを通り越して憐れみすら覚えた栗子だったけれど、誰からも愛された手塚とは大違いで、岩鞍は人好きのするタイプではなかったようだ。同情する声はまるきりといっていいほど聞かれない。

岩鞍とは比較的親しかった仲間ですら、彼に対する評価は手厳しいものだった。

「岩鞍さんにはがっかりですよ」

風邪気味だという須藤京子の居室を訪れた帰り、三階の通路でばったりと出会った吉良は、栗子を見ると苦りきった顔を見せた。

「私は、彼が無一文だったからどうだというつもりはありません。自分で築いた財産を自分で失くしただけのことです。はたでとやかくいうことではないですからな。堂々としていればいいんです。ですが私が許せないのは、彼が私ら仲間にまで嘘八百を並べて遺言をチラつかせ、結果的に他人をもてあそんだことですよ。おかげで宇野さんはどれほど迷惑したことか。ふざけるのもいい加減にしろといいたいですね」

ふだんは冷静なこの男が怒りを顕わにしている。

少々のことでは動じない伊丹も、今回ばかりは悠揚迫らざる態度とはいかないようだ。

「せめて人を騙さずに死ねばいいものをねぇ」

こちらは言葉少なに語っただけである。

三階町内会の主力メンバーが次々と姿を消したこともあるけれど、もはや幹部会議を開く気力もないのだろう。ちなみに自殺防止対策会議も気の抜けたビールで、開催どころではない。中心となる宇野が半パニック状態とあって、自然消滅は時間の問題になりそうだ。

幹部連中がこうなのだから、園内が明るいわけがない。それでもいつもと変わらないのは荻田だった。

栗子を見つけるや、

「あ、冬木さん。いいところに来た。岩鞍さんの件、聞きました?」

すかさず駆け寄って来る。

「びっくりですよね?」

「ええ、そりゃあ」

「だけど、やっぱりな、ってとこもありますよね? 俺もなんかおかしいとは思ってたんですよ。事業家というわりには、面会に来る人もいなかったし。見栄っ張りのいかさま師の典型ですね」

「まあね」

「本当に億万長者なら、こんな遠くに来なくても、東京には超高級ホームがいくらでもあるでしょ? きっと精いっぱい虚勢を張ってはいたけど、最後はにっちもさっちもいかなくなったんだろうな。そりゃストレスで心臓がやられてもおかしくないですよ。ま、本人だって、こうなってかえってよかったんじゃないですか」

泡を飛ばしてまくし立てる。

自業自得とはいえ、岩鞍もえらくばかにされたものだ。

にしても――。荻田が立ち去ったあとも、その場に佇んだまま考えずにはいられない。荻田のいうとおり岩鞍が見栄っ張りのいかさま師だったとして、だったら岩鞍の死は、手塚や晴世に比べて悼むだけの価値がないのだろうか？

人生には答えの出ない問いが多過ぎる。

栗子は小さく肩をすくめると、エレベーターに向かって歩き出した。

第4章　灰色の家

1

岩鞍の幽霊が出るらしい。三階の住人からそんな声が出たのは岩鞍の死から一週間が経ったときのことだった。

なんでも亡き岩鞍の部屋で怪しい物音がするのだという。いい出したのは稲垣志保《いながきしほ》。岩鞍の居室の向かって右隣の住人である。

そもそもどうしてそんな話になったのかといえば、岩鞍の居室がいまだに空室のままになっているからで、それ自体がイレギュラーなことはいうまでもない。

介護付有料老人ホームの入居希望者の中でも、山南涼水園は自立した高齢者を中心に人気が高く、常時、空室待ちの入居希望者が待機している。だから、三階の部屋は空くや否や新しい人が入るのが通例だ。入居者が不在の期間は三日とないといっても過言ではない。

なのに今回いまだに岩鞍の後釜が決まらないのは、一にも二にも、柏木、手塚、生田、岩鞍と短期間に四人もの死者が出たことが原因だ。山南涼水園はどうやら呪われているらしいというわけである。もっとも岩鞍に関しては純然たる病死なのだが、縁起をかつぐ高齢者にとって、そんなことはいい訳にもならない。

それにしても不運なのはこの志保で、なにしろ壁一つ挟んだ隣室の居住者が死んだのである。それだけでも災難なのに、まさか老人ホームで幽霊に祟《たた》られるとは想像もしていなかったようだ。

ある意味、岩鞍の最大の被害者ともいえるけれど、いくらなんでもそんな話を真には受けられない。眉に唾をつけないわけにはいかないものの、本人の説明によれば、それはこういうことだったらしい。

岩鞍が亡くなった八日後の未明、いつものようにぐっすりと寝込んでいた志保は、隣室から洩れ聞こえる不審な物音に眠りを妨げられた。

隣の部屋で何事か起きている。耳をすますと、どうやら誰かが隣室に入り込んでいるらしい。

山南涼水園は老人施設の例に漏れず、滑りにくく、また転んでも怪我をしないよう、居室も通路もすべてカーペット仕様になっている。だから足音が響くことはないけれど、何者かが室内にいる証拠には、コンコン、コンコン、コンコン。狂ったように拳で壁を叩く音に加え、まるで冬眠中の熊が首を絞められたようなうめき声がする。

この声は間違いなく岩鞍のものだ。直感が告げる。

もしかして岩鞍は死んでいなかったとか？　いや、でも、そんなことがあるはずはない。自問自答する間にも、あたかもこの自分に助けを求めるかのような必死の壁叩きが続く。

志保は息を殺して全身を耳にした。

もっとも、およそ一分ほどでふいに物音は止み、あとはいつもどおりの死んだような静寂が訪れる。

なんだ、夢か。そりゃ、そうだ。夢に決まっている。ひとまず安心したのも束の間、しばらくすると、また同じうめき声とともに、ゴンゴン、ゴンゴン、ゴンゴン。いっそう激しさを増した壁音が聞こえて来る。

それでもまだ、気のせいかもしれない。半信半疑だったのは、このところの異常事態連発に我ながら神経過敏になっている自覚があるからで、そうなると、こんどはそれが気になってとてもではないが眠れない。

そして、そのあとも依然として同じことが繰り返されるに至って、これはもう夢でもなければ錯覚でもない、紛れもない現実であると認めざるを得なかったようだ。

それはそうと、いま何時なのだろう？　ふと気がついて枕元のデジタル時計を見れば、時刻はまさに午前二時十分。いうところの丑三つどきである。

昔から、午前二時から二時半までの三十分間は〈草木も眠る丑三つどき〉といわれ、幽霊の出る時間帯として知られている。かの有名な丑の刻参りを行うタイミングで、夜明けはまだまだ先のことだ。電気のなかった時代には、日没から徐々に深まった暗闇の脅威が頂点に達しただろうことは察するに余りある。

となれば、これは死んだ岩鞍の霊がまだ成仏しきれてなくて、幽霊となってこの辺りをさ迷っているのではないか？　ただでさえ迷信家の志保がそう考えたのはごく自然なことだった。

幸い、不審な物音は二時半を過ぎるとぴたりと止んだけれど、恐怖のあまり起き上がることはおろか身動きもできない。ベッドの中でまんじりともせずに過ごし、すっかり明るくなるのを待ってようやく寝床から抜け出した。

そのころになると、早朝の散歩に出たり、食堂に接続する共用の炊事場で熱いお茶を淹れる人もいて、通路にはちらほらと人の動きがある。

それでも、ふだんあまり接触のない人に話しかけるのは気後れがする。志保は顔なじみの姿を見かけるたびに、すかさず駆け寄っては恐怖の体験を訴えた。

この志保は、かつては料理人だった夫と小料理屋を営んでいた経歴がある。バイクで走行中に転倒、頭蓋骨骨折を負った夫の死を契機に店を畳み、山南涼水園にやって来たのが四年前のことだ。年齢的には七十六歳と、ここではまだ若い部類に入る。

元気なころは、東京は巣鴨のとげぬき地蔵を始め、全国各地の霊験あらたかな神社仏閣にお参りをするのが最大の楽しみだったというから、信心深いことは事実だろうが、ありもしないほら話を吹聴するタイプではない。

だからこの話も根も葉もない作り話ではないとしても、このところ急速に怪しい言動が増えていることから、医学用語でいうＢＰＳＤ、簡単にいえば認知症の周辺症状としての行動・心理が疑われる。それも栗子の見立てでは、アルツハイマー型認知症による幻聴の可能性が高い。

アルツハイマー型認知症は、脳の神経細胞が減少することによって認知機能が低下する病気で、脳の中でも記憶に関わる海馬や、感覚情報の統合に関わる頭頂葉の萎縮が見られるのが特徴だ。

最初はもの忘れや、場所や時間が分からなくなる見当識障害が中心だが、しだいに暴言や暴行、気分の落ち込みといった症状が現れ、最終的には寝たきりとなる。

一般的には、発症から死亡までの期間が八年から十年と比較的ゆっくり進行するけれど、それも個人差があって、まさに坂道を転げ落ちるがごとき変貌を遂げる人もいれば、四十代以下の若い世代が発病することもよくある。

こういうと、とても恐ろしい病気に思えるけれど、実は日本の全認知症患者の約七割がこのタイプに属する。つまり誰がいつ発症してもおかしくない、きわめてポピュラーな疾病なのである。

志保の場合は、幸いなことにもの忘れや妄想もそれほどひどくはない。また早期に適切な治療を施せば、かなりの程度進行をくい止められるのもこの病気の特質で、彼女が曲がりなりにも自立した生活ができているのは、そのおかげだといってもいい。

とはいえ、それもやはり時間の問題だ。脳内に巣くった病症はじわじわと、けれど着実に精神を蝕んでいく。

中でも幻聴はアルツハイマー型認知症の代表的症状の一つで、それも陰口や悪口など、本人にとって不愉快なものが聞こえることがほとんどだ。

本人の意識では、それは幻覚ではなく現実の出来事なのだから、当然ながら急に不機嫌になったり、相手にくってかかることになる。結果として、周囲の人間との間で摩擦が生じることはいうまでもない。

医学的な知識のない入居者の間でも、したがって、志保は多分に認知症が入っているとみなされているらしい。今回の幽霊話もそのせいで、本人がいくら力説しても信じてはもらえなかったようだ。

それを別にしても、そもそも怪談や怪奇現象の類が好きな中高生ならいざ知らず、幽霊譚は老人に受ける話ではない。

生と死の挟間にいる高齢者にとって、死者は生者と同じく冒すべからざる存在だ。はっきりいえば明日は我が身で、話のネタにするには切実過ぎるのである。その死者の化身である幽霊の噂をしても、嫌な気分になるのがオチというものだ。

現にリーダー格の京子などはまるで相手にしなかったという。

合理的な思考の持ち主だけに、

「夢でも見たんじゃないの？」

呆け老人の世迷言といわんばかりに切り捨てる。

そこまで露骨にいわなくても、

「さあ、どうなのかしらねぇ」

適当にあしらわれると、志保自身も自信がなくなってくる。

考えてみれば、みんなが信じてくれないのも無理はない。なんといっても、いままでこのホームで幽霊が出た実例はなかったのである。

まずは、もうひと晩様子を見ることだ。二日続いて同じことが起きれば、誰も寝ぼけたとはいえないだろう。志保はなんとか気を取り直した。

人間とは勝手なもので、さっきまではあれほど幽霊に怯えていたというのに、いまでは幽霊の到来を心待ちにしている。

その晩の丑三つどきは、どうやら本人の期待どおりだったようだ。ベッドに横たわって待機するうちに、いつしかとろとろと眠りに落ちたものの、またしても隣室からの物音で覚醒した志保は、こんどこそ幽霊の存在を確信したそうだ。

きっかり午前二時から二時半まで、岩鞍の霊魂は同じうめき声を発しては同じ動作を繰り返す。その間、幽霊が室外に出たり、こちらにやって来る気配はまるでない。敵はあくまでも隣室の志保が異変に気づくのを待っているらしい。

やっぱり幽霊はいる。志保はがぜん勇気を取り戻した。

そうとなると事情は百八十度変わってくる。同じ説明をするにも自信が加わった分、説得力が大幅に増したことは容易に想像がつく。

実際、朝になって志保から話を聞いた女性たちの中にも、

「もしかしたら、岩鞍さんの幽霊が出たというのは本当かもね」

「なんせ、死んでからあとがさんざんだったもの。あれじゃ、成仏できなくてもふしぎはないよね」

関心を示す者が現れ始めたらしい。

もっともここまでくると、それじゃ、向かって左隣の部屋ではどうだったのか？　そういう声が出るのは当然で、反対側の隣人である乃利絵の話も聞く必要がある。流れは必然的にそこに向かう。

そこでその日の午後、志保は四人の仲間を引き連れて乃利絵の部屋を訪れる羽目になったのだが、ケチがついたのはそれからだった。

志保は専業主婦ではなかったけれど、さりとてキャリアウーマンだったわけでもない。婦人部隊の二大派閥のどちらに属するともいえないながら、ざっくばらんな性格のせいだろう。どちらかというと家庭の主婦組にシンパシーがあり、怜悧《れいり》で独善的な乃利絵には苦手意識がある。

だから援軍も、強気の鳥谷梅子を筆頭に佐野文恵、用賀与志子、藤河原タキというずれ劣らぬ強力メンバーで固めているものの、どうにも太刀打ちできる自信がない。最初から乃利絵を訪ねるのは

気が重かったようだ。

そして嫌な予感は的中する。

「私はけっこう耳ざとい方ですけどね。そんな物音は聞いたことがありませんね」

志保の必死の説明にも、乃利絵はにべもない。それだけならまだしも、

「だいたい、岩鞍さんは借金で首が回らなかったんでしょ？　やっと返済地獄から抜け出したというのに、いまさら幽霊になって何をする気なんだか」

一刀両断に死者を断罪したあとは、

「それに稲垣さんも、本当に幽霊が出たんなら、大声でわめけばよかったじゃないですか。周りの人たちが起き出せば、岩鞍さんだって逃げ出すでしょ？」

こんどは矛先を志保に向ける。

「稲垣さんの話は嘘だというんですか？」

梅子が色をなして詰め寄っても、なにしろ、追いすがる記者を敢然と振り払うベテラン政治家並みの貫禄だ。そんな程度ではびくともしない。

「そうはいってませんよ。だけどそんなに幽霊が怖いなら、無理してここにいることはないんですからね。別なホームに移ったらどうかしら？」

ぴしゃりといい放つ。

そこまでいわれては、ほうほうの体で逃げ出すしかなかったようだ。

それだけでも不愉快なのに、さらに悪いことは続く。

このままでは引き下がれない。昔から、百聞は一見に如《し》かずというではないか。こうなったら、み

んなで一緒に体験してみるにかぎる。四人組からそういう声が出たからで、根が好奇心旺盛な面々だ。集団心理も手伝って、あっという間に幽霊の実地体験ツアーの開催が決まったのである。

なんといっても、こちらは志保を含めて総勢五人。全員が後期高齢者といえども、向こうだって歳なのだからお互い様だ。みんなで渡れば怖くない。大いに盛り上がったのはいいけれど、結末は惨憺《さんたん》たるものだった。

午前一時半、ばっちりと身支度をした参加者四人が志保の居室に集結する。夜勤のスタッフの見回りは二時間に一回だから、そこを避けさえすれば、行動するのに支障はない。

全員がスマートフォンを手にしているのは、折あらば幽霊の登場場面を録画しようという魂胆で、スクープ狙いの意欲が満々だ。メールもできない入居者が多い中で、このチャレンジ精神はりっぱながらも、世の中、思いどおりにはいかないものだ。

二時十分前に明かりを消し、以後はみんなでベッドに腰を掛けたまま、隣室に全神経を集中させたものの、それから先が長かった。

常夜灯も消した暗闇の中、待てど暮らせど、耳に入るものは自分たちが漏らす鼻息ばかり。隣室は氷室《ひむろ》のようにシンとして、うめき声どころかしわぶき一つ聞こえない。

それでも、この時点ではまだ全員に余裕がある。幽霊が出るのは丑三つどきだからで、思えば、志保がなんとか平静でいられたのもここまでだった。

じりじりと待つうちに二時が来て、何事も起きないままに二時十五分。そしてついに二時半が過ぎても状況は変わらず、これは完全に想定外の進展だ。気持ちばかりが焦って、頭がくらくらする。

四人組の口車に乗せられ、幽霊を待ち伏せしようなどと考えたのが間違いのもとだった。後悔したところであとの祭りである。

こうなったら一刻も早く終わってほしい。ただただ祈るしかない。

「ああ、もうやってらんないね」

だから午前三時、どうやら臨界点に達した梅子がジャイアンばりの身体を揺らして立ち上がり、パチリと部屋の電気をつけたときには、むしろ救われた気がしたものだ。

けれど問題はそのあとだった。

「ほらね。この人、やっぱり認知症だったでしょ?」

エタノールも凍るその声はスネ夫役の文恵だ。

「ま、アルツハイマーだわね」

ふたりの息はぴったりだけれど、むろん残りのふたりも負けてはいない。

「幻覚は呆けの始まりだっていうからね」

「だけど、ここまでひどいとは思わなかったもの」

口々に毒づきながら、振り向きもせずに出て行く。

あとにはあいかわらずの静寂が残るばかりだけれど、

「ほらね。この人、やっぱり認知症だったでしょ?」

あまりのいわれように愕然《がくぜん》としたのは志保である。

この世に生を受けて七十有余年。その間には口にはできないような屈辱もあったけれど、これほどあからさまに侮辱された経験はない。生粋の江戸っ子だけあって、威勢がいいわりに気の弱い志保は、精神も肉体も完全に打ちのめされることとなった。

彼女たちを追って立ち上がったところまでは覚えているものの、そこから先の記憶はないらしい。ここ数日というもの、毎晩睡眠不足だったことも響いたのか、気がついたときには自室のベッドに寝かされていた。

翌朝、朝食の席に現れないので担当者が様子を見に行くと、さながら半死半生。ベッドに半分もたれかかったまま、もうろうとしていたという。

鬼が出ようが蛇が出ようが、病人が出なければ看護師の出番はない。この幽霊騒ぎも、だから栗子はそれまで蚊帳《かや》の外だったけれど、やっとお呼びがかかったことになる。

「稲垣さんの様子がおかしいんですけど、ちょっと診てくれますか」

一報を受けて居室を訪れてみると、志保は脂汗の浮いた青い顔でがたがたと震えていた。

「嘘じゃないです。本当に聞いたんです」

日ごろのちゃきちゃきとした話しぶりとは別人のように、栗子の顔を見上げては繰り返す。

「もちろん、そうですよね」

病人の手を取り、しわだらけの甲をやさしくさすってやると、押し寄せた波がすっと引くように興奮が静まるのが分かる。

自分の話を信じてもらえない。それははたで想像する以上につらいものだ。そして看護師の本分は真実の追求ではなく、患者を安心させることにある。

こういうときは、とりあえず好物を与えるといい。病気の子供にはご飯を無理強いせず、りんごを擦ってやるようなものだ。

「元気を出すには何か口に入れないとね。食べたいものはありますか？」

優しく尋ねると、なんと、

「お酒が飲みたい」

ときた。

もともとが小料理屋をやっていただけあって、志保は大の酒好きで料理もお手のものだ。大げさに煮炊きをしなくても、共用の炊事場の電子レンジで簡単に酒の肴を作ってしまう。部屋の冷蔵庫には、だから日本酒はいうまでもなく各種の食材が常備されている。

酒と卵と砂糖で手早く熱い卵酒を作り、三十分ほど根気よく相手をしてやると、志保の顔にもようやく赤みが差して来た。

むろんまだ本来の体調ではないけれど、しばらくそのまま寝かせることにして、いったん退出する。昼食の時間になるのを見計らってもう一度志保の部屋を覗くと、顔色も顔つきも格段によくなっている。昼ご飯を運ばせようかと尋ねると、少しだけでも食べてみるという。やれやれ、これでひと安心だ。胸をなで下ろす。

もっとも元気になった分、鬱積した憤懣《ふんまん》が込み上げて来たようだ。

「山吹さんはね、不審な物音なんか聞いてないといってるけど、そんなの嘘ですよ。あれだけ大きな音がしたんです。目が覚めないはずがないんです」

熱に浮かされたようにしゃべり始める。

「山吹さんは相手があたしだとなると、平気でしらばっくれるんですから」

「まだ身体が弱ってますからね。安静にしていましょう」

やんわりと注意しても、てんで聞く耳を持たない。

「あたしが先に幽霊を見つけたもんだから、ああいってるだけで、本当は、岩鞍さんの幽霊が出たって、自分が注目されたかったんですよ」

「さぁ、どうかしらね」

「いえ、そうに決まってます。あの人にとって、あたしは目の上のたん瘤《こぶ》なんです」

敵意むき出しで訴える。

「それは、あなたの思い過ごしじゃなくって？」

「違います。だってあの人ときたら、同じ客商売でも一流レストランとそこらの小料理屋じゃ月とすっぽんだって、ホーム中の誰彼かまわずに触れて回ってるんですから」

「そうなの？」

「ええ、そうですとも。どこでしゃべっていても、あたしにはぜんぶ聞こえてますよ。そのくせ、あたしにやたら対抗意識を燃やしているのは、本当は劣等感があるからです。あたしはいい夫と子供に恵まれたけど、あの色気のなさじゃね。いくら政財界の大物と顔見知りでも、女の幸せとは縁がなかったんでしょ」

最後はこき下ろしで締める。

女の幸せ。いまや完全に死語となったこの言葉を聞くのは何十年ぶりだろう？　女が女に向けることんな表現がまかり通っていた時代があったのだと、いまさらながら感慨深いものがある。

「それに、あたしを目の敵にしているのは鳥谷さんたちだって同じですよ。さっきだって、佐野さんの部屋に集まって、これでやっとあの女を二階に行かせられる。岩鞍さんの幽霊と話をつけておいたのは大成功だった、って大笑いしていたの、あたし、知ってるんです」

まだまだ繰り言は続きそうだけれど、

「まぁ、それはそうと、ちょっと寝ましょうね」

ここはさらりと受け流す。

いうだけのことをいって気が済んだのか、ふたたびうつらうつらし始めた志保の平和な寝顔に、我知らずため息がこぼれた。

被害妄想は幻聴と同じく、アルツハイマー型認知症の典型的症状の一つだけれど、ただの妄想と違い、勝手に加害者にされる人物がいるだけ始末が悪い。ターゲットになるのは家族やヘルパーなど身近な人間がほとんどで、志保の場合は、それがライバルの乃利絵であり、梅子を中心とする四人組なのだろう。

志保が山南涼水園を出て行ったのは、その翌日のことである。

ふらつく身体を迎えの家族に支えられ、本人がタクシーに乗り込むと同時に、引っ越し業者が洗いざらい荷物を回収する驚異的な早業だった。

まさに急転直下の解約劇で、さすがの宇野も引き止めようがなかったようだ。

志保には娘がふたりいて、どちらも結婚して家庭を持っている。これまでと同様、こんごも子供の厄介になる気はないらしく、当座は下の娘の家で過ごすけれど、早急に別の介護付有料老人ホームを探すのだそうだ。

「こんな気味の悪いところ、一日だっていられませんからね」

渡部に語っていたというけれど、本人はいまでも幽霊が出たと信じているのだからあたりまえだ。

ふたりの娘たちはそんな母親の姿をどんな思いで眺めていたのだろう？

認知症の患者が見た幻覚に、老人ホームはなんの責任もない。そうはいっても、事実は事実だ。これまでは何が起きても退去することのなかった入居者の中からも、山南涼水園に見切りをつける者が出たことになる。

信頼の失墜。自分がいちばん恐れていた事態がついに現実となったことを、栗子はひしひしと感じていた。

2

志保の退去劇は想定外の悪夢だったものの、岩鞍の死から早十日以上、山南涼水園にもようやく通常の生活が戻りつつある。

柏木の入水自殺に始まった怒濤の日々もなんとか収束にこぎつけたらしい。ふだんどおりということは、こんなにもありがたいものだったのか。いまさらながら実感する。

そして仕事だけではない。心の余裕は家事にも表れる。

今日も帰り道にスーパーに寄ると、魚売り場で無意識に刺身用のイカをカゴに入れている自分がいる。今晩のおかずはニラ玉に決めたのに、もう一品、夫の好物のイカの塩辛を作る気なのだ。

振り返ってみれば、この二、三週間は園内の出来事に振り回され、夕食の献立どころではなかった。

そのまますぐ食べられるギョーザやコロッケに、夕方の見切り品の野菜の煮物。さもなければ総菜天ぷらの盛り合わせ。それでも充分においしいから不満はなかったけれど、手抜き料理が続くと、ある日突然、ごちそうへの渇望が猛然と湧き上がるのは毎度のことだ。

どうやら栗子という人間の中には、家庭人というもうひとりの自分がいて、折に触れて職業人の自分を叱責するらしい。

心身に問題を抱えた高齢者のケアは、ベテランの介護士でも試行錯誤を重ねる難題だ。やはりおまえには荷が重い。これ以上失敗を重ねて傷を広げないうちに、もっと楽な職場を探してみたらどうか。

ふと、退職の二文字が頭をよぎる。それもいいかもしれない。八年前には脳裡《のうり》に浮かびすらしなかった逃げ口上を、すんなり口に出せる自分がいる。

そんな具合だから、家庭内の空気はこのところ平穏そのものだ。夫を相手に、職場での疑問をあれこれとまくし立てる頻度もぐっと減っている。

ふだんはもっぱら聞き役の繁も、そうなると逆に不安になるとみえる。

「きみの話のとおりだとすると、犯人は鳴りを潜めてるだけってこともあるからな。そういうときこそ要注意だ。君原さんという人とも、あんまり会わない方がいいんじゃないか？」

この間などは、向こうから話題を振ってきた。

「だいじょうぶ。気をつけてるから」

あえて磊落に手を振りながらも、夫は自分を心配しているのだ。そう考えると悪い気はしない。

この調子が続けばよかったのだが、世の中、何が起きるか分からない。早くもその翌日、異変が生じた。宇野がダウンしたのである。

失った信頼を取り戻すにはいましかない。積み重なったボディブローが効いたのか、はたまた頑張り過ぎたのか、その日の勤務を終え、そろそろ帰宅しようかと園長室に向かったところで、吐血して倒れたのだそうだ。

幸い周囲に人がいたから大事には至らなかったものの、宇野は正真正銘のひとり暮らしだという。もしこれが自宅で夜間に起きていたらと考えると、他人事ながらぞっとする。

兜山の診断はストレス性の急性胃潰瘍。ここまでひどいと、本当なら二ヵ月、最低でも一ヵ月の自宅安静加療が必要だ。これでは再発防止の対策会議を開くどころか、ホームの円滑な運営すら危ぶまれる。

「宇野さんもたいへんなことでしたね。マスコミに追いかけられて、相当堪えていたようですから」

翌日、久しぶりに兜山クリニックに立ち寄ると、兜山はあいかわらずの涼しい顔で派遣看護師の部下を迎え入れた。

「あれだけやられたんだ。まるで堪えなかったら、その方がおかしいさ」

「それはそうですけど、一ヵ月も自宅で療養となるとつらいですよね」

「ま、いままでが働き過ぎだったからね。いい休養になるよ」

シニカルな笑みを浮かべる。

「でもご本人は、自分がいない間にホームがどうなるか気が気じゃないと思いますよ」

「いや、それも彼がひとりで焦ってるだけのことでね。心配は無用だ。園長が休んでも誰かが代わりを務める」

「そうでしょうか？」

「ああ、組織とはそういうもんだ。人なんてみんな、自分が思うほど重要な存在ではないんだよ」

さっそく持論を展開する。

もっとも、こんな高説を垂れている本人こそ、ほかの誰かが代わりを務められる存在ではない。医師としての技量はもちろん、兜山なしには兜山クリニックの経営が成り立たないことは火を見るより明らかだ。

この傑物を相手にするのは象に水鉄砲で立ち向かうに等しい。栗子は認識をあらたにしたけれど、話はそこで終わらなかった。

「だけどね。理想的な老人ホームは、口だけならなんとでもいえるが、いざ自分がやるとなるとそんな簡単なものじゃない。その点、彼が園長でいるかぎり、山南涼水園は安泰だね」

意外な発言が飛び出す。

「ですけど、山南涼水園は資金繰りでたいへんだと聞いてますけど」

いくら理想のホームでも、つぶれたら元も子もない。

けれど兜山は、奈良の東大寺にでんと鎮座する大仏よろしく、超然と微笑んで見せた。

「それは私も知ってるよ。他人の事業に口を出すのはナンセンスだから、これまでは黙って見ていたんだが、今回は少しきつくいってやった。それというのも、あの男は突進するイノシシと同じでね。がむしゃらに前に出るだけで、周りが見えない。山南涼水園の財務状況がよくないことは事実だが、やりようはいくらでもあるとね」

「そうなんですか?」

「もちろんだ」

「ですけど、山南涼水園は民間施設ですよね。借りたおカネを返せなければ、倒産するしかないんじゃないですか?」

「いや、いくら民間施設でも、老人ホームに倒産されたら入居者やその家族に甚大な被害がおよぶ。

それでは社会的影響が大き過ぎるから、国や自治体もそれなりの対策を講じているんだよ」

「具体的には何をしてくれるんですか?」

「ま、いろいろあるけれど、いちばん大きな点は、介護事業者や介護施設が返済無用の助成金を受けられることだね」

「なるほど、そうなんですね」

「うん。だから彼もそういった制度をどんどん利用すべきなんだ。もともと山南涼水園は入居希望者がいないいんじゃない。ホームの規模が小さいのに身の丈に合わない散財をするから、収入と支出がアンバランスなだけでね。要は、頭の使い方だよ」

なんだ、そんなうまい手があったのか。聞いているこちらも胸をなで下ろす。

率直な物言いを旨とする兜山がここまでいうところをみると、彼は宇野の人間性を評価しているのだろう。

そういえば、君原も同じだった。

手塚と晴世を殺したのは宇野ではないのか? 栗子が疑惑をぶつけたとき、

「私にいえることとは、少なくとも生田さんの件は、宇野さんが犯人ではないということです。そしてついでに申し上げるなら、手塚さんの件も、私は宇野さんは犯人ではないと考えています」

あの慎重な元刑事が、なんのためらいも見せずに断言したのである。

だったら、自分も宇野をもっと信頼すべきなのかもしれない。少しばかり認識を改める。

もっとも宇野がシロだとなれば、それは山南涼水園の中にいまなお卑劣な殺人者が潜んでいることを意味する。それもまた大問題だ。

「いずれにしても、犯人が誰であれ、それは我々にとって意外な人物だということです。そして何度もいいますが、犯人は冬木さんの動きに気づいていると思った方がいいでしょう。私もできるかぎり監視するつもりですが、くれぐれも注意してください」

君原の言葉が耳に蘇る。

それはそうとして、園長が不在だというのに、T県警の動きがどうにも鈍いと思えてならない。こんなに悠長に構えていてだいじょうぶだろうか？

吹きすさぶ木枯らしは勢いを増すばかりだ。大小の不安を胸いっぱいに抱え、栗子は兜山クリニックをあとにした。

そして、その漠然とした不安は早くも現実となる。

栗子のもとに不審な手紙が届いたのはその翌日のことだった。夕方、仕事から帰って郵便受けを覗くと、夕刊やチラシ広告に交じって、長形3号の不審なクラフト封筒が投げ込まれている。郵便局の消印はおろか、宛名もなければ差出人の表示もないのっぺらぼうだ。

なんだろう？　その場で開封してみると、中には三つ折りにされたなんの変哲もないコピー用紙が一枚。ワープロの横書きで数行の文字が印字されている。

あなたは、ここ最近山南涼水園で起きている連続自殺事件に並々ならぬ関心を持っておられるようですが、実はこれは巧妙に仕組まれた殺人事件です。

その件で、ぜひともお見せしたい重要な証拠物件があるのですが、もし興味がありましたら、明日の午後六時、倉庫の裏手の物置の前に来てください。

ただし、かならずあなたひとりで手ぶらで来ること。スタッフ、入居者を問わず他言は無用です。それが守られないときは、二度とチャンスはないことはもちろん、あなたの安全も保証できないと思ってください。

ここにも差出人の署名はない。まさに絵に描いたような怪文書だ。誰が書いたものやら、見当もつかない。

とはいえ、内容からいって園内の人間なことは疑いがなさそうだ。午後六時を指定したのは、それが夕食の開始時間だからだと思われる。入居者はほぼ全員が食事の席につき、スタッフもあらかたが食事の世話に当たっている。そこで栗子以外の誰かが抜け出せば、すぐに分かるという寸法だ。

実行場所として倉庫の奥の草地が選ばれたのも、そこが建物から離れているためだと考えていいだろう。スタッフ、入居者を問わず他言は無用とあるけれど、まさか家族や知人なら相談をしてもいいという趣旨ではあるまいし。

さて、どうしたものか。栗子は頭をフル回転させた。

文面からすると明白な脅迫文言はない反面、それだけにかえって怪しいともいえる。栗子があれこれ情報収集していることを知った犯人が、罠を仕掛けてきた可能性も高い。

とはいっても、最初から警戒一辺倒になるのも考えものだ。せっかくのチャンスをみすみす逃す危険もある。

たぶんこの人物は犯人の身近にいる人間で、何かの拍子に、手塚と晴世殺しにつながる証拠を手に入れたのではないか。犯人に知られたら危険だとはいえ、なにしろことは殺人だ。知らんぷりはできない。だとしたらこのさい、なぜかこの件に興味を持っている栗子に下駄を預けようと決意することは、充分にあり得るだろう。

それなら、こちらも何食わぬ顔で誘いに乗るのが得策だ。慎重なだけでは進展は望めない。栗子は考え直した。

そうはいいながらも、心は正直だから怖いものは怖い。容易に結論が出ないまま、迷いは膨れ上がる一方だ。

悩み事があると、どうしても口数が少なくなる。愛美は今日もデートだから、食卓を囲むのは夫と自分だけ。いつになく盛り上がらない晩ご飯を終えると、そそくさとパソコンの前の指定席に向かった。

もっとも、さっそくパソコンにかじりついたわけではない。特に見たいテレビ番組がなければ、食後にここでひと息入れるのはいつものことだ。いまもあれこれと自問自答を繰り返し、はっと我に返ると、時計は早くも十時を指している。

慌てて台所の片付けを済ませ、風呂を沸かすと、ふたたびリビングダイニングの定位置に腰を据えた。

そのまましばしもの思いにふけった栗子がつと顔を上げると、反対側のソファで、いま風呂から上がったばかりらしくほかほかと湯気の出そうな繁が、缶ビールを片手にテレビの報道番組をぼんやりと眺めている。と、

「えらく深刻な顔をしてるじゃないか。なんかあったのか?」

めずらしく向こうから話しかけてきた。

正直なことをいえば、さっきから考え込んでいたのはほかでもない。いつどんなふうに夫に話を持ちかけるか。まさにその一点だ。

決意はすでに固まりつつある。虎穴に入らずんば虎子を得ず。勝負に出るのは望むところだ。ただし、それには繁の協力が不可欠になる。

いま自分が掛け値なしに信じられる人間は、世界広しといえども繁だけだ。

夫と自分と居心地のいいリビングと――。これ以上ないほど安心できる空間にいて、栗子は自分でも説明のつかない感情が突如として湧き上がるのを自覚した。

「あなた」

自然と口が動く。

「なんだ？」

しっかりとこちらを向いて夫が尋ねる。

「どうしてもあなたに手伝ってもらいたいことがあるんだけど――。一生のお願いだといったら、うんといってくれる？」

思いきりストレートな言葉が出た。

長い結婚生活の間には、いうまでもなくさまざまなシーンがあったけれど、こんなに芝居がかった場面は初めてだ。さすがに尋常ならざる気色《けしき》を感じ取ったのだろう。大仰な台詞に笑い出すかと思いきや、繁は湯気で弛緩《しかん》した顔をぐっと引き締めた。

「ばかに思い詰めていると思ったら、これまた何をいい出すのやら。ま、事によっては考えてやってもいいぞ」

「その前に、まずうんといってほしいの。じゃなきゃ、話はできない」

栗子は釘を刺した。

繁の表情が見る見る険しくなっていく。

「分かった。だから話してみろ」

「ならいうけど、あなたは昔、目の前で妻が襲われるのを黙って見ている男は、襲ったやつと同罪だ、っていってたわよね？」

まだ結婚する前のことだ。新婚旅行先の外国で、新妻が突然数人の暴漢に連れ去られた男の話を聞いたことがある。その街では当時、若くてきれいな女を拉致しては薬漬けにし、売春組織に売り飛ばす集団が跋扈していたらしい。

そこまではよくある話だとして、現地の警察はてんで頼りにならず、日本の政府に訴えてもいっこうに埒《らち》があかない。そのうち夫を始め周囲にも諦めムードが広がり、新郎の親に至っては、「いまさら見つけ出されて、帰って来られても困る」といい始めたのだという。そのとき繁が漏らした感想だった。

男だからといって、ひとりで大勢に太刀打ちできるわけがない。ましてや相手は凶器を持っている可能性が高い。いくら夫でも命がけで助けろというのは無理な注文だ。かならずしも繁の意見に同感ではなかったけれど、なんとなく嬉しかった覚えがある。

「またえらく古い話を持ち出したもんだな。ということは、俺にボディーガードでもやらせるつもりか？」

さすがに夫の勘は鋭い。

「まさか」

とはいったものの、当たらずといえども遠からずというところだ。

「じゃ、話を聞こうか」

どうやら覚悟を決めたようだ。

繁は向かいの椅子に腰を下ろすと、常にない真剣な眼差しで栗子と向き合った。

3

周到に練り上げた計画に抜かりはない。あとは君原に打ち明けるべきかどうか。迷ったあげく、結局は正攻法でいくことに落ち着いた。ここはストレートに元刑事の意見を聞いた方がいい。繁の意見に従ったのである。

朝いちばんで三階の居室を訪れると、君原はデスクの前で静かに新聞を読んでいた。とかくテレビ漬けになりがちなホームの生活の中で、この部屋には静寂がよく似合う。

「朝早くから押しかけてすみません。すぐに失礼しますけど、ちょっとお知らせしておきたいことがありまして」

丁重に断りを入れると、

「かまいませんよ。どうぞお入りください」

椅子を指し示しながらも、ややいぶかしげな表情を見せる。

よけいな前置きは抜きで、さっそく用件に入った。

「実は、変な手紙が来たんです」

「ほう。誰からですか？」

変な手紙と聞いて、がぜん刺激を受けたのだろう。いつもは温厚な目が、天井を這《は》う小虫を見つけた猫のようにぴしっと光る。

「分かりません。昨日家に帰ったら、郵便受けの中にこれがあったもので」

立ったまま、ポケットから小さく折り畳まれた紙片を取り出す。

「なるほど、これがその手紙ですか」

君原はていねいに紙を広げると、じっと文面に目を凝らしたものの、

「実は最近、本を読み過ぎたせいか眼精疲労の気味がありましてね。目が霞んで細かい文字が見えないんですよ。申しわけありませんが、読み上げてもらえますかな？」

かすかに首を振り、プリント用紙を押し戻してくる。

この君原も、他の高齢者の多くと同様、インターネットとは無縁の暮らしを送っている。スマートフォンを持ってはいるけれど、それはあくまでも電話として使うためで、メールはやらない。スマホですらそうなのだから、パソコンに至っては触ったこともなさそうだ。

なので情報の収集に限界があることは事実ながら、だからといってバカにしたら大間違いだ。これは人から聞いた話だけれど、市立図書館の常連の中でも君原の読書量は半端ないらしい。新聞と違って書籍の文字は小さくて薄いから、目の疲れも激しいのだろう。

文章を読み聞かせるくらいはお安い御用だけれど、やはりこの人も歳には勝てないのだ。妙なところで実感が湧く。

あなたは、ここ最近山南涼水園で起きている連続自殺事件に並々ならぬ関心を持っておられるようですが、実はこれは巧妙に仕組まれた殺人事件です。
その件で、ぜひともお見せしたい重要な証拠物件があるのですが、もし興味がありましたら、明日の午後六時、倉庫の裏手の物置の前に来てください。
ただし、かならずあなたひとりで手ぶらで来ること。スタッフ、入居者を問わず他言は無用です。それが守られないときは、二度とチャンスはないことはもちろん、あなたの安全も保証できないと思ってください。

この新たな展開はさすがの君原も予想しなかったはずだ。

がぜん色めき立つかと思ったけれど、がっかりしたことに、目に見える変化はない。注文どおりに栗子が読み上げたあとも無言のまま、眉間にしわを寄せて何事か思案している。

君原は自分に冒険をさせたくないのだ。栗子は忖度する。元警察官としては当然だろう。もっとも、こちらもいいなりになるつもりはない。

じりじりしながら反応を窺ううちに、

「それだけですか？」

君原はようやく口を開いた。

「はい」

「それで、冬木さんは行くおつもりなんですか？」

探るような目の元刑事に、

「もちろんです」

きっぱりといい放つ。

「この機を逃すわけにはいきませんから」

「犯人が仕掛けた罠かもしれないとは思わないのですか？」

「思わなくもないですけど、身の危険はないんじゃないでしょうか。犯人が私を襲う気なら、なにもこんな面倒なことをしなくても、ほかにいくらでも方法があるわけですし」

「確かにね」

君原がうなずく。

「それに、もしこの手紙の主が一連の事件の犯人で、これは私をおびき出すための作戦だとすると、ちょっと考えが浅過ぎると思うんです。だって、私がいわれたとおりに行動する保証はどこにもないんですから。もし警察に通報されたら、どうするつもりなんでしょう？」

「それも仰るとおりです」

理路整然とした栗子の応答に、君原はご満悦の様子だ。

「犯人がそこまで楽観的だとは私も思いません」

「ですよね？」

「ただ、私の率直な意見を申し上げると、たとえ犯人ではないとしても、この人が善良な人間だとはかぎりません。というより、むしろかなりしたたかな人物である確率が高いでしょうね」

「それはどういうことですか？」

「たとえば、その証拠物件とやらは偽物であるとか、そうでなくても、あなたにそれを高く売りつけるとかね」

「なるほど」

「だいたい本当に善良な人であれば、こういう場合、真っ先に警察に届けるのが常識ではないでしょうか？」

確かにそれはいえる。

ここは反論しないとまずい。

「ですけど、私は被害者の身内でもなければ警察の関係者でもありません。いくら重要な証拠でも、そんなものに大金を払うわけがありませんよね？」

「まぁ、それはそうでしょうね」

「だったら、心配することはないんじゃないですか」

とっさの出まかせだったけれど、これが決め手になったようだ。

「うーん、そうですか」

意外や、君原はあっさりと自説を引っ込めた。それでも、やはり心配なのだろう。

「そうだとしても、まさか真っ正直にひとりでいらっしゃるわけではありませんよね？」

最後の念押しをしてくる。

「いえ、ひとりで行くつもりです」

栗子はゆるぎない決意を表明した。

「そこまで仰るなら、やってごらんになるしかないでしょう」

「ありがとうございます」

「できることなら私もお役に立ちたいところですが、この歳になると気持ちはあっても身体がついていけません。そうでなくても、この人物は明らかにホームの中の人間です。だとしたら、ここは下手に動かない方がよさそうですね」

「分かりました」

「結果は知らせていただけますね？」

「はい、もちろん。証拠物件を受け取ったら、手をつけずにこちらにお持ちします」

「くどいようですが、とにかく用心を怠らないことです」

「承知しています。無理はしません」

「それならいいですが――」

最後は君原が根負けした形である。

「それでは、朗報を待っていてください」

君原の居室を出ると、どっと疲れが出た。

精いっぱい粋がってはみたものの、不安がないといったら嘘になる。

その日一日の仕事をうわの空で片づけ、ようやく五時を迎えたときには、早くも栗子の心臓はどっくんどっくんと破裂寸前の様相を呈していた。

六時まではまだたっぷり時間がある。私服のパンツスーツに着替え、ていねいに髪を梳《と》かし、バッグからコンパクトを取り出してメイクを直す。すっかり準備が整うと、目をつむって瞑想に入った。

いわれるまでもなくリスクは承知している。かならずひとりで、それも手ぶらで来ることを要求しているところからも、陰謀の臭いは芬々《ふんぷん》だ。

それでも栗子が受けて立つのは、一つには繁を信じていることもあるけれど、それだけではない。いくらなんでも、敵がホームの敷地内で、こんな露骨なやり方で殺傷行為におよぶとは思えないからだ。そんなことがあれば警察の介入を避けられず、墓穴を掘ることが確実だ。

それに本当をいえば、こちらも完全な無防備状態で臨むつもりはない。大きな声ではいえないものの、それなりの〈武器〉は用意している。

万が一に備えた護身用秘密兵器。栗子考案にかかる特製スパイス弾がその正体で、もとはといえば、早朝や夜間に出勤することの多かった栗子が、痴漢や通り魔対策として編み出したものだ。

作り方はいたって簡単で、赤唐辛子と黒胡椒の粉末を詰めた小ぶりのタッパーを、ジャケットのポケットに忍ばせておく。使い方も単純そのもので、敵に襲われたら素早くタッパーの蓋を取り、中身を相手の顔にぶちまける。コツというほどのものはないけれど、タイミングとスピードが勝負の分かれ目だ。

効果のほどは実戦経験がないので不明ながら、ぴりぴりと目や鼻が痛んでむせ返り、のたうち回ることは間違いない。

「そんなもので敵をやっつけられるのか?」

昨夜、市販の瓶入りペッパーと一味唐辛子をタッパーに空けていると、横から顔を出した繁が不安そうな声を出したけれど、

「だいじょうぶ。殺傷能力なんて必要ないの」

栗子は取り合わなかった。

「瞬間的に相手の動きを封じるのが目的だからね。敵が怯んだ隙にさっさと逃げる。痴漢撃退の必殺技よ」

自信満々で説明する。もとより足は速い方だし、体力にも自信はある。

それにしても、この特製スパイス弾が威力を発揮する場面はあるのだろうか？　意気込みとは裏腹に、栗子は濡れた砂のように重い息を吐き出した。

気がつけば時刻は六時十五分前になっている。いざ出陣。

医務室を出る前に、

「こちらは予定どおりです」

繁に確認のメールを入れる。

待つほどもなく、「万事ＯＫ」の返信がある。

おもむろに立ち上がった栗子は、けれど武者震いにはほど遠い全身のこわばりに、自分が本当は怖くてたまらないことを自覚した。

4

六時五分前に指定の場所に立つ。それが繁との取り決めだ。

通用口から倉庫を越えて五十メートルほど行った先の草地に、置き去りのまま忘れられた捨て子よろしく、ひっそりと佇むスチール製の物置がある。たまに焚火をするくらいしか使い道のない空き地だから、この物置も、ふだんは用のない庭道具が保管されているだけだ。鍵など最初から掛かっていない。

その物置の前が手紙で指定された待ち合わせ場所で、ここは園の敷地内ではあるけれど、なにしろ一面に丈の高い雑草が生い茂っている。境界などあってないようなもので、外から入り込むことも簡単だ。

繁は約束の時刻の三十分前からその物置に潜み、いざというときは市販の特殊警棒とスタンガンを手に飛び出して来る手筈になっている。当然のことながら、今日は有休をとったのである。

あのめんどくさがり屋が、自分のためにこんなにも真剣に取り組んでくれている。考えるたびに、熱いものが胸に込み上げる。これからはいままでにも増して夫を大切にしよう。肝に銘じずにはいられない。

辺りには人っ子ひとりいないところを見ると、手紙の主は時間きっかりに現れるつもりのようだ。それでも突然背後から襲われないともかぎらない。前かがみで歩を進めた栗子は、目的地にたどり着くとようやく腰を伸ばし、胸いっぱいに空気を吸い込んだ。やれやれ、これで第一関門は無事通過した。

しかし、安心するのは早かったようだ。ときおり腕時計に目をやりながらその場に立ちつくす栗子の前に、突如、目出し帽をかぶった黒づくめの人物が躍り出て来たのは、その直後のことだった。

危険は充分に承知していたというのに、いざ本番となると、あまりにも急激な敵の出現にただただ狼狽するばかりである。

賊は目だけを残して顔をすっぽりと覆ったうえ、その目にも真っ黒のサングラス。おまけに体型をカバーするガバガバのジャンプスーツを着込んでいる。これでは年齢はおろか性別も不明だ。

もっともこいつの狙いが栗子にあることは疑いがなく、相手はいきなりこちらの首に両手を掛けるや、全力で絞め上げてくる。これでは悲鳴を上げるどころか息もできない。

それでも、ここが正念場だ。なんとかしなければ！　懸命に頭を働かせた栗子は、すかさず右手をジャケットのポケットに突っ込んだ。

そこにはむろん、満を持して出番を待っていた特製スパイス弾が控えている。これを敵にぶちまけ、あとは繁が飛び出して来ればこっちのものだ。

けれど悔しいことには、それも幻の安心だった。栗子が青ざめたのは、目出し帽とサングラスで重装備をしたこの相手に、特製スパイス弾はまったく用をなさない。その絶望的な現実を突きつけられたからである。

不覚だった！　自分の見通しの甘さを呪いながらも、ここで負けるわけにはいかない。追い込まれれば追い込まれるほど奮い立つのが自分の身上だ。栗子は一瞬で生来の強気を取り戻した。

首に食い込んでくる賊の指を必死で引きはがし、思いきり手首にかぶりつく。たちまち、塩っぽい汗と血の味が口いっぱいに広がった。

と、思わぬ抵抗に焦ったものか、敵の力がふっと弱まると同時に、急に息遣いが荒くなったことが分かる。

逃げるならいまだ！　決意をしたちょうどそのときのことだった。背後の物置の引き戸がガラガラと音を立てて開き、中から男が飛び出して来る。

繁だ。それにしても登場が遅過ぎる。

「なにぐずぐずしてたのよ！」

文句が出かかったところで、それが繁とは別人なことに気づく。

見れば、その顔は忘れもしないあの童顔刑事、君原の相棒の中村だ。

なんでこの男がここに？　栗子が考える間もなく、中村は賊に飛び掛かると、ふいを打たれてもんどり打った相手を難なく草の上に組み敷いた。見かけによらず体力があるらしい。文字どおり電光石火の早業だ。

中村はなおも暴れる賊を身体で押さえつけながら、空いた両手でポケットから取り出した手錠を掛ける。てきぱきと無駄がないその動作からも、彼が現職の警察官、それも私服の刑事なことは間違いない。

これで、少なくとも中村が敵ではないことは確定だ。それにしても繁はどこに？　そしてこの賊は何者なのか？

と、それを待っていたかのように、物置の中からもうひとりの男が姿を現した。

「だから、用心するように申し上げたでしょう？」

暗いので顔は判然としないけれど、その声は紛れもなく栗子がよく知っている老人のものだ。

こちらは物置から出て来るなり、ぴったりと栗子の傍らに寄り添う。何がどうなっているのか分からないながら、自分を守ろうとしてくれている、その心情はひしひしと伝わってくる。

その間にも、中村は阿修羅のような険しい表情を崩さない。

「あなたを冬木栗子さんに対する暴行容疑で現行犯逮捕します」

宣告すると同時に、片手で賊のサングラスを取りはずし、目出し帽を引きむしる。

「木下さん！」

栗子が叫ぶのと、賊が獣のように咆哮《ほうこう》するのとが同時だった。

「なんであなたが――」

それ以上の言葉が出ない。

木下は今日の午後、非番だった。その彼がなぜここにいるのか、そしてなぜ自分を襲おうとしたのか。目の前の出来事は栗子の理解を超えている。

素顔をさらされたことで観念したのだろう。木下はふっつりと動きを止めたけれど、中村は力を抜く気はないようだ。あいかわらず全身で相手を押さえ込みながら、トランシーバーでどこかと連絡を始めている。

「この人は中村周太《しゅうた》さんといって、私の昔の同僚の息子さんでしてね。その縁で友達づき合いをさせてもらっていますが、警視庁捜査一課の刑事です」

その中村を凝視しつつ、君原が説明する。

「そうだったんですか」

「ご存じとは思いますが、警視庁は東京都を管轄する警察組織ですから、中村さんもT県警とはなんの関係もありません。なので、今回の件はあくまでも私の友人として協力をお願いしているのですが、ご覧のとおり、彼は優秀な警察官でしてね。私をしっかり助けてくれています」

これまた驚きの告白だ。とはいっても、感心ばかりはしていられない。

「ですけど、そうなると、君原さんがT県警の極秘捜査に協力しているという話はどうなっているんでしょうか？」

当然の疑問が口を衝いた。

「いや、これは痛いところを突かれましたな」

君原は苦笑交じりに頭を掻いてみせる。

「仰せのとおり、中村さんがT県警の所属だったらよかったんですがね。残念ながら、彼らはここで起きた一連の自殺事件に関する私の疑義を取り上げてはくれませんでした。つまり私はT県警の協力を得ることができなかったんですよ」

「そこで中村さんの登場になったわけですか？」

「そのとおりです」

「ということは、警視庁の刑事さんは、管轄外の事件でも犯人を逮捕できるんですね？」

「もちろんです。警察官は日本全国どこへ行っても警察官であることに変わりはありません。特に今回は現行犯ですし。でもまぁ、彼に多大な迷惑をかけていることは事実です」

精いっぱい中村に気を遣った君原の言葉に、

「いや、君原さんはそう仰いますけどね。誤解のないように付け加えると、私が今日ここに来ることは上司も承知していますよ。君原さんの主張に一定の理がある以上、警視庁だって我関せずとはいきません。そもそも警視庁と県警は、世間で思われているほど対立しているわけでもないですから」

当の本人はいたずらっぽく笑う。

「なんにしても、これくらいのご恩返しをするのはあたりまえです。なにしろ君原さんは私の父親の命の恩人でしてね。もし君原さんがいなかったら、親父はとっくの昔に殉職して、私はこの世に生まれていなかったんです」

その言葉が決して口先だけではないことは、眼差しを見れば分かる。

と、それに呼応するかのように、

「いやぁ、お見事です。おかげで家内も無事でした。どうもありがとうございました」

聞き慣れた声が響き渡った。

繁だ！　心拍数がいっきに跳ね上がる。

「あなた！」

人前にもかかわらず、思わず怒声になった。

「これはどういうことなの？」

「騙してたのは悪かった。謝るよ。だけど、きみが暴走するのを見てられなくてさ。危なくてしょうがないから、君原さんにお願いしたんだ」

こちらも人前かまわず、平身低頭して見せる。

見れば特殊警棒こそ手にしているものの、繁のいで立ちは普段着の軽装だ。おまけに、面識のないはずの君原と握手までしている。

「君原さんにお願いって――。いったいなんのつもり？」

栗子の権幕に恐れをなしたのだろう。

「分かったよ。最初からぜんぶ説明するから、そう怒るなよ」

繁は栗子と君原の肩を押して、物置から十メートルほど離れた草むらに連れ出した。あくまでも低姿勢で栗子の顔を窺う。

なら、聞いてやろうじゃないの。栗子が首肯するのを認めると、繁はようやく正面から妻と向かい合った。

「なんで俺が君原さんと、って思ってるんだろう？」

訥々と話し始める。

「そのとおりよ」

「そりゃ、勤務先でこれだけ老人の自殺が続けば、常駐看護師として気になるのは当然だし、好奇心が旺盛なのは悪いことではないけどね。なにしろ、きみという人は走り出すと止まらないからなぁ。まずいことになる前に誰かと相談するなら、きみからいつも話を聞いている君原さんしかいないと思ったんだ」

ここでちらりと君原に目礼する。

「そこでお目にかかってみると、君原さんもここで起きた連続自殺事件には大いに疑問を持っておられてね。きみに対してもとても好意的なことが分かった。君原さんがいわれるには、一連の自殺が本当に自殺だったのか疑わしいことは事実だけれど、証拠がなければ警察は動かない。実際、殺人と断定するにはいまいち決め手を欠くそうでね。所轄署もT県警も何もしてくれなかったようだ。

そういうことなら、きみが躍起になるのも無理はないけど、うっかりしたらこんどはこっちが狙われかねない。だからご迷惑を承知で、君原さんにきみを守ってくださるようお願いしたんだが、君原さんはさすがにプロだ。逆にこの機会を利用して、犯人を仕留める計画を立てたんだよ」

「なんですって？」

ちょっと意味が分からない。目をぱちくりさせる栗子に、繁はにやりと笑いかけた。

「簡単にいえば、二重の罠だな」

「二重の罠？」

「そう。まずはきみを罠にかけて犯人をあぶり出し、結果としてそいつを罠にかける戦法だ。具体的にいうと、もしきみ宛てに正体不明の人物から手紙が来て、連続殺人事件に関する重要な証拠があるといわれたら、きみはどうするかい？」

「じゃあ、あの手紙はあなた方がでっち上げた偽物だったわけ？」

つい声が高くなったけれど、繁は「まぁ、落ち着け」とばかりに手をひらひらさせた。

「あくまでもこれは捜査上の作戦だからね。ひとつ冷静に聞いてくれないか」

「分かったわ」

しぶしぶ了承する。

「そうなれば、きみは君原さんに相談するに決まってるよね？」

「そうね」

「そこで君原さんは、その話を信じたふりをしてそれとなく犯人に情報を流し、危機感を煽《あお》ることができる。それもこれも、現場にはきみがひとりで行くものと誤信させ、敵をおびき出すのが目的だ。俺の役目は例の手紙を作り、こっそり見張りをすることだったんだが、この作戦は大当たりだった。もちろん、中村さんという強力な援軍があっての話だけれど、おかげできみは無事だったわけだ」

なるほど、そういうことだったのか。納得と脱力が同時に襲いかかる。

そこまで聞いたら怒るに怒れない。あらゆることがストンストンと臓腑に落ちていく。

「ということは、あなた方はもうその時点で、木下さんが犯人だと分かっていたわけ？」

「まあな」

聞けば聞くほど得心がいくけれど、他方ではカチンと来るものもある。

「つまり、あなたは殊勝な顔をしながら、腹の中では私を嗤《わら》っていたということね？」

栗子は口を尖らせた。

「そんないい方はないだろ？」

「だけど結局、あなたは私より君原さんの方が信じられるんでしょ？」

我ながら恨みがましいけれど、繁はその手には乗らなかった。

「俺だってそれなりに人を見る目はあるつもりだ。きみの人間性は百パーセント信じているけど、こと犯罪捜査となれば話は別だ。君原さんの足元にもおよばないことは否定できないだろ？」

まさにそのとおりで、ぐうの音も出ない。

ここら辺が潮時だと判断したのだろう。

「それじゃ、君原さん。我々はそろそろ引き上げるとしますか？」

さっきから素知らぬ顔で夫婦の会話をやり過ごしている君原に、繁が声を掛ける。

「そうですね。私は中村さんと一緒に警察に行かないといけませんから、ここでお別れしましょう。当然、冬木さんにも所轄から連絡がいくと思いますが、さしあたりは中村さんと私のふたりで対処いたします」

「了解しました」

「では、冬木さん。詳しい話は明日にするとして、今日はどうもお疲れさまでした。もう暗いですから、足元に注意してお帰りください」

律儀に頭を下げる君原に、

「こちらこそありがとうございました」

心の底から礼の言葉が出た。

君原にいわれるまでもなく、辺りはすっかり夜の気配になっている。

「ねえ、晩ご飯はどうする?」

一歩一歩地面を確かめるかのように立ち去る君原の背中を見送りつつ、栗子は夫に問いかけた。

5

案に相違して、木下洋逮捕のニュースは深夜になっても報じられることはなかった。君原が予告した警察からの連絡もない。

「もう夜だからね。無理もないさ」

繁は泰然と構えているけれど、はたして木下は犯行を認めたのだろうか? 気になって仕方がない。ひと晩中やきもきしたせいで、朝になっても身体が重い。泥水を飲んだような気分で出勤すると、山南涼水園はたいへんな騒ぎになっていた。

警察や報道関係の車両に加え、園内にもやたらと警察官の姿がある。そのいずれもが忙しげに動き回っているうえ、ホールにも通路にも入居者がひとりもいないのは、館内放送で一階フロアへの立ち入りが禁止されたのだろう。

晴世が亡くなったときでもこんなことはなかった。脳天からつま先まで緊張が走った。

「何があったの?」

とりあえずその場にいる介護スタッフを捕まえる。

大河原《おおがわら》というこの女性は、いつもはけっこうおしゃれなのだが、今朝にかぎってはぼさぼさの髪に化粧もはげ落ちて、まるで別人のようだ。もしかすると昨晩は夜勤で、よほどエキサイティングな出来事があったのかもしれない。と、思ったとおり、

「倉庫で手塚さんの死体が見つかったんですよ。朝早くから警察が来て捜索をしてたんですけど。カチカチに凍らされて、大量のドライアイスと一緒に段ボール箱の中に入っていたそうです」

いまだ興奮冷めやらぬ態《てい》で教えてくれた。

ということは、やはり君原の推理は正しかったのだ。

「つまり手塚さんは自殺じゃなくて、殺されていたわけね？」

「みたいですね」

「犯人は誰なの？」

「犯人というか、その件で木下さんと富川さんが警察で調べられているらしいですけど」

「嘘！」

自分でも驚くほどの絶叫になった。

木下はともかく、まさか富川も？　でもなぜ？

大河原はかくかくと首を振る。

「私も信じられなくて」

「逮捕されたの？」

「そのようです」

「で、ふたりとも犯行を認めているの？」

「さぁ、そこまでは知りませんけど」

首をかしげている。

無理もない。なにしろ昨日の今日なのだ。情報が出そろうには、もう少し時間がかかるだろう。

大河原と別れ、医務室で白衣に着替えると、迷わず三階に上がる。やるべき仕事はあるけれど、些末事にかまっている場合ではない。

富川が木下と共犯だったなんて、いくらなんでもひど過ぎる。大河原の聞き間違いだと思いたい。

すると、君原も栗子の到来を予期していたのだろう。

「どうぞお入りください」

息せき切って現れた看護師をあたりまえのように招じ入れた。

「富川さんも逮捕されたって本当ですか？」

挨拶も抜きで尋ねると、

「はい」

厳しい顔でうなずく。

「木下さんが自白したんですか？」

それしか考えられないけれど、君原は首を横に振った。

「木下は逮捕後も完全黙秘を貫いています。富川を告発したのは実は私でしてね。彼女は最初から木下の共犯者だったんですよ」

淡々と驚きの事実を口にする。

「それじゃ、手塚さんと生田さんはあのふたりに殺されたんでしょうか？」

「そうなりますね」

「で、富川さんはそれを認めているんですか？」

栗子の質問に、君原は目でうなずいた。

「富川は本来、悪辣な人間ではありません。あくまでも本件の首謀者は木下です。彼女は彼に引きずられたと見ていいでしょう」

「ということは、ふたりはつき合っていたんですね」

これはうかつだった。またしても臍《ほぞ》を嚙む。

「そういうことです。それより問題は木下ですね。今朝遺体が見つかった手塚さんの件でも、木下は黙秘をしています。むろん、警察は携帯の通信記録を始め、ドライアイスの入手先や運搬についても早晩証拠を固めるでしょう。彼がいつまで頑張れるかは疑問ですが、場合によっては、最後まで口を割らないこともあるかもしれません」

その口ぶりからして、君原がすでに木下の有罪を確信していることは明らかだ。

「君原さんは、あのふたりが手塚さん殺しの犯人だといつ気がつかれたんですか？」

これまでなんども話し合ってきた中で、君原が木下・富川共犯説に言及したことはただの一度もない。

追及する栗子に、君原は正面から向き直った。

「いつ知ったのかといわれても、厳密に特定するのはむずかしいですね。あくまでもその可能性があったというだけの話ですから。ですが、あのふたりが犯行に関わっている兆候がかなり前から見られたことは事実です」

これまた意外な発言だ。

「えっ、そうなんですか?」

栗子は驚いたけれど、君原は静かに首を縦に振る。

「冬木さんもよくご存じでしょうが、木下にしろ富川にしろ、その仕事ぶりは文句のつけようがないといっても過言ではありません。なにしろ彼らには、介護の仕事にいちばん必要とされる熱意がありますからね。そんな理想的な介護士があろうことか自分が担当する高齢者を殺害する。およそあり得ないというしかありませんが、要は、その思い込みが私の目を曇らせていたのですね。実際は逆で、むしろそういう彼らだからこそ今回の事件が生まれたことに、もっと早く気づくべきでした。いまとなっては悔やまれてなりません」

得々と謎解きを始めるかと思いきや、その声は自省の念で暗く湿っている。

これは深刻な話になりそうだ。栗子はあらためて傾聴する態勢を整えた。

「もともと手塚さんの件については、比較的早い段階から、これは自殺ではなく自殺を偽装した殺人らしいことが分かっていました」

考え考え言葉を吐き出すその姿は、まるで彼自身が自白をしているかのようだ。

「とはいうものの、手塚さんの失踪騒ぎは——遅くとも彼が霊安室に身を潜めたところまでは——手塚さん本人の意思による自発的な行動だったことが判明しています。つまり手塚さんは本気で自殺する気などなく、生来の諧謔心《かいぎゃくしん》から、ちょっとばかり周囲を脅かしてやるつもりだったのですね。では、このいたずらと殺人という、一見矛盾した事象はどこから生じたのでしょうか?

私が見るところでは、狡猾な犯人はその状況を最大限に利用して、あたかも息子の態度に絶望した父親が連鎖自殺を図ったかのような外観を作り出したのです。それでは、犯人はそのためにどんなトリックを仕掛けたのか。もし均が父親の命令にただちに応えていたら、そもそも事件は起きようがないのですから、均に宛てた手塚さんの手紙が予定どおりに届かないことがこの作戦の肝だったことはいうまでもありません。そしてそのためには、手塚さんから託された手紙を投函し忘れるという、あの富川の行為が不可欠だったわけです」

なるほど、そういうことか。心の底から得心する。

「ですから、富川が手塚さん殺しに関わっていることは最初から明白だったのですが、私に迷いが生じたのは――どうにも動機が不明なことを別としても――車のない彼女には、大量のドライアイスの持ち込みや死体の運搬が不可能だったからなのですね。私の推理はそこでエンストを起こしてしまったわけです」

「そうだったんですね」

それしか相槌の打ちようもない。

君原はここでひと息入れると、ふたたびゆっくりと語り始めた。

「膠着した状況が大きく進展するきっかけは、その後、こんどは生田さんの焼死事件が発生したことにありました。といいますのも、生田さんには、ある意味手塚さん以上に、あの時点で自殺をする理由がまったくなかったからで、だったら、生田さんもまた何者かに殺されたのではないか？　私はそう考えざるを得なかったわけです。

では、手塚さん殺害事件と生田さん殺害事件はどこでどう結びついているのでしょうか？　私が注目したのは、生田さんが亡くなる前日の午後、なぜか彼女が倉庫の鍵を持っていたという事実でした。

覚えておいでだと思いますが、私の推理によれば――そしてそれは今朝の捜索によって実証されたのですが――倉庫には手塚さんの死体が段ボール詰めとなって隠されていたはずでした。となれば、そこで生まれる仮説は申すまでもありません。

犯人は、当然ながら倉庫に出入りをする人間を警戒していたと思われます。生田さんが倉庫の鍵を所持していた事実を知った犯人が、もしや彼女は手塚さんの死体を見たのではあるまいか？　疑心暗鬼に陥った可能性は充分にあるといえるでしょう。

ところが、私はここでまた新たな疑問に直面することになりました。それはほかでもありません。犯人はどうして生田さんが倉庫の鍵を持っている事実を知ったのか？　正直いって、これはなかなかの難問でした。

私に相談を持ちかけたときの様子からして、彼女が自分から大っぴらにあの鍵の存在に言及することはあり得ません。にもかかわらず犯人はそれを知っていた。ということは、もしかすると犯人はこの部屋で交わされた生田さんと私の会話を聞いていたのではなかろうか？　私はそんな疑いを持つようになったのです」

ここで一瞬の間《ま》が空く。

「ですけど、あのときその場に現れた宇野さんは、結局は犯人ではないという結論になったんじゃなかったですか？」

栗子が口を挟むと、君原は真顔でうなずいた。

「そのとおりです。宇野さんは犯人ではありません。となると必然的に、犯人は生田さんと私の会話をしっかり聞いていながら、なぜかこの部屋にはいなかった人物ということになりますが、そうだとすれば、これまた答えは一つしかあり得ません。つまり犯人は盗聴をしていたのではないか？　私はそう判断するに至ったわけです。

　結論からいいますと、私の勘は的中しました。部屋中を探索した結果、私は、このベッドの陰に最新の小型盗聴器が仕掛けられていることを知ったのです。そして、その事実はまた、盗聴者はどの部屋にも入り込むことが可能な園の職員、とりわけ出入り自由の介護スタッフであることを強力に示唆していました。

　私が木下と富川に疑いを持ったのは、そのときが最初だったかもしれません。生田さんが殺害された夜、木下は夜勤でした。また富川は富川で、以前市内のグループホームで火事があったとき、瑠里ちゃんが『このホームも燃えちゃえばよかったのに』といっていたのを耳にしています。彼らが焼身自殺を装うという残虐極まりない殺害方法を選択したのも、生田さんにかぎっては、それがいちばんもっともらしく見えるからではなかったか？　私ははたと思い至ったのです」

「ですけど、いくら生田さんが非力でも、真夜中に外に連れ出して焼身自殺をさせるのは容易ではないですよね？」

「もちろんそうですが、やり方はいろいろあります。たとえば生田さんが寝入るのを待って、口と鼻をガムテープでふさいだらどうでしょう？　被害者は声も上げずに息絶えるはずです。あとは監視カメラに映らないよう注意して、裏口から運び出せばいい」

　想像するだけで息苦しくなる。

「だとしたら、生田さんの自筆の遺書はどう説明したらいいんでしょうか？」

　栗子は問い質した。

とんでもないことをしてしまいました。

お詫びのしようもございません。

生田晴世

晴世が残したあの遺書もどきはなんだったのだろう？

「これは想像になりますが、たぶん木下が生田さんを騙して書かせたのでしょうね」

君原は控えめな表現で、けれど自信たっぷりに断言する。

「実は瑠里ちゃんが忍び込んで来て、建物に火をつけようとした現場を目撃したとでもいわれたら、生田さんはどんな詫び状でも書いたはずです」

「確かに、その手はあるかもしれませんね」

「それはともかく、不幸中の幸いは、私が生田さんに倉庫の鍵がどうして彼女の手にあるのか尋ねたとき、彼女が発した『実は、瑠里が……』という言葉が、ほとんど聞き取れないほどのつぶやきだったために、盗聴器が音を拾えなかったことでした。その幸運がなかったら、瑠里ちゃんの命も危なかったかもしれません」

ふたたび沈黙が訪れる。いわれてみればそのとおりだ。そっと唇を嚙む。

もっとも、突っ込む余地がないではない。

「それはよく分かりました。ただ、いまのお話で疑問なのは、君原さんの部屋に生田さんが相談に現れたのは、あくまでも偶然の出来事だったわけですよね？　犯人がそんなことまで予知していたはずはありません。だったら、犯人は何が目的で君原さんの部屋に盗聴器を仕込んだのでしょうか？」

これはけっこう重大な謎だ。訊く側にも緊張が走ったけれど、

「その点に関しては、私なりの考えがありますが、それはあとでご説明するとして、いまは盗聴器の話を続けましょう」

君原は軽くいなしてくる。栗子が異を唱えないのを見越したうえで、最後まで自分のペースで進める気のようだ。

「では、自分が盗聴されていると知ったとき、人はどうすべきなのか？　むろん盗聴器を引きはがして叩き壊すことは簡単ですが、それは愚の骨頂というもので、敵をいっそう警戒させる効果しかありません。私は何も気づかないふりをして、逆にこの機会を利用することにしました。早くいえば、私はこれによって、堂々と敵にガセネタを吹き込めるようになったわけです」

いま思い出しても、してやったりの気分なのだろう。ここで頬を緩ませる。

「ただしそれには注意が必要で、あたりまえのことながら、この部屋で立てた物音はすべて敵に筒抜けになることを覚悟する必要があります。実例を挙げますと、たとえばあなたが瑠里ちゃんに会いに行かれた問題のあの日、貴重な情報を少しでも早く伝えるため、私に電話をくださったことを覚えておいでですか？」

「はい、もちろん」

「あのとき、私は人が来たからといって電話を切ったのですが、現実には誰が訪ねて来たわけでもありません。犯人にあなたとの会話を聞かせないためには、それしか方法がなかったんですよ」

「なるほど、そうだったんですね。なんとなく違和感はあったんですけど、いまのお話を聞いてすっ

きりしました」

これは本当のことだ。

「ですが、その程度はほんの序の口でしてね。むしろ勝負を懸けたのは、あの日の夕方、私があなたをこの部屋にお呼びして、T県警による極秘捜査の話をお聞かせしたときのことでした」

それも覚えている。あのときは本当に驚いたものだ。

「実際には、私とT県警の間に協力関係などはなかったのですが、犯人が倉庫から手塚さんの遺体を運び出すことだけはなんとしても防がないといけません。そこで編み出した苦肉の策が、T県警がひそかに車の出入りを監視しているという偽の情報を犯人に与え、彼らの動きを封じることだったのです」

そうだったのか。栗子は声にならない声を上げた。

もっとも種明かしには感心するものの、心中複雑ではないといったら嘘になる。いってみれば、自分はとんだピエロ役だったということだ。

「つまり陽動作戦はみごとに成功したわけですね。あのとき君原さんが仰った『敵を欺くにはまず味方から』というのが、実は私のことだったとは思いもしませんでしたけど」

栗子の精いっぱいの嫌味にも、

「まぁまぁ、そうお怒りにならないでください」

君原は泰然として笑う。

「このたび首尾よく事件が解決したのは、ひとえに冬木さんのおかげだといっても過言ではありません。その伝でいえば、昨日冬木さんが謎の手紙を持って私を訪ねてくださったのも、犯人を誘い出す絶妙な作戦だったわけです。目が霞んでいるといって、あなたに文章を読み上げていただいたのが功を奏し、それを盗聴した木下がいさんで現場に乗り込んで来たのですからね。あなたには本当に感謝しています」

そこまでいってもらえるとは光栄だ。少しばかりいじけた心も春の淡雪のごとく溶けていく。けれど考えてみれば、まだ全ての疑問が氷解したわけではない。

「ここまでのお話で、あらかたのことはクリアになった気がします。犯人は介護スタッフでしかあり得ないこともよく分かりました。ただ、君原さんが木下さんと富川さんが共犯だと確信した根拠はどこにあったのでしょうか？」

「それはですね。やはり冬木さん、あなたが私に教えてくださったんですよ」

追及する栗子に、君原はまたしても柔らかな微笑みを返す。

「って、どういうことですか？」

「岩鞍さんが亡くなったあと、あなたはその件に関して、木下と交わした会話を詳細に報告してくれています。それによると、宇野さんと私の三人で岩鞍さんの遺品を整理した木下は、クローゼットの引き出しから、新品の海外ブランド品を始めとするネクタイやワイシャツが出て来たことを現認しているのですね」

「はい、それは覚えています」

「それはいいとして、そのとき木下は、あなたにこんな台詞を吐いていました。

『それに、もしかしたら岩鞍さんは、園長と僕のほかにも、何人かに同じ話を持ちかけていたフシがなくもないんです。というのも、これはあとから分かったことですけど、あの人は、入居者仲間からも高価なブランド品をもらっていたみたいなんですね』

『ですから、おいしい話で相手の気を惹いてはプレゼントやサービスをせしめるのが、岩鞍さんのいわば処世術だったんじゃないですか？』

ご記憶がおありでしょうか？」

「それも覚えています。ちょっと衝撃的な話でしたから」

「ですが、ここで問題なのは、木下はどうして岩鞍さんが入居者仲間から高価なブランド品をもらっていたことを知ることができたのか？　私が引っかかったのはまさしくその点でした。

それというのも、私もあのとき木下と一緒に、岩鞍さんの遺品の中に海外ブランドのシルクネクタイがあるのを確認したのですが、実は、そのネクタイは以前、山吹さんが私にくれようとしたものでしてね。フランスを代表するH社の高級品なのですが、海外旅行の土産にしてはあまりにも高価なので、私が受け取らなかったいわくつきの品だったわけです」

「そうだったんですね」

「ですが、山吹さんがそのネクタイを私に差し出したとき、その色や柄を目にした人間はたまたまその場に居合わせた富川のほかには誰もいません。木下には、それが山吹さんからのプレゼントであることが分かるはずがないのです。そうであるなら、それはすなわち、木下があのブランド品のネクタイの存在を富川に告げたこと、そして富川からそれは山吹さんが海外で買った品だと教えられたことを意味しています。私が木下と富川が相通じた仲であることを確信したのは、まさにそのときでした」

うーん、なるほどね。こんどこそ声に出して呻く。

「もっとも富川と木下は職場の同僚ですから、ふたりの間で岩鞍さんの遺品が話題になること自体はふしぎではありません。ふしぎなのは、そのとき富川は一週間の休暇を取ってアメリカにいたことで、そんなときにまで彼らが緊密に連絡を取り合っているとしたら、ふたりの仲はたんなる仕事仲間以上のものだと考えていいでしょう。ましてや木下はそのさい、冬木さんに対して重大な嘘を吐いています。『富川さんはよく気が回るからね。その分、ストレスもあるだろうから、いまごろは存分に羽を伸ばしてるんじゃないかな』。そういった冬木さんに、木下は『彼女、ひとりで旅行してるんですかね？』と、すっとぼけてみせたからです。その後もあなたと木下の会話は続きましたが、もし木下が富川とつき合っていたのなら、これはその事実を隠すための芝居だったと考えざるを得ません」

「ほんと、そのとおりですね」

感服あるのみだ。

それはそうと、この一連の行動で彼らはいったい何がしたかったのだろう？

「ところで肝心の動機ですけど、やっぱりおカネでしょうか？　たとえば手塚さんから借金をして、トラブルになっていたとか」

自分にはそれくらいしか思いつかない。けれど君原は露骨に顔をしかめた。

「むしろそんなことがあれば、ある意味、納得がいくというものですが、それは違いますね。富川にしろ木下にしろ、カネが目当てで動いていたとは思えませんし、金銭トラブルを抱えている様子もありません。だいたいカネが第一というような人間が、職業として介護のような仕事を選ぶものでしょうか？」

「同感ですね。でもそうなると、そもそも彼らはなんのために手塚さんを殺したのでしょうか？」

これは頭の中でさっきからずっと渦巻いている最大の疑問点だ。

たとえ富川のみならず木下も犯行を認めたとしても、自分には到底理解不能だ。あの手塚をあんな形で抹殺することで、介護福祉士である彼らは何を得たというのだろう？

栗子の質問に、君原はすっと顔を曇らせる。

ほとんどつぶやきともいえるその声音――。

「それは、木下が〈目撃者〉だからですよ」

6

〈目撃者〉。その名称には聞き覚えがあるけれど、さてなんだったたか？　一瞬戸惑ったものの、すぐに記憶が蘇る。

思えば、柏木正義の事件は自分が山南涼水園で経験した初めての挫折だった。家族を始めとする周囲の人間に絶望した末の当てつけ自殺。

柏木の遺恨は直接には園に向けられたものではないけれど、入居者の心身のケアが最大の使命だった栗子にとって、そのショックは言葉ではいい表せない。

とはいえ、これは決してうちだけの問題ではないはずだ。憑かれたように、自殺事件を始めとする老人施設でのトラブルを調べているうち、ＳＮＳで見つけたものの一つが、介護付有料老人ホームに勤務しているという現役介護士の衝撃のブログだった。

ハンドルネームは〈目撃者〉。

嘘だと思うなら、周囲に誰もいなくなった深夜、薄暗い廊下を巡回しながら、こっそり個室を覗いてみればいい。

「早く死なせてくれ！」

「さっさと殺せ！」

家族に見捨てられた老人たちの壮絶な叫びが耳に入るはずだ。

彼らはここが生き地獄であること、そして、もはや自分たちにはそれに抗う術がないことを知っている。

暗い室内に夜ごとこだまする「死にたい」「死にたい」の大合唱――。生ける屍とは彼らのことだ。

介護付有料老人ホームの赤裸々な実態を暴き出し、過激な言葉で読む者の不信と不安を煽っていた告発文。あれはどこかの老人ホームの話ではない。この山南涼水園のことだったのだ。

「あの〈目撃者〉が木下さんだったんですね」

「そのとおりです」

「ですけど、君原さんはインターネットをなさらないんじゃなかったですか？」

失礼を承知でいえば、いかに推理力が優れていようと、君原はネットの世界とは無縁の前世紀の遺物だ。スマートフォンすら使いこなせない老人が、あのブログの存在を知っているはずがない。

問い質す声もさすがに遠慮がちになったけれど、いわれた本人は堂々としたものだ。

「仰るとおりですが、私には中村さんという力強い味方がいますから。彼がいろいろと調べた結果を、こんな年寄りにも分かるよう懇切丁寧に教えてくれました。まったく便利な世の中になったものです」

悪びれる様子は毛ほどもない。

「でもそれだったら、いっそご自分でパソコンを買ってインターネットにトライしたらいかがですか？　操作のやり方は私が教えて差し上げますし、慣れてしまえば、むずかしくもなんともありませんよ」

栗子は本気だけれど、君原はいやいやとばかりに右手を振る。

「これから新しいことを習得しようにも、この固い頭ではもう無理というものです。時代にはすっかり取り残されましたが、だからといって悲観することはありません。目と耳と頭を使えば、見たり聞いたり考えたりすることはできますからね。まぁ、それもいつまで続くか分かりませんが」

若ぶることもなく、かといって卑屈にもならない。自然体で歳をとるとはこういうことなのだ。自分たちも早晩、次世代の人間に嘲笑される羽目になる。というより、すでに自分も若手の職員からお局扱いされているのではないか。我が身を振り返らずにはいられない。

「ところで、君原さんは〈目撃者〉の証言をどう思われましたか？」

ここで尋ねたのは、むろん純粋に興味を持ったからだ。自身も老人ホームの入居者として、君原はその証言をどう受け止めたのだろう？

栗子自身は、正直、この山南涼水園で「死にたい」「死にたい」の大合唱を耳にしたことはない。

とはいえ、

入居者たちの昔の肩書を知れば、これほどの経歴の人たちがなぜこんな乳幼児並みの生活に甘んじているのか、ふしぎに思うけれど、その答えは、誰よりも入居者本人が自分たちの立場を自覚していることにある。

彼らは賢いので、私たちスタッフにも決して本心を見せはしない。

〈目撃者〉のブログの一文を思い浮かべると、何もいえない心境になる。

「そうですね。私はいまのところ自立した老人扱いなので、二階にいる要介護の人たちの実態は知りようもありません。ですが、おそらく彼がいっていることは嘘ではないでしょう。仮にそれが毎晩の話ではないとしても、夜勤で夜回りをする介護スタッフとしての経験があのブログの記載になっていることは事実だと思われます」

「私もそう思います」

栗子はすなおに賛同の意を表した。

「私だって夜回りを担当してはいませんし、その点では似たようなものです。結局のところ、老人ホームの入居者——特に重度の要介護認定を受けている方たち——が、自分の世話をするスタッフにむき出しの本音をいうことはないんですね」

「そのとおりでしょうね。入浴や排せつで他人の世話にはなっても、人の心はそう簡単に裸にはなれないものですから」

またもや重い沈黙が垂れ込める。

これではいけない。この会談の本来の目的を思い出す。

「それで手塚さん殺害の動機ですけど、私にはまるきり理解できません。木下さんが〈目撃者〉だと、なんで自分が担当している入居者を殺すことになるんですか？」

話題を戻すと、君原は深く息を吐いた。

「それなんですがね。富川は警察に連行された段階で観念したようです。少なくともいままでのところは、包み隠さず正直に供述していると思っていいでしょう。それによると、木下も富川も手塚さん個人に恨みがあったわけではないそうです。自分たちは入居者を疎んじてはいないし、ましてや老人には生きる資格がないなどとは思っていない。むしろ木下の狙いは、この事件を起こすことによって、広く社会に現代日本の老人問題をアピールすることだったと述べていますね」

「老人問題をアピールするために老人を殺すんですか？」

ぜんぜん意味が分からない。ぽかんとする栗子に、君原は微苦笑を浮かべる。

「まったく理屈にもなりませんが、木下は大まじめだったようです。介護福祉士という職業を選んだ彼は、老人問題に関する啓蒙活動こそが、自分のライフワークだと思い定めたんですね。富川を相手に、いつも熱弁をふるっていたといいます。そもそも富川が木下に惹かれたのも、重度の障害がある高齢者に対する彼の献身的な介護に心を打たれたからだそうです」

「だとしても、たとえば同じ考えの人たちと協力して行政やマスコミに働きかけるとか、なぜ正攻法でいかなかったんでしょうか」

「いや、そんな生ぬるいことではダメなんですよ。誰もが自由に意見をいえるいまの時代、もはやただの言論では世の中を動かせません。識者や活動家を始め、改革のための提言や告発ならそこら中に溢れていますからね。何かをアピールしたければ、常識はずれの突飛な言動やとびきり残虐な行為で話題になり、善良な人々のひんしゅくを買うのがいちばんの近道なのです」

「それにしたって殺人なんて」

「仰るとおりですが、それはまともな人間が考えることです。目的が正しければ、少々の犠牲が出るのはやむを得ない。数百万、数千万の老人を救うには、誰かを生贄にすることも許されるというのが彼らの理屈でした」

「そんな無茶苦茶な！」

栗子は吐き捨てた。

バカバカしくて話にならない。あの〈目撃者〉のブログを読み、それなりにその思想を理解していたつもりの自分でも、とても容認できない発想だ。

「しかし、歪んだ正義感とはそういうものです」

君原も同感なのだろう。眉間に深く皺を寄せている。

「最初は正常な感覚があった人も、あまりにも一つのことにとらわれていると、ほかのものが見えなくなるのですね。柏木さんの当てつけ自殺を目の当たりにした彼は、この親子間の断絶こそが現代日本の恥部であり、人間関係破綻の根源だと確信したようです。要は、こういった事件を契機に人々が老人問題――ひいてはそれを引き起こしている家族関係――に関心を持ち、活発な議論が繰り広げられることを期待したわけです。

事実、木下は〈目撃者〉のブログでも盛んにこの問題を取り上げて世論の喚起を図ったのですが、柏木さんの自殺事件は彼が思ったほど世間の注目を浴びませんでした。柏木さんが乳がんにり患していたこともありましたが、老い先短い高齢者の自殺そのものが、世の人にとっては対岸の火事だったのでしょう。

ここであきらめていればその後の悲劇はなかったのですが、木下が進んだのはさらに邪悪な道でした。もし山南涼水園でふたたび同様の自殺事件が起きれば、こんどこそ世間の関心が集まるはずだ。そう考えた彼は、事件が起きるのを漫然と待つのではなく、自分の手で事件を作り出すことにしたのです。そこで目をつけられたのが手塚さんだったのですね」

まるで木下自身の告白を聞いているようだ。そこに迷いの色はない。

歪んだ正義感。まさしくその言葉がぴったりだけれど、そこでどうして手塚さんだったのだろう？

栗子の内心を読み取ったかのように、君原が目でうなずく。

「冬木さんは、柏木さんの葬式があった日、葬儀に参列した宇野さんを囲んで、伊丹さん、手塚さん、吉良さん、岩鞍さん、そしてあなたと私を加えたぜんぶで七人が、ホールでちょっとした会合を持ったことをご記憶ですか？」

「ええ、もちろん」

「だったら思い出していただきたいんですがね。あの朝は、柏木さんの追悼で誰もが感傷的な気分になっていました。めずらしく自分の生い立ちや家族についての話になったのですが、中でも印象深かったのは、宇野さんが退席したあと、自分がなぜ老人ホームに入る決意をしたのか、手塚さんの打ち明け話が始まったことでした」

「そうでした。手塚さんは、お孫さんがおじいちゃんの悪口をいっているのを偶然聞いてしまったんですよね？」

「むろん手塚さんとしては気の置けない仲間同士の愚痴話で、さして深刻に考えてはいなかったのでしょうが、問題はその手塚さんのおしゃべりを、たまたまそこに現れた木下が耳にしたことなのですね」

そういえば。記憶が蘇る。

「あの――」

遠慮がちな声で気がつくと、

「秋のスポーツ大会の件で業者が来たので、園長が伊丹さんと相談したいそうです」

いつの間にかやって来た木下がテーブルの脇に立っていたのである。

「仰るとおりでした」

「でしょう？　これはいいことを聞いた。手塚さんに狙いを定めた木下は、さっそく偽装連鎖自殺の実行に取り掛かりました。まずは手塚さんに取り入って、均の忠誠心を試すあの羽毛布団作戦をそそのかします。均が父親の要求を無視したときは霊安室で死んだふりをするアイデアも、当然ながら木下の発案でした。そして、手塚さんが行方知れずになったところで、一日遅れで投函された手紙が均のもとに届きます。そこに富川の協力があったことはいうまでもありません」

「なるほど、そういうことだったんですね」

あらゆることがすっと腑に落ちていく。

「それにしたって、介護士がお年寄りを虫けら同然に扱うなんて」

虫の音ほどの迫力もないそのつぶやきは、けれど研ぎ澄まされた刃のごとき眼差しにかき消された。どんなときにも現実を直視する刑事の目。

「それは逆でしてね。高邁な思想の下では人間など虫けら同然だからこそ、彼らは躊躇なく殺戮《さつりく》ができるのです。そうでなければ、世界中至るところで、理想に燃える若者たちが平然と無差別テロを行っている現実を説明することはできません」

厳寒の浴室で水風呂に放り込まれたかのように、全身が凍りつく。

「もちろん、だからといって彼らが心に痛みを感じていないとはかぎりません。いまだに黙秘を続けている木下はともかく、少なくとも富川が良心の呵責《かしやく》に苛まれていたことは信じてもいいのではないですか」

「そうですね」

そうとでも思わなければ、あまりにも救いがないというものだ。

「そこで、さきほどのご質問に戻りますがね。犯人は何の目的で私の部屋に盗聴器を仕掛けたのか？犯人が木下と富川のふたりだと分かってみれば、答えは決まっているといえるでしょう」

君原が続ける。

「犯罪者やこれから犯罪をしようという者にとって、パトカーや白バイや警官は偶然に出くわしただけでも嫌なものです。ましてや犯行現場となるこのホームに——退職して久しいとはいえ——元殺人課の刑事が住んでいるとなれば、心穏やかではいられないのが人情でしょう」

「まぁ、そうでしょうね」

「おまけに私は宇野さんと親しい間柄にあります。スタッフを指揮監督する園長もまた、彼らにとっては警戒の対象でした。その宇野さんと私との会話を盗み聞きしたければ、この部屋に盗聴器を仕込むのが確実なことは申すまでもありません」

「確かにそのとおりですね」

骨の髄まで納得する。

「おかげさまで、何もかもがクリアになった気がします。いろんなことがありましたけど、全ては起きるべくして起きたんですね。でも、これから山南涼水園はどうなってしまうんでしょうか？」

ふたりもの殺人者を出した老人ホームが無傷でいられるとは思えない。そして、そこで安閑と過ごしてきた自分もいままでどおりでいられるはずがない。

栗子の問いに、君原は悩ましげな表情を見せた。

「犯罪の何が怖いかといいますと、ひとたび事件が起きると、直接の当事者はもちろんですが、周辺の人にも思わぬ被害が生じることにあるのですね。このたびの件も例外ではありません。いまの私の力など知れたものとはいえ、ここを終の棲家と定めた方々に影響がおよばないよう、なんとか未然に防げればよかったのですが」

その声も顔と同じく苦渋に満ちている。

この老人にはなんの責任もない。それでも栗子には返す言葉が見つからなかった。

君原の居室を出ると、三階エレベーターの前で、伊丹がひとりぽつんと佇んでいるのが目に入った。もしかすると栗子が君原の部屋に入るのを目撃し、出て来るのを待っていたのかもしれない。

その所在なげな様子から、相当落ち込んでいることが窺える。

「伊丹さん、おはようございます」

わざとらしいほど明るい声を出しても、いつもの調子はどこにもない。

「木下くんと富川さんがねぇ。こんなことでは、このホームもお終いになりかねませんよ。宇野さんがなんとか頑張ってくれるといいんだが」

絞り出すようにいったきり、じっと腕組みをしている。

「そうですね」

返事はしたものの、あとが続かない栗子に、

「でもね」

老いてなお毅然としたこの老人は、すがるような目を向けてきた。

「ほかの人はともかく、冬木さんだけは我々を見捨てないでくださいよ」

「もちろんです」

「その言葉を聞いただけで、少しは元気が出るというものです」

皺だらけの顔がかすかにほころぶ。

「私もいままでは、人間、何が悲惨だといって、理不尽な殺人で非業の死を遂げるほど不幸なことはないと思ってましたがね。今回、手塚さんも生田さんも自殺ではなかったと聞いて、正直、救われた気がしたんですよ。彼らは決して生きる気力を失くしたわけじゃなかったんだ、とね」

若者には想像もつかない孤独の中で、それでも前向きに生きる老人たちをどうして見捨てられるだろう。自分がこのホームで働くのは、そこに自分を必要としてくれる人がいるからだ。

栗子の中からふっつりと煩悩が消えていく。

「だいじょうぶです。何があっても、このホームはかならず守ってみせますから」

栗子の心に、来たるべき冬に備える決意が漲《みなぎ》った。

エピローグ

介護職員による殺人という最悪の事態に退去者の続出が危惧された山南涼水園も、結果的には、別の老人ホームに乗り換えた者はわずかふたりに止まった。

やはり長年入居者を満足させてきた実績は何ものにも代え難い。園長の宇野を筆頭に古参の職員が一丸となって業務をこなすにつれ、若いスタッフもしだいに落ち着きを取り戻し、ホームにはふたたびかつての姿が蘇った。

ふつうのことがふつうに行われる平穏な日々。それ以上望むものはない。

それでも、ときは着実に流れていく。これまで三階の女性陣を束ねてきた須藤京子が亡くなったのは、木下の逮捕の四ヵ月後のことである。

死因は脳溢血。朝食の席に現れず、ベッドで鼾《いびき》をかいて眠っているところを介護スタッフに発見され、救急車で病院に搬送されたものの、意識不明のまま二週間後に還らぬ人となった。

九十二歳という年齢からそれ自体は致し方ないとして、誰もが驚いたのは、彼女が預貯金の全てをこの山南涼水園に寄付するべく、ひそかに公正証書遺言を残していたことだった。その額およそ六千万円。

生涯独身だった京子は、七年前、介護付有料老人ホームへの入居を決めた時点で、自宅マンションを含む全財産を処分したのである。

園が抱える負債には遠くおよばないとはいえ、今後の再建に向けて、ひと筋の光明どころか七色の虹にも勝る後光が差したことは説明するまでもない。

「世の中、捨てる神あれば拾う神ありというのは本当ね」

まさに救いの女神というべきで、渡部の言葉にも実感がこもる。

もっとも、京子自身はまったくの無宗教で、喪主になるような身寄りもいない。実質的な葬儀は、お別れ会の形で山南涼水園の霊安室で営まれた。

生前から表明していた遺志により、教え子を代表して現役の音大教授が追悼のスピーチをしたあとは、故人の歌声が流れる中で献花が行われるだけの簡素な式典である。火葬場まで赴いたのは宇野のほか十人ほどで、荼毘《だび》にふしたのちは、海洋散骨をするのだという。

園のスタッフはほぼ全員が参列したけれど、会場を出たあとも、すぐにその場を立ち去る気にはなれない。霊安室の横で佇んでいた栗子は、いつの間にか小野寺夫婦が傍らにいることに気がついた。

「こういう真心のこもったお式もいいものですね」

猛を乗せた車椅子を押す佐千子が話しかけてくる。

「やっぱり須藤さんの人徳でしょうね」

「そこにいるだけでぱっと空気が華やぐ、まるで太陽のような方でしたよね。主人とはえらい違いですけど」

その猛は寝ているのか起きているのか、あいかわらずの平和な観音菩薩像だ。

あまりの微笑ましさに、思わず笑みがこぼれた。それにつられてか、

「須藤さんが亡くなったと聞いたとき、私たちがどんな話をしたか分かります？」

ちらりと夫を見やった佐千子が微笑みを返してくる。

「私が、『もし、いまあなたが死んだとしても、心配いりませんよ。どうせ五年もしたら、私もあなたのところに行くんですから』といったら、『いや、五年はちょっと早い。あと二十年は来なくてもいい』ですって」

それは素敵な会話だ。心からそう思う。

「この人、『俺が死んだら、あんたもこのホームに入ればいい』というんですよ。『ここなら知り合いがたくさんいるし、俺の部屋にそのまま住めば淋しくないだろう』って。このところ、主人はとても落ち着いているんです」

日によって、頭がはっきりしているときとしていないときの落差が激しいのが、レビー小体型認知症の特徴だ。

そうやって、いいときと悪いときを繰り返しながら、最後は、さまざまな病理変化が表れて寝たきりになる人が多い。そうでなくても、うつの症状が出たり、誤嚥性肺炎を起こすなど、患者には危険

が山ほどある。
それでもいまこの瞬間をたいせつに、夫の全てを受け止める妻がいる。
この人たちのためなら、自分も頑張れる。
黒でも白でもない灰色の世界に生きていても、ここが彼らの家なのだ。
栗子はすっくりと顔を上げた。

参考文献

小嶋勝利『誰も書かなかった老人ホーム』祥伝社新書
小嶋勝利『老人ホーム　リアルな暮らし』祥伝社新書
小林照幸『熟年性革命報告』文春新書

本作品は書下ろしです。

＊本作品はフィクションであり、実在の人物・団体・作品・事件・場所等とは一切関係がありません。

深木章子（みき・あきこ）

1947年、東京都生まれ。東京大学法学部卒。元弁護士。60歳を機に執筆活動を開始し、2010年、『鬼畜の家』で島田荘司選第3回ばらのまち福山ミステリー文学新人賞を受賞しデビュー。『衣更月家の一族』『螺旋の底』が第13回、第14回本格ミステリ大賞の、『ミネルヴァの報復』が第69回日本推理作家協会賞の候補となる。『欺瞞の殺意』は2021年の「このミステリーがすごい！」「本格ミステリ・ベスト10」で7位にWランクインした。他の著書に、『殺意の構図』『敗者の告白』『交換殺人はいかが？』『猫には推理がよく似合う』『消人屋敷の殺人』『消えた断章』『罠』がある。

灰色《はいいろ》の家《いえ》

2023年４月30日　初版１刷発行

著　者　深木章子《みきあきこ》
発行者　三宅貴久
発行所　株式会社 光文社
〒112-8011　東京都文京区音羽1-16-6
電話　編　集　部　03-5395-8254
書籍販売部　03-5395-8116
業　務　部　03-5395-8125
URL　光　文　社　https://www.kobunsha.com/

組　版　萩原印刷
印刷所　萩原印刷
製本所　国宝社

落丁・乱丁本は業務部へご連絡くだされば、お取り替えいたします。

ISBN978-4-334-91522-3